尖叫

李西闽恐怖小说精选集

李西闽◎著

时代文艺出版社

图书在版编目（CIP）数据

尖叫／李西闽著．—长春：时代文艺出版社，2016.2

ISBN 978-7-5387-4792-8

Ⅰ．①尖… Ⅱ．①李… Ⅲ．①长篇小说－中国－当代 Ⅳ．①I247.5

中国版本图书馆CIP数据核字（2015）第200398号

出 品 人　陈　琛
产品总监　郭力家
责任编辑　方　伟
助理编辑　程　飞
装帧设计　孙　利
排版制作　尹　爽

尖叫

李西闽 著

出版发行／时代文艺出版社
地址／长春市泰来街1825号 时代文艺出版社 邮编／130011
总编办／0431-86012927 发行部／0431-86012957 北京开发部／010-63108163
网址／www.shidaicn.com
印刷／三河市万龙印装有限公司
开本／710mm×1000mm 1／16 字数／232千字 印张／18.75
版次／2016年2月第1版 印次／2016年2月第1次印刷 定价／33.80元

图书如有印装错误 请寄回印厂调换

序言

李西闽恐怖小说的魅力

曹元勇

一、天生写作恐怖小说的材料

我一直觉得，谈论恐怖小说的最佳方式是几个趣味相投的朋友在风雨交加的深夜，坐在某个偏僻的酒馆里，讲述各种各样的恐怖故事。因为用一些理论化的条条框框去分析一部优秀的恐怖小说写得多么诡异，故事情节多么富有悬念，多么刺激你的心跳，往往是隔靴搔痒，不着边际的。这就像魔术表演，观看舞台上魔术师精彩的表演过程，远比深究某个魔术戏法是怎么表演出来更吸引人。

一年多以前，有一位朋友告诉我，他连续许多个深夜都在重复一个梦。在梦里，一个躺在血泊里的奄奄一息的中年妇女向他伸着一只手臂，用呜呜的声音断断续续地说：你为啥不救俺？你为啥不救俺？那个妇女个头不大，伸出的手像干瘪的鸡爪；她头发黑油油的，很长，把眼睛和脸都遮住了。她身下的血像漫过堤坝的洪水，一直在缓缓地、缓缓地向四周蔓延。她张嘴说话的时候，血不时从她嘴巴里喷涌而出，然后又黏稠地挂在下巴上。我的朋友说，那些夜晚，他每次被梦惊醒时，浑身都是虚汗，喉咙干燥得像上了火，好长时间说不出话来。

给我讲述这个梦的朋友就是现在人称“恐怖小说大王”的李西闽。他告诉我，他之所以那段时间老是重复这个梦，是因为那年春节期间，他在回闽西老家的途中看见一起车祸，被汽车撞死的是一个中年妇女。当时，李西闽的座位正好靠窗，他非常清楚地看到那个惨死妇女的血沿着公路流了一大片，非常清楚地看到那辆肇事汽车像一个被吓傻的怪物一样停在前方十几米远处。李西闽讲述完这个梦时，我就想，他是因为挥之不去的内心深处的焦虑，才不断重复这个噩梦啊。

也许有认识李西闽的人会说：那个嗓门洪亮、身材矮壮得像拳击手的退役军官，会因为目睹一起车祸而产生焦虑吗？他是因为要写恐怖小说，才编造那样的做梦故事啊！不错，他那不动声色的叙述语气确实像他写的恐怖小说。但是，李西闽并不像他平素和朋友一起喝酒的时候所表现的那样，完全是一个天不怕、地不怕的粗犷汉子；在他那胸脯很厚、双肩很宽、手臂粗壮、脖子像公牛一样短粗的矮壮身材背后，除了旺盛的精力和豪爽的脾性，还隐藏着一颗极度敏感、纤细、稚嫩的少年灵魂。他的敏感是与生俱来的；按照神秘的姓名学的说法，他本名（李希敏）中的“敏”字已经渗透到了他的血液里。他出生在神秘的闽西山区，并在那里一直生活到十六岁。他出生的家庭属于中国历史上一个最奇特的移民族群——因为战乱从北方迁徙到南方的客家人。背井离乡，躲避在南方神奇、诡秘的大山深处的客家人，面对陌生的生存环境和艰辛的生活现实，在保留了北方人性格中的大部分豪爽脾性的同时，也逐渐养成了敏感、精细、天真的精神气质。岁月沧桑两千多年，这种脾性、气质早已深深根植在这个特殊族群的血液和灵魂里了。出生在20世纪60年代，并在那个贫困而又混乱的岁月里长大的李西闽，完全秉承了客家人的脾性和气质。所以，当李西闽看见那个躺在血泊中的无助的中年妇女后，对生命与死亡的极度敏感就会使那种悲惨的情景久久盘绕在他的内心，让他长时间下意识地焦虑不安，仿佛他自己对那个中年妇女的不幸应该承担某种责任似的。

跟李西闽交往越深，你会越觉得这家伙天生就是一块写恐怖小说的材料。这倒不是因为他迄今创作的恐怖小说达十多部，而是因为他曾经耳闻目睹过太多的死亡，那些死亡的现实犹如驱之不散的梦魇，一直追随着他，让他灵魂感到不安。为了疏解这种内心的不安，他必须通过写作来抚慰那些在黑暗深处挣扎、徘徊的幽魂。在以他的故乡为背景的《死亡之书》中，他一口气写了二十多个死亡故事就是例证。另外，他的故乡闽西山区又是一个神秘、诡谲的地方，那里像中国南方的许多地方一样盛产诡异而恐怖的传说故事。我一直持有一个谬论，就是：中国恐怖小说写作的优质土壤在南方，而非北方。北方大多数地方土地贫瘠，人们的生活相对艰辛；那里很少有诡异、可怕的东西，最常见的恐怖故事都离不开人死后变成的鬼。而南方则完全不同，南方特殊的山水不仅滋养了人的灵气，也滋养了许许多多诡异神秘的东西和充满传奇色彩的巫蛊文化。所以，当李西闽经过多年的文学写作操练，突然如鱼得水地闯进了恐怖小说的王国，就绝对不是一件偶然的事情。某种程度上说，在他找到恐怖小说这种文学类型时，恐怖小说也找到了他。对他来说，那些俯拾即是、取之不尽的恐怖素材早就等着他了；他只要以旺盛的精力和写作热情，把它们一一结构起来，就行了。从2000年开始，他几乎每年一到两部恐怖小说的成绩已经证明了这一点。

二、发掘人性深处的恐惧

这些年，在大行其道的西方恐怖悬疑类小说、电影的刺激和启发下，中国原创恐怖小说也迅猛发展起来。但是，与西方恐怖小说渊源深厚的传统相比，我国的恐怖小说绝对处在起步阶段。虽然有人把《聊斋志异》之类写了一些鬼狐阴间的古典小说也称作恐怖小说，但这些古典小说还不能算是严格意义上的恐怖文学。真正的恐怖小说不是塑造一些可怕的厉鬼、恶灵，或是描写一些让人起鸡皮疙瘩的恐怖场景，就能完事的；真正的恐怖小说需要有刺激人的灵魂的悬念，需要有对人性深处的恐惧因素的深入开掘。所以，虽然现在国内写恐怖小说的人非常之多，但是跟风起哄的占大多数，真正领会恐怖小说真谛的只有寥寥几个人。在我看来，写“心理悬疑小说”的蔡骏算一个，被誉为“恐怖小说大王”的李西闽算一个，昙花一现的鬼古女算半个。蔡骏的小说除了成功地营造了极具悬念的恐怖氛围，还涉及了人性中的贪婪、猜忌、嫉妒、愤怒、恐惧等阴暗心理。鬼古女除了一本采用“文革”地下手抄本疑案小说风格来描写那个特殊年代的人的恐惧心理的《碎脸》，后来的《伤心至死》系列可谓故弄玄虚、不着边际，希望她能够写出更好的恐怖小说。在这两个半恐怖小说作家中，我尤其偏爱的是李西闽。这倒不完全是因为他是我的朋友，而是因为在他的小说里可以看到他对人性的深刻洞察和拷问，可以看到他对潜藏在人性深处的恐惧根源的深入开掘。他每写一本恐怖小说，我都如饥似渴地仔细拜读。

关于恐怖小说，李西闽并不把它当作一般的通俗文学。他认为：“恐怖小说需要深度，这样才能唤起人们的敬畏之心。”他曾经告诉采访他的记者：“我的小说是通过关注人内心的变异和对人性丑恶的根源的追寻来完成的。”从他最早的恐怖小说处女作《蛊之女》，到去年出版的

《拾灵者》和《黑灵之舞》，他始终都在实践着自己的这种追求。当然，李西闽的恐怖小说像很多同类小说一样，弥漫着诡异的死亡气息，充斥着浓烈的血腥气味，飘忽着鬼魅一般的身影和面孔，闪现着象征死亡使者的灵异生物——绿色的蚂蚱、尖叫的老鼠、神出鬼没的灵猫和死鸟等。但是，这些只是构成他的恐怖小说的惊悚悬疑氛围的表面元素。他的每一部恐怖小说全力以赴掘进的是小说人物变异的内心世界和形形色色罪恶的人性根源。他小说中那些精神错乱，甚至极度变态的人物经常是在恍惚和恐惧中漫游，他们周围的人和事物也因此染上恍惚、混乱的阴郁色彩。那些构成小说恐怖氛围的诡异元素，通常也都是他们不正常的心理、幻梦折射的结果。

比如《血钞票》里那个无论心理还是行为都很怪诞、超常的少年顾晨光，他整天都好像生活在自己的精神暗室里。因为不正常，他的嗅觉变得离奇而灵敏，他的臆想、猜测、恐惧变得逼近现实生活可怕的真实，他的幻想和梦境变得迷乱而奇谲。这个精神恍惚的少年在现实生活中遭受着常见的鄙夷、歧视和冷漠；然而，正是透过这个卑贱少年的视角，《血钞票》把正常社会中的人的不正常的，甚至丑陋的、罪恶的阴暗面一一揭露出来。顾晨光的父亲与学生有师生恋，他的母亲因为与丈夫感情疏远而偷情；他幼年时候的一次无意动作造成父母双双因为煤气中毒而死；他的上了年纪、心理怪异的奶奶常年给他喂食毒药，只是为了不让他发现生活中那些可怕的秘密。不只如此，这个平时神经兮兮、恍恍惚惚的少年也有自己暗恋的对象。但是就像所有被排斥在社会边缘的人一样，他无法，也不敢正常表达他对暗恋对象的感情，只能躲在阴暗处，亲吻偷窃来的暗恋对象的内裤，并且手淫。而且，因为有着这种不正常的对异性的心理，这个少年进而发现了一个名气很大的恐怖小说家变态残害少女的恶行。精神恍惚的少年顾晨光让我联想到美国作家福克纳《喧哗与骚动》里的那个大白痴班吉，二者有着异曲同工之妙。如果说《血钞票》整部小说是一面阴郁的蜘蛛网，那么少年顾晨光就是爬在上面的一只诡异蜘蛛。透过这面阴郁的网，一个“活着比死亡更加恐惧”的世界压得你喘不过气来。

像《血钞票》中的这个少年一样，《拾灵者》里的矮马也是一个被排斥到社会边缘的精神恍惚、经受着恐惧折磨的人物。他在童年的时候，父亲粗暴、无知的教育方式把他塑造成了一个心理畏缩、胆小如鼠的男人。他的一条瘸腿就是因为胆小，在战场上当逃兵，自己摔断的。他在都市里干着拾荒者的营生，像一只肮脏的老鼠一样，整天拖着瘸腿、畏畏缩缩地游走在城市的街巷。然而，就是这样一个卑微的人物，却扮演着折射世间丑陋万象的角色：是他在街头的垃圾箱发现被抛弃的死婴；是他在深夜看见被残害致死的美丽女子无家可归的亡魂；是他在城市的街巷里嗅到正常人无法察觉的血腥；是他洞悉了另一个有着童年心理创伤的变态者——宋正文的内心世界。而尤为让人震惊的是宋正文是变态杀人者。宋正文在婴儿时期差点被父母遗弃而死，无法磨灭的记忆创伤使他仇恨生命，并变成一个恶魔似的杀人者，特别是弑婴者。

不正常的童年，可以说是李西闽恐怖小说中的大多数主人公共同拥有的记忆。再如《黑灵之舞》中的李梨，也是这样。六岁的时候，李梨曾经亲眼看见父亲跳崖自尽的悲惨一幕，因为懦弱的父亲无法阻止大队支书霸占自己的妻子。耻辱和仇恨深深地扎根在了李梨的记忆，并造成他成人后的许多变态行为。他和妻子张蓝的婚姻最后走到无可挽救的地步，最根本的原因就在于他的童年心理创伤。也许，李西闽就是要通过这些有着不同童年心理创伤的人物步入成年后的精神变异，来说明现实世界中真正的恐惧根源所在吧。虽然他的小说里散布着各种各样恐怖的气氛，但对这种变异心理根源的挖掘，才是他的恐怖小说真正揪扯人心的魅力所在。

三、PK西方恐怖小说大师

纵观西方恐怖悬疑类小说大师们的作品，根植于他们自身所处的文化与传统是他们获得成功的一个非常重要的原因。比如丹·布朗的《达·芬奇密码》对欧洲艺术史、基督教教派史、耶稣后裔传说等的充分利用，如果没有这些西方人非常熟悉的内容，《达·芬奇密码》很可能就不会吸引那么多的读者了。再如埃拉·雷文的《罗斯·玛丽的婴儿》，如果没有西方宗教传统中的魔鬼撒旦在人间播种后裔的传说，这本恐怖经典的魅力也会大打折扣。还有西班牙早期恐怖电影的杰作《第二个名字》，其中人间罪恶的产生居然是依据《圣经·旧约》中关于亚伯拉罕向上帝献祭儿子以撒的故事。在《旧约》那段记载中，亚伯拉罕正准备杀了以撒祭献上帝的时候，上帝的使者阻止了他，他就用一只公羊代替了以撒。但是，当他下山时，《旧约》只写到他回去了，而没有提到以撒。于是，一个历史很长的隐秘教派，就认为以撒一定是被献给了上帝，凡信教者都必须把家里的头生子（无论男女）杀死，献给上帝。另外，像拥有美国恐怖小说大王之称的斯蒂芬·金，他的每一部小说中的恐怖元素又何尝不是根植在美国本土神秘文化呢？

所以，当众多的中国恐怖小说的写手跟在外国恐怖小说作家身后，亦步亦趋地模仿、抄袭、编造了许多没有根基的“密码”或“斯蒂芬·金”式的血腥恐怖故事的时候，李西闽却保持着一个优秀作家的清醒。他一方面对西方的恐怖小说大家心存敬意，学习他们严谨的写作精神，一方面决心用真正属于自己的恐怖作品与他们PK到底。就像他在接受记者采访时发出的宣言：“我不会模仿他们的作品，我要写成我的风格。”“我更加强调中国本土的文化心理恐惧，我就是要写有中国特色的恐怖小说。”

当然，要创造中国特色的恐怖小说，并不是简单搬用几个中国古老的神话传说，或是从《聊斋》里窃取几只鬼怪、狐精就能成功的。即便是再本土化的恐怖元素，也只有跟我们生存现实中的恐惧联系在一起，才能成为有效的恐怖。我一直非常喜欢李西闽的处女恐怖小说《蛊之女》，就是基于这方面的原因。当初，李西闽萌生写恐怖小说念头的时候，首先想到的素材就是他的故乡闽西和南方很多地方盛传的蛊的传说。但是，他没有简单地去渲染蛊毒的威力，而是把传说中的放蛊与现代都市生活结合在了一起。他要全力挖掘的是，在充满着丑恶行为的都市里，欺凌弱者、玩弄女性的骄横之徒面对蛊毒时的恐惧心理。在他的这部小说《尖叫》中，他更是把中国民间的恐怖文化元素与现代社会生活中无处不在的恐惧挂上了钩。一个到乡村度假的女护士遇见一次迁坟，当从地下挖出的棺材打开时，她看一只绿色的蚂蚱跳了出来。结果，当她回到危机四伏的城市后，噩梦不断，莫名其妙的死亡事件亦真亦幻地不断出现。而这个护士在精神上则是一个厌倦了钢筋混凝土建造的城市生活，每天都被四处潜在的危险折磨得恐惧不安的人。

不过，李西闽在《血钞票》《拾灵者》《黑灵之舞》等作品中，把他对恐怖小说的追求推进得更远了。他的故乡闽西给他提供的神秘、灵异的恐怖元素，在他的这些作品中越来越多地只是承担着表现主题的象征性意象的作用。他越来越把写作重点放在了书写现代人日常生活中的内心恐惧上面。在他看来：“中国未来的恐怖文化象征性的标志应该是心理恐惧的东西，因为现在的人心理越来越阴暗，这和我们国家的文化传统是一致的，这也和我们中国人在道德的幌子下隐忍残酷的性格有关。”正是基于这样去皮见骨、入木三分的认识，李西闽把打胎、杀婴、弃婴、贩婴、虐婴等一系列在繁华的都市生活背后发生的罪恶，变成了《拾灵者》的故事背景。《拾灵者》中的两个主要人物——矮马和宋正文都曾在孩提时代遭受过在中国社会中常见的摧残，一个成人后心理畏缩，一个则被仇恨的魔鬼夺去了人性，两个人物从相反的两极形成对现代人性的深度映照。《黑灵之舞》中对那个阴魂不散的女鬼——万苇的故事的描述，同样反映了李西闽对当下社会中的人性堕落的深刻洞察。万苇因为迷恋金钱，嫁给暴发户程德咏；程德咏识破她的心机后，想尽一切办法虐待她、凌辱她，最后看着她在异国他乡溺水而死，却不伸手拉她一把。像万苇和程德咏这样的生活就发生在我们的周围，这种生活背后潜藏的危机本身就是恐怖的。李西闽的小说艺术高超之处，在于他让万苇的幽魂缠上婚姻生活同样走入死胡同的李梨和张蓝，并附在他们的幽魂身上，回到国内去报复程德咏，报复像程德咏一样的所有人。于是，灵魂的堕落没有尽头，生活的恐惧永无止境，无处不在的恐怖在现实世界横行无阻，走出恐惧的路径似乎渺然无望。

在《拾灵者》的题记里，李西闽写道："我一路捡拾灵魂 / 把他们透明的耳朵 / 串在荆棘尖利的刺上 / 命运在一路叹息 / 是谁在黑暗中告诉我真相。"这些诗句可谓凝练地道出了他对在恐惧中迷茫的现代人精神困境的准确认识。他的恐怖小说能够让人刮目相看，也就是顺理成章的事情了。

四、艺术追求永无止境

李西闽借以和西方恐怖小说大家PK的有力武器，并不止于他对现代人的精神恐惧的深入洞察。在写恐怖小说之前，他曾经有过上百万字的所谓严肃文学的操练。严谨的文学追求，使他绝不去搞那些哗众取宠的、媚俗的、重复前人艺术的通俗玩意儿。他的每一部恐怖小说的构思都像先锋实验小说一样，巧妙布局，出人意料，既有继承，更有创新。比如《黑灵之舞》开篇的处理，就非常令人敬佩。在从泰国曼谷飞往中国上海的国际航班上竟然有一对在登机两天之前就已死去的年轻男女，更为奇怪的是在曼谷出境的地方查不到任何有关他们曾经登机的材料。很明显，这个构思是“消失的搭车客”一类都市传奇的改头换面；但是，能够把这样的构思运用到国际航班上，似乎还是李西闽的首创。另外，《黑灵之舞》的整体构思、布局也是深得现代小说之精髓。婚姻生活走到尽头的李梨和张蓝为了分手，到泰国去度过他们在一起的最后时光；他们各自的内心实际上还对挽回往日的热情抱有幻想，但是他们踏上的是一条通向死亡的道路。在凶险迹象不断出现的泰国旅游胜地，先是象征噩运的黑蜘蛛出现，然后是来历不明的象牙挂坠，还有缠上了张蓝的万苇的幽魂，再下来是一对闹矛盾的外国情侣。线索像分叉的树根一样伴随着小说人物的形影，伴随着他们的噩梦与浪漫，逐渐展开……最后几条线索又汇集到了已经成两具腐尸的李梨、张蓝身上。而且，随着这些线索的展开，隐藏在每个人物背后的秘密也剥竹笋般暴露在光天化日之下。

实际上，李西闽的每一部恐怖小说都埋藏着多重线索，只有当你读完之后，你才能基本看清那像迷蒙的蜘蛛网似的内在结构。尤其是《血钞票》和《拾灵者》这种分别透过精神恍惚的少年和心理畏缩者的视角展开的小说，其内在结构的繁复，如同先锋小说一样，需要读者跟着作者一起去历险，一起去创作。

在《黑灵之舞》中，李西闽已经把恐怖小说的背景移到了异域，东南亚神秘的恶灵也被他拿来表达现代人类的整体困境。他的中国特色恐怖小说的创作还远远没有完结。相信用不了多久，他的风格独特的恐怖小说也会走向世界，给异域他乡的同行与读者带去刺激、震撼和享受。

2007年6月夏至日

它们不是一堆钢铁造就的工具，它们是隐藏在工业文明中的魔鬼，随时准备吞噬人脆弱的生命。它被一些有魔鬼心灵的人控制后，它的残忍就更显现无遗。我憎恨它，也憎恨驾驭它的人。

……

我听见自己在尖叫，无法抑制地尖叫，整个世界都在无法抑制地尖叫，这些尖叫从每个角落渗透进来将我淹没。在尖叫中我无处可逃！

——题记

目　录

第一章

1

许多时候，人是被冥冥中的一种力量所主宰的，比如安蓉。这天的太阳和往日一样灿烂，看不出什么异样。安蓉早上起床时眼皮跳了跳，她没有在意是左眼还是右眼，她觉得这天还是像昨天那样美好，弥漫在乡村的那种清新而自然的气息让她迷恋。安蓉是在乡村小店吃的午饭，因为她住的那家人去走亲戚了。午饭十分简单，一份荷兰豆炒腊肉和一碗西红柿蛋花汤外加一小碗米饭。安蓉吃得不错，乡村里的粗茶淡饭很合她的胃口。

结完账，她出了小店的门，正午的阳光笔直地照下来，白晃晃的炫目，安蓉戴上了墨镜。

乡村的正午显得很安静，隐隐约约地有些狗吠传来，安蓉深深地吸了一口气，似乎想把这乡村的气息深深地吸入五脏六腑。阳光洒在不远处的山坡上，那里青草荡漾，安蓉一直有种躺上去的冲动。今天有些奇怪，山坡上面围了一群人，安蓉想，他们在干什么？正在想的时候，好像有什么东西突然勾动了她的心，她的心就那样莫名其妙地颤抖了一下，安蓉感觉不到什么危险。这时，一个老妇走了过来，用怪异的目光瞟了她一眼。

安蓉微笑地问老妇："那些人在山坡上干什么？"

老妇用空洞的眼睛瞟了瞟安蓉，摇了摇头，她也许根本就没听清安蓉说的话，或者根本就不想告诉安蓉什么。

安蓉自嘲地笑了笑。她的目光转向了那片青草荡漾的山坡，心又莫名其妙地颤抖了一下，然后她就鬼使神差地朝那片山坡走了过去。她走路的样子十分的飘忽，仿佛有一只无形的手在牵引着她，那片山坡对她而言是福是祸，她一无所知。老妇回过头，看了一眼安蓉苗条高挑的背影，她张了张无牙的嘴巴，想说什么却什么也没说出来。

一路上，安蓉碰到几个乡村里的人，他们看着安蓉走向那个青草荡漾的山坡，停住了脚步，目光怪异：这个城里来的女人为何要去那山坡？

安蓉友善地朝他们笑，她相信自己的笑容会像这春日正午的艳阳一样灿烂，但回报她的是一张张困惑的脸。

安蓉没在意这些，她继续朝山坡走去。

一阵风吹拂过来，在这炎热的正午居然带了一丝冰冷的凉意，风中夹带着一种陌生而奇怪的气味。

安蓉不自主地打了个激灵，她使劲地呼吸了两口气，却无法辨认那是什么气味。

风是从山坡那边吹来的，那股奇怪的冰冷的凉意和风中陌生的气味强烈地吸引着安蓉，她加快了脚步，看上去如同风一样飘上了那个青草荡漾的山坡。

安蓉突然隐隐约约想起了在医院停尸房工作的七喜，他身上好像也有这种陌生而奇怪的气味，想到七喜，她自然想起了外科医生王子洋……

安蓉快靠近那群人时，有人发现了她。

“喂，那个城里女人快走开！”有人朝她大声喊。

安蓉没有理会那人，继续飘忽前行。

在那青草荡漾的山坡上，她看到了许多暗色的新土，他们显然是在挖什么东西。

“喂，说你呢！听见没有，快走开！”

她似乎没有听见破锣嗓子般的喊话，不一会儿工夫就来到了那群人跟前。

安蓉古怪地朝大伙笑了笑，那个笑容在阳光下显得有些凉意。

那些人突然不理她了，好像安蓉根本就不存在一样。

寂静下来的那群人目光一齐转向了挖开来的一个约三米深的大坑，坑里面有两个人，他们正准备打开一个棺材的盖，棺材盖上全是黄泥巴，看不出来有没有腐朽。那两个人在棺材盖上烧了些纸钱，口中喃喃地唠叨着什么。

安蓉的目光也落在了棺材上。

她的心划过了一种细微的声音，像是两把手术刀的刀锋轻轻地交错了一下。

坑里的两个人烧完纸钱，就把棺材盖缓缓地移开了，棺材盖十分沉重，那两人使出了很大的劲才把棺材盖移开。那股陌生而奇怪的气味顿时浓郁起来，满山遍野充满了这种强烈而难闻的气味。有股刺骨的冰凉从她的足底一直升到颅顶。安蓉试图转过脸去，但那股冰凉似乎完全控制了她，她无法抑制地继续直瞪瞪地看着那个挖开的坑。

棺材里有一具尸骨，一条黑色的蛇从骷髅的眼窝里溜出来，倏地不见了。安蓉突然有种莫名的紧张，不过她很快就恢复了平静，在医院里，死人她看得多了。

霎时间一只绿色的蚂蚱出现在她眼前，她似乎看到那只蚂蚱奇怪地对她瞪了一眼。

一道绿光从她眼前划过。

刚才还阳光灿烂的晴天突然阴暗起来，乌云翻滚，一个沉闷的雷声在安蓉的头上炸响，片刻之间，暴雨如注。挖坟的人从坟墓里爬起来，和上面的人一起狂奔而去。安蓉站在那里，任雨水抽打着身体，她的脑海一片空茫。顷刻间，山坡上就剩下安蓉一个人和坟墓里的那具尸骨。

2

安蓉回到赤板市，没有马上去上班，她还有两天的假期，在水曲柳乡村几天，她得到了极好的放松，脱胎换骨了一般，以后如果心情不爽，去乡下走走倒是好主意。安蓉是赤板市人民医院外科的一名护士，前段时间，碰到了一些事情，心里压抑。她的好友兰芳给她出了个主意，让她到山清水秀的水曲柳乡村住上几天，散散心。水曲柳乡村虽说不是什么风景名胜，确也是个好去处，安蓉去了几天，陶冶在绿水青山和淳朴的民风中，心情渐渐开朗。兰芳男朋友张洪的父母亲以前都在那里插过队，兰芳也去过几次，在那里也算有些熟人，安蓉就是住在兰芳的熟人家里的。

回到寓所，她把窗户全打开，几天不住，屋子里有股沉闷的霉味。

梳妆台上的那盆兰花没有枯死，显然，兰芳来给它浇过水。

睡觉前，她想给王子洋打一个电话。但她否定了这个想法，在去水曲柳乡村之前，她就认定自己和王子洋没什么关系了。安蓉闭上眼睛的刹那，右眼的眼皮突然跳了一下。安蓉揉了揉眼睛，然后安静地睡了。

伫倚危楼风细细，望极春愁，黯黯生天际。草色烟光残照里，无言谁会凭阑意？

拟把疏狂图一醉，对酒当歌，强乐还无味。衣带渐宽终不悔，为伊消得人憔悴。

隐隐约约，似乎有人在安蓉的耳边轻声地诵读着柳永的《蝶恋花》。安蓉的耳膜微微地震动，一种奇痒让她睁开了双眼。诵读声突然消失了。房间里一片漆黑。

夜幕已经降临，安蓉打开了灯，明亮的灯光让房间里有了些暖意。

这时，电话铃声骤然响起。

喂——

安蓉，是我，兰芳呀！你看看几点了。说好了五点半给我电话的。

噢——，七点二十分了，我睡过头了，睡得太舒服了。

你现在在哪？也不早点打电话给我。

我在报社，刚刚写完一个稿子，一看七点都过了，就赶紧给你打电话。喂，不是一个人睡吧？

别胡扯，到哪里吃饭？

咱们还是到美琪小筑去吧，前两天美琪还问起你来了呢。

好吧。八点在美琪小筑见面，不见不散。

不见不散！

打完电话，安蓉对着镜子微笑了一下，她发现自己的眼睛有点红，她往眼睛里滴了两滴“新乐敦”眼药水。她穿了一套白色的带蕾丝花边的长裙，看上去高贵而艳丽。安蓉化了个淡妆就去赴兰芳的约。

关上门时，她仿佛听到屋里诵读柳永《蝶恋花》的声音又响了起来。她骂了自己一声，安蓉，你真没有出息！

3

美琪小筑是安蓉和兰芳经常去的饭店。

饭店不大，却挺有情调，典雅的装修、曼妙的音乐、可口的台湾小菜和点心是这里吸引安蓉的地方。

因为常来，安蓉她们和这里的女老板美琪成了朋友，兰芳还主动地写些文章免费为美琪小筑做广告宣传。美琪来自台北，她是最早到赤板市投资的台湾商人。美琪小筑的生意红火，要不是先预订座位，都要排队等候。

安蓉来到美琪小筑，她的高贵和艳丽吸引了许多目光。美琪迎上来，拥抱了安蓉一下，用尖细娇柔的声音说，安蓉，你是不是去月球了，那么久没来，大姐想死你了呢。

美琪年过三十，却打扮入时，穿着一件低胸的吊带裙，她身上泛着一股淡淡的香水味。安蓉被她引领到一个偏僻的雅座上，服务生倒上了茉莉花茶，她们边喝茶边等待兰芳的到来。

安蓉注意到美琪嘴角的那颗美人痣没了。

美琪是个聪明人，从安蓉的目光里，她发现了安蓉的疑问。

安蓉，我嘴角的这颗痣点掉了，好看多了吧？

嗯，不过，有些不习惯。

我自己也很不习惯呢，像少了什么。

其实不点掉也蛮好的，看上去更迷人。

你这样夸我我会不好意思的呢。本来嘛，我是不想去掉的，但我先生说，不点掉不好，对他后半生不利。我也信了那风水先生的话，点掉就点掉了，为我先生做点牺牲也是应该的。

噢——

就在这时，安蓉看到兰芳穿着红色T恤和牛仔裤风风火火地进入美琪小筑，直奔她们而来，边走边大声说，这车堵得呀！看看，我又迟到了！要死！

美琪站起来迎接她，也象征性地和兰芳拥抱了一下。美琪和她们说了几句后就忙活去了。

兰芳一坐下来把手插进头发里使劲地抓了抓，然后就仔细端详安蓉，她的目光似乎要从安蓉的脸上挖出什么来。安蓉被她看得不好意思了，脸上飞起两朵红云。兰芳点了点头，笑出了声，嘿嘿，没做什么坏事，害羞什么？

安蓉说，你这个死妮子，总喜欢调戏别人。

告诉我，安蓉，你在水曲柳乡村住的这几天真的开心吗？

兰芳，我不是在电话里和你说过嘛，我很开心。

从来没有这么开心，嘿嘿，我还差一点儿看上一个乡下小伙了呢。

瞎说，就你这样的人还会看上乡下小伙。喂，我问你，这些天那个叫什么王子洋的医生有没有给你打过电话？

不清楚。在水曲柳乡村一直关着手机。兰芳，不要提他了，好吗？

好吧！来，欢迎你回到赤板来，开始新的生活，干杯！

她们举起了服务生刚送上来的两杯青梅酒，碰了一下杯，各自啜了一小口。这酒是美琪送给她们喝的，每次都这样。于是，她们边喝着青梅酒，边说着话，俩人谈得十分投机和兴奋。

安蓉把在水曲柳乡村的事情几乎都简要地和兰芳说了，但有一件事没说，就是她去山坡上看人挖坟墓的那件事。村人迁走那个坟是因为一条高速公路要通过那片青草荡漾的山坡。

4

如果没什么事，安蓉和兰芳吃完饭就会一起去逛商场或者泡吧。兰芳不喜欢在吃饭时喝太多的酒，她喜欢在酒吧里喝得舒服后回家睡觉，她是个工作起来不要命，喝起酒来也十分放得开的女人。安蓉和她不太一样，无论在哪喝酒，安蓉都比较节制，兰芳从没见她喝醉过。有几次，兰芳千方百计地想灌醉安蓉，她要看看安蓉的醉态是什么样子的，但结果还是兰芳自己喝多了。

兰芳决定今晚去钢琴酒吧喝酒，她在安蓉去水曲柳乡村后一直没去过酒吧。兰芳喜欢和安蓉在一起喝。只要她们在一起喝酒，是极少叫上其他人的。兰芳的男朋友张洪也不例外，更不用说晚报那些讨好兰芳的小记者了。

告别美琪小筑的女老板美琪，兰芳驱车前往这个城市腹部的香樟路上的钢琴酒吧，安蓉坐在她旁边，一副娴静的样子。兰芳的车在马路上飞驶，和周围同样疾驶的汽车擦身而过，车轮摩擦地面发出的尖锐声音如同女人的尖叫穿透了安蓉的耳膜。

安蓉对兰芳说过，如果哪天她不幸身亡，那一定是死于兰芳一手造成的车祸。习惯了兰芳的飞速，安蓉好像不存在什么害怕不害怕的问题了。如果兰芳的车开得像在飞，安容会干脆闭上双眼，听着音乐，什么也不去想，这样反而安全些。尽管如此，安蓉每次看到汽车或者别的交通工具，她内心就会起变化，她会有一种提心吊胆的感觉，因为和兰芳亲密，她坐在兰芳车里的不安全感会平息许多。现代人的出行几乎离不开现代的交通工具，安蓉内心还是渴望远离它们。有时，她会傻傻地想，回到古代会有多好，用双足行走在路上心情是多么的爽朗。可这只是她的幻想，她是怎么也回不到古代，怎么也无法远离现代的交通工具的了。

车子还没开到香樟路，兰芳的手机就叫起来了。兰芳的手机里响起的是牛叫的声音，牛一叫，安蓉就知道是兰芳的男朋友张洪来的电话，张洪是个属牛的警官。

兰芳的手机就放在车上，牛叫时，手机的挂坠还一闪一闪地亮。兰芳对安蓉说，安蓉，你替我听吧，看这头牛又怎么啦！

安蓉拿起了手机。

她听着听着脸上就变了颜色。那一刹那，她似乎看到车窗玻璃上有一道绿光倏地划过，像一道无声的闪电。

她来不及想什么，就急促地对兰芳说，不好，你那头牛受伤了，快掉头到人民医院。

安蓉，你说什么？再说一遍。

张洪受伤了，现在在人民医院急诊，让我们快赶过去！

靠！他受伤得真是时候。

兰芳的小夏利车飞也似的朝赤板市人民医院赶去。

车子在街上呼啸而过，一路上响起了许多尖锐的喇叭声和急刹车时车轮摩擦地面的声音。

5

安蓉没料到正好那天是王子洋值班。

她和兰芳赶到人民医院急诊室时，王子洋正在治疗室给张洪的伤口缝针。王子洋戴着口罩，安蓉一看他那双女人般的丹凤眼就知道是他。张洪伤及的地方是头顶，伤得不重，破了一层皮，也就是十来针的事。但张洪面如土色，手不停地颤抖，他吓坏了。张洪是安蓉见到过的胆子最小的警察，坐兰芳的车他就会经常发出尖叫。她不明白，为什么一个男人，还是一个警察，胆子会这样的小，有时候，安蓉想，人真是奇怪的动物。

王子洋一针一针地给张洪的头皮缝合，针穿过头皮的声音让人起鸡皮疙瘩，王子洋的表情严肃，他的眼睛死死盯住张洪的头皮。王子洋十分认真，仿佛在做一件细活，仿佛兰芳和安蓉根本就不存在，这个时候的王子洋应该是很有魅力的，他身上还有一种男性香水的味道慢慢地渗入安蓉的心里……王子洋很快就给张洪缝好了针。他抬起头平静地对兰芳说，兰大记者，张警官没事的，就是伤了一层皮，两周就可以拆线的，如果不感染的话。

王子洋说完话，走了。临走时，他盯了安蓉一眼，安蓉慌乱地避开了他锐利的目光。

张洪此时像一只受惊的兔子，面容憔悴，目光惊恐。

大大咧咧的兰芳现在也温柔起来，她在安慰着张洪，没事的，很快就会好的，明天我烧水鱼汤给你喝，乖乖。

兰芳像哄孩子一样哄着属牛的警官张洪。这让安蓉觉得十分滑稽，她死也不可能找一个这样的男人。她不明白胆小的张洪是怎么当上警察的，她更不明白的是公安局怎么会要张洪，不知是张洪自己搞错了还是公安局搞错了。安蓉看着他们卿卿我我的样子，心里有点酸，一层淡淡的泪意浮上了她的眼睛。

和张洪在一起，兰芳就不理会安蓉了，她让安蓉自己打车回家，她要送张洪回家。张洪在兰芳的搀扶下出了急诊室的门，上了兰芳的车。兰芳来不及和愣在那里的安蓉挥手说再见，车就飞了出去。安蓉想，兰芳这样开车，迟早要出事的，想到这里的时候，她的右眼皮又突然跳了跳。

安蓉感觉自己身后站着一个人。

她一回头，就看到了王子洋。

她十分惊讶，王子洋那么快就换好衣服了。他穿着一套笔挺的黑色西装，里面白衬衣上的一条红色领带是她去年送给他的生日礼物。王子洋就是在无人的黑夜里，也总是把自己打扮成绅士的模样。

王子洋笑了笑，低声说，小蓉，我以为你失踪了呢，你去哪了，电话也打不通。我送你回家好吗？

看着王子洋，安蓉的心不由自主地软了一下，随即又硬了起来。

她一言不发地转身，走到了街旁，上了一辆的士。

王子洋站在那里，嘴角还挂着一丝笑意，他的手不由自主地放在了红色的领带上。

坐在的士上，安蓉心里还是抹不去王子洋温情脉脉的声音。她没料到一从水曲柳乡村回来就会碰到他，她的心情立即灰暗起来，她真想马上回水曲柳乡村去，再也不回赤板市。路边灯光闪烁，一辆又一辆车从车窗外闪过，正在她心乱如麻的时候，兰芳打来了电话，她一定是边开车边和安蓉说话。兰芳叙述了张洪的受伤经过：作为户籍警的张洪在一个小区里碰到一个企图入室偷窃的小偷，他没敢冲上去擒住小偷，而是大声惊叫，希望自己的叫声把群众吸引出来帮助他抓小偷。他没有想到小偷会朝他冲过来，在他的头顶盖了一板砖，他晕乎乎地倒在了地上，要不是出来了许多居民把小偷抓住，大家还不知道张洪为什么会躺在地上呢，群众分成了两帮，一帮把小偷送派出所，一帮人送张洪去了医院……

这是一个索然无味的故事，安蓉挂掉了手机，她突然觉得出租车里安静得可怕，静得可以清晰地听见自己呼吸的声音。车窗外，街灯快速晃过，街边一些模糊的影子也一晃而过。一道绿光从挡风玻璃上划过。

出租车像一片叶子在大街上掠过，无声无息。

6

出租车像一片叶子轻飘飘地在一条条大街上掠过，最后停在了赤板市西区的龙祥殡仪馆门口。夜晚的殡仪馆门口灯光惨淡，那些还没撤走的花圈在风中瑟瑟发抖。

安蓉不明白出租车司机为什么会把车停在这个地方，她正想问声为什么，司机却开口了，小姐，到了，交钱下车吧，你是付现金呢还是打卡？

安蓉看到司机的脸纸一样苍白，他的声音也透着一股诡异的阴凉。她十分不解：我怎么会在这里下车？你这个人怎么搞的，我分明让你开到大溪路的大溪小区。

司机的声音飘过来，冷冷的没有一点儿温度：小姐，你上车时就说你就住在龙祥殡仪馆，我可没听错，我还奇怪怎么有人住殡仪馆，你从没说过要到大溪路，这真是奇怪。

安蓉一阵恍惚，心没来由地颤抖了一下，她无力地说，那现在去大溪路。

到了大溪小区，她下车了才发现自己没给钱，可她一转身，那车却突然消失得无影无踪。

7

午夜十二点整。

安蓉走进了楼道，楼道里异常安静，电梯停在二十楼。安蓉在等待电梯下来的过程中，闻到了一股中药的味道，味道似乎有些熟悉又有些陌生。

中药的味道从何而来？安蓉左顾右盼寻找着，她使劲儿呼吸了一下，中药的味道仿佛越来越浓。

这股中药的味道中还夹带着另外一种气味，一种她无法确定的气味。这种气味她像是在哪里闻到过，她内心在排斥着这些气味，但是，她无能为力。

安蓉上了电梯，她抬腕看了一下表，表盘上似乎也有一圈绿色的光，那光倏地一下进入了她的双眼。安蓉眼睛一花，浑身颤抖了一下，觉得身上有点冷。

电梯门无声地开了。

安蓉迟疑了一下走出电梯，电梯门又无声地关上了。

楼道灯炭火似的泛着红色。安蓉本能地对昏红的灯光表示反感，她皱了皱眉头。

她从包里摸索出钥匙，把钥匙插进了门的锁孔，她的手旋转了一下，钥匙一动不动。

难道走错门了？没错，这是她住的地方，她参加工作后就一直住在这个寓所里，没有换过地方。楼道上寂静极了，她开锁的声音显得特别响。

她试了几次，这锁就是打不开。安蓉突然想，要是王子洋在就好了。

安蓉的目光往对面邻居的家门瞥了瞥。

楼道的灯突然噼噼啪啪地闪了起来，邻居家的门缓缓地开了，像是有一个隐形人推开了那扇门。门里漆黑一片，安蓉身上越来越冷，她咬紧牙关，不让自己的牙齿颤抖。苦涩的中药味道也越来越浓，同样的，中药的味道中夹杂着那种奇怪的气味。安蓉又使劲儿呼吸了一下，她觉得中药的味道几乎要把她淹没。

安蓉发现，中药的味道似乎来自邻居的家里。

她记得邻居是一个老太婆。

那老太婆姓李，平常对她不错，没事时还会做些粽子什么的送给她吃。

李婆婆——

安蓉边叫着边摸索进了李老太的家门，她的门还开着一定没睡。

李老太的家里果然充满了中药的味道。

安蓉心里有些紧张，夹杂在中药味道中的那股怪味让她有种不祥的预感。

安蓉又喊了两声，没人应答。门在安蓉的身后无声无息地合上了。

安蓉的脚好像踩在了什么东西上，那东西黏糊糊地粘在她的脚上。安蓉的脚缩了起来，抖了抖，她想甩掉粘在鞋底的东西。

安蓉对李老太的家比较熟悉，平常她也会过来坐坐，陪孤独的李老太说上一会儿话。李老太常对她说，要有像她一样的女儿该有多好。安蓉就会说，我就是你的女儿。李老太听了，常常乐得合不拢嘴。

安蓉仿佛听到了李老太的笑声，那笑声在寂静的深夜里颤抖着。

中药和那奇怪的气味不断进入她的鼻孔，直至五脏六腑。安蓉的身体跟着颤抖起来，她的心跳在加速，有一种力量在压迫着她的心脏。

安蓉大声地叫着，李婆婆！你在吗？安蓉的声音迅速被黑夜吞没了，黑夜是死一样的寂静。

灯的开关在哪里？

安蓉自言自语，李老太家里一定发生了什么事情。安蓉努力回忆着李老太家里的每个细节，尽量不漏过一个微小的部分。

此时，李老太的家就像一个黑暗的墓穴，阴冷而密不透风，和外界完全隔绝了。安蓉知道李老太有个习惯，就是什么时候都要把窗户门关得严严实实，窗帘也不拉开。安蓉经常让李老太把窗户打开透气，李老太总是说她习惯了这样。她是个自闭的老女人。安蓉实在不明白李老太这么一个自闭的人为什么会接纳她，让她进入李老太的家。

安蓉在黑暗中摸到了电灯的开关，像是摸到了一个人的脉搏。

灯亮了，白灿灿的灯光刺进安蓉的双眼，她触电般痉挛了一下。

灯光让安蓉更加的迷惘，灯光亮了后，中药和那怪味也更加强烈了，安蓉根本就无法消除这些让她难以容忍的气味。

李老太客厅里的红木家具泛着冷色的光。

安蓉低下头，惊叫了一声，啊——

她刚才是踩在一摊将要凝固的血上。

她这个时候才明白，中药味道夹杂的那股怪味就是血的腥味，而且是变质了的血的腥味。

李老太危险！

安蓉冲进了李老太的卧室。

她呆了，她看到这样的景象：李老太赤身裸体地躺在床上，她的喉管被利刃割断了，血流了一地，还流到了外面。李老太的眼珠子突兀着，像要迸射出来，她干枯的死灰的手紧紧地抓着被血浸透的床单……安蓉抑制不住尖叫起来，尖叫声划破了死一样寂静的深夜。

第二章

1

熟睡中的安蓉有些疲惫，这样看上去更加楚楚动人。

现在已经是上午九点整了。被安蓉折腾了一夜的兰芳一直没睡。她坐在一张靠椅上，看着床上熟睡的女友。怎么安蓉从水曲柳乡村回来的第一天晚上就发生那么多的事情。她怎么也想不明白。

昨晚，兰芳刚把男友张洪安顿好，正要和他吻别回家，她就接到了安蓉惊恐的电话。安蓉在电话里语无伦次，兰芳没等她说完就说，你等着，安蓉，我马上来。放下电话她就拉起了张洪，一起赶到了大溪小区。

大溪小区外面停了好些警车，警车上的警灯还在一闪一闪地亮着，小区里像炸了锅一样，人们的声音沸沸扬扬。这种场景在大溪小区是很少见的，这样子一看就是发生了什么大事。

安蓉是先报了警才给兰芳打电话的。她如果先给兰芳打电话，或许动静就不会闹得这么大。

兰芳和张洪还没上楼，就看到满脸惊惧头发散乱的安蓉被警察带了下来。

警察把安蓉带回了警署，他们要给安蓉录口供。录完口供，安蓉才被兰芳带回了家，在兰芳的家里，安蓉还在喃喃自语，我是看到了尸体的，还有血……怎么就没有了呢？

兰芳大概了解了事情的来龙去脉，当警察赶到李老太的家里，安蓉见到的李老太的尸体和血全都消失了。而且有人告诉安蓉，李老太早在三天前就因为心脏病复发去世了。

兰芳对安蓉说，好安蓉，你今晚就在我这里睡。我睡沙发。不要想太多了。那是你的幻觉，也许是你太累了，你现在需要休息，什么也不用去想。

安蓉痛苦地摇了摇头，我真的看见了尸体的，还有血……怎么就没有了呢？

兰芳给她倒了杯水。

安蓉喝了口水，平静了些。

兰芳打开了音乐，安蓉和她都喜欢的恩雅的爱尔兰音乐。音乐是安抚灵魂的药，安蓉在音乐声中睡去。如果音乐能够修复安蓉内心的伤痕，那么安蓉愿意一直活在音乐中，但音乐只能让她短暂地睡去，也许还不是音乐的作用，而是她实在太累了。

兰芳一直看着安蓉，她对安蓉十分的怜爱，她有些后悔昨天夜里自己和张洪先走了。兰芳想，可怜的安蓉，她不能在大溪小区住下去了。应该让她换个地方住了。兰芳想给她租个离自己较近的寓所。这样可以更好地相互照应。兰芳一直希望自己能够像个大姐姐一样照顾好安蓉。

兰芳今天有个采访，她准备到报社后再给在家休息的张洪打个电话，让他给安蓉物色一间住所，张洪在这方面有办法。对了，她还得给张洪写个表扬信，说不定还能让他立个功加级工资什么的。

兰芳在桌上留了一个条，背上采访包，蹑手蹑脚地出了门，她不愿意吵醒安蓉。

从车库开出车，兰芳才发现今天是个阴天。天空阴沉沉的，云密密麻麻压迫着太阳，阳光勉强地从云层中透出那么几缕，苍白而乏力。街上密密麻麻的车辆，前拥后挤，喇叭声此起彼伏，压得兰芳透不过气来。

2

王子洋坐在书桌旁吸烟。他拿起小镜框，看着安蓉的照片。照片中的安蓉微笑着，宁静祥和。王子洋眯起眼，他朝安蓉的照片轻轻地吐了口烟。昨天晚上回家后，他给安蓉打了好几次电话，就是没人接听，他有些担心，安蓉该不会出什么事吧。今天他休息，本来约好了和朋友去打高尔夫球但他改变了主意。

王子洋把烟头摁在烟灰缸里，他伸出修长的手指抓起了电话，安蓉的电话还是没有人接。王子洋有些不安，他决定去安蓉家看看。

天气有些闷热，王子洋没有穿西装，他穿了件白衬衫，特地打上了那条红色领带。出门时，他把本来就发亮的皮鞋又擦了擦。他永远保持着一副绅士的派头，他从来没穿过拖鞋或者凉鞋出现在公共场合。

王子洋驱车前往大溪小区。

他开的是辆黑色的桑塔纳，这车是作为商人的父亲送给他的，他基本上一星期回去看父亲一次。王子洋也带安蓉去见过父亲。出于礼节，父亲没有对安蓉评头论足，安蓉也说他父亲是个和蔼可亲的人。事后，父亲约王子洋到他公司的办公室长谈了一次。

父亲的郑重其事让王子洋有些吃惊。

父亲从来不干涉王子洋的私生活，但在安蓉的问题上却有他的看法。他似乎对安蓉不太满意。对安蓉，父亲不满意的地方主要有两点：一是她娇美的容貌；二是她孤儿院的出身。父亲认为美貌的女人靠不住，而有不好出身的美貌女人更加靠不住，况且她还是个护士，中等的学历让她看上去更加危险。王子洋对父亲的看法不以为然，他没有驳斥父亲，只是委婉礼貌地提醒父亲，这是他自己的问题，他自己知道怎么处理。父亲也就没再说什么了。

王子洋心里有些忐忑不安。

安蓉会不会开门接纳他？这个问题他考虑过无数次了，自从安蓉提出和他分手到现在。安蓉不像是在孤儿院里长大的女孩子，她相当淑女，但淑女的背后也有倔强的一面。

因为一个小问题，当然，王子洋认为是个小问题。安蓉所表现出来的决绝令他不解。如果说安蓉当初看到的是他和杨林丹在床上的表演，说不定安蓉会表现得更加强烈，不单单是往他脸上啐一口唾沫，而是拿起茶几上的水果刀捅进他的心窝。

他的确和杨林丹上过床，不过，那是以前的事情，自从他和安蓉恋爱后，他就没有产生过和杨林丹上床的念头。杨林丹是他在医科大学里的恋人，大学毕业后就分手了。按杨林丹的话说，他们只是床第上的关系，是相互的本能需要，根本就没有爱情。问题是他们的这种关系一直藕断丝连，分手后也会偶尔在一起上床。他们都是对方的一杯冷饮，渴的时候喝上一口。人有时是不是必须喝上一杯冷饮，王子洋没有想过。

那天，杨林丹找上门来了。

王子洋对她说，林丹，你走吧。今天我没有兴趣。对了，你以后也不要再来了，我准备结婚了。

杨林丹点了一根烟，笑了笑。这是好事嘛，就这一次了，完事后我再不登你的门，也不和你联系了。

王子洋沉着脸说，不行，你还是快走吧。

杨林丹伸出柔软的手去摸王子洋的脸。

王子洋没有躲避，他已经很长时间没有让这个女人抚摸了。说实在的，和她在一起十分轻松、销魂，一点儿责任感都没有。杨林丹把烟放在烟灰缸上，另外一只手伸过去，勾住了王子洋的脖子，她的嘴唇贴上了他的唇。王子洋感觉到自己被一股热浪掀翻，他感觉到内心有种无法控制的潮水在恣意横流。

就在这时，门开了。

安蓉的出现让王子洋狠劲地推开了杨林丹。

杨林丹没有惊慌，她拿起了还在燃烧的半截香烟，悠然地抽着。

安蓉待了一会儿，然后急促地走到王子洋面前，朝他脸上啐了一口唾沫，然后扭头就走了。

王子洋追了出去：安蓉，你听我说——

安蓉没有听他说什么，飞快地走了。

想起和杨林丹的事，王子洋觉得自己有愧于安蓉。他一直就在隐瞒她，好在杨林丹和他们不在同一家医院。但那毕竟是一件小事，他和杨林丹没有爱情。他爱的是安蓉，安蓉根本就不听他解释，他没想到安蓉会提出来和他分手，还当着兰芳那个野丫头的面。

或者都是兰芳那娘儿们捣的鬼！

王子洋咬了咬牙，他不能不把事情怪罪到兰芳的头上。可拿兰芳又丝毫没有办法。在他和安蓉确立恋爱关系时，兰芳就半开玩笑地警告过他，如果他敢做对不起安蓉的事，就绝饶不了他！他当时笑笑说，我怎么会做对不起安蓉的事呢，你就放心吧。

王子洋的车开到了大溪小区的门口。

停好车，他就进了小区。保安没让他登记是件意外的事情，保安向他投来的怪异的目光让他有种隐隐约约的不安。

王子洋上了电梯。

电梯里就他一个人，电梯吱吱地响，好像什么地方夹着一只垂死挣扎的老鼠。电梯门很快就开了，他出了电梯，来到安蓉的住所门口。他按响了门铃，好大一会儿，里面没有一点儿动静。他又敲起了门。

他敲了老大一会儿门，还是没有动静。

王子洋心里悬了起来，安蓉会不会出了什么事？

安蓉邻居家的门缓缓地开了。一个干枯的白发老太太无声无息走了出来。她面色如纸，目光似乎掠过了王子洋，停在不知名的远处。安蓉昨夜没住在这里，她的声音轻飘飘地传过来，模糊而悠远。

王子洋身上有些凉意。

白发老太太说完就关上了门，毫无声息地关上了门。一种怪异又熟悉的气味突然弥漫在走廊里。

他突然看到安蓉门外的地上放着一件叠好的白色连衣裙，这是谁放在这里的呢？他没有看见安蓉穿过这样的白裙子。他转头往白发老太太的门口看了一眼，等他回过头来看那地上时，安蓉门口地上叠好的白裙子不见了。

王子洋打了个寒战，匆匆离开。

3

绿色的光像一条条丝线，在屋子里缠绕着，形成了一个绿色的光环。光环里有一个女人，她站在窗口，好像在等待一个人，她的目光里充满了期待。恩雅的爱尔兰音乐迷漫着，渲染着一种气氛，像是在注解着女人此时的心情。突然，音乐和吟诵的声音都消失了，窗外大街上嘈杂的声音传了进来。女人推开了窗，闻到了一股气味，气味仿佛从街上某一个人身上传来。准确地说，那也是个女人，垂死的女人，她开着车，注视着窗口的这个佳人，然后把车撞向了一辆大货车。那女人从挡风玻璃上撞出去的刹那，窗口的女人叫出了那女人的名字：杨林丹——血肉模糊的杨林丹被撞得面目全非。

安蓉浑身冷汗，她呆呆地坐起来，房间里一个人都没有，她赶紧下了床，拉开窗帘，推开窗，看着窗外车水马龙的大街，什么事都没有发生。兰花，我的兰花呢？安蓉喃喃地说。

她回转身环视了一下房间，才发现自己住在兰芳的家里。她的头很痛，太阳穴跳得厉害，有种黑沉沉的东西压逼着她的视线。她渐渐地回想昨夜的一些事情……安蓉坐在沙发上，如果知道会这样，她宁愿不从水曲柳乡村回来。

她伸出手拿过兰芳给她留的条：

安蓉，你好好休息，不要胡思乱想，想得太多容易产生幻觉。如果睡醒了，冰箱里有吃的东西，我上班去了，有事可打我和张洪的电话，对了，我会让张洪去为你找房子的。在房子找到之前，你先不要回去，住在我这里。拜拜。兰芳即日安蓉把便条随手一扔，便条飘落在地上。她长长地呼了口气，这是什么事呀，我分明看到了李老太的尸体，还有血……对，我鞋底还粘着血，昨晚怎么没和警察说。

安蓉走到鞋柜旁，拿了自己昨晚穿的高跟鞋。

翻过来一看，鞋底干干净净，哪有什么血迹！难道——

安蓉真不敢回去了，此时，安蓉真想给王子洋打一个电话。

可那王八蛋欺骗了她的感情。

那是一张妖媚的脸，是这张妖媚的脸迷住了子洋，她，她该死！……飞驰而来的汽车……妖媚的脸支离破碎……不，这不是真的，像老太太的尸体一样不是真的，是幻觉，幻觉。安蓉捂住了自己的脸，呜呜呜地哭了起来。她的哭声里透出一种凄凉。

她万万没想到，许多她不想看到的事件在向她悄悄逼近。

一连串的事情在这年的初夏来临让她始料不及。

天空中的云层更加密集，向地面重重地压下来，在这个初夏的清晨，阳光已经退却，阴霾笼罩了整个城市。

4

这个晚上有些闷热，月光白得耀眼，路边的树叶安静地低垂着。安蓉和兰芳在外面吃完饭就回家了，她们闲聊了一会儿，兰芳眼睛就上下眼皮打起架来了。安蓉让兰芳先睡了，然后她一个人坐在窗边，在这个夏夜里心烦意乱。

午夜十二点整。

兰芳轻微的鼾声在深夜里蔓延。安蓉突然站了起来，在衣柜前换上了一件黑色的连衣裙，然后神情怪异地出了门。

安蓉找到了杨林丹的家。站在杨林丹的家门口，安蓉又闻到了一股中药的味道。她迟疑了一下，按响了杨林丹家的门铃。杨林丹在里面问是谁，杨林丹听出了她的声音，就开了门。

杨林丹显然还没睡，她很热情，好像安蓉是她的好友。

安蓉脸上一点儿表情都没有，她的眼中透出冷漠的光。

杨林丹让她坐在了客厅的沙发上，安蓉两只手紧紧地抓住放在大腿上的皮包，指节苍白。杨林丹要给安蓉冲咖啡，安蓉冷冷地对她说，我只要一杯冰水。杨林丹就把一杯冰水放到了安蓉的面前。

杨林丹的热情中有一种让安蓉厌恶的成分。那就是杨林丹的居高临下，理所当然的姿态。安蓉受不了她的这种姿态，面对她的这种姿态，安蓉有种被蔑视、被压迫的感觉。

杨林丹点燃了一支烟，慢慢地吐了一个烟圈，斜睨着安蓉，她用一种很开心的口吻说，安护士，这么晚了找我，肯定有重要的事吧。我先生今天晚上上夜班去了，正好，我们姐妹俩可以好好聊聊天，你想聊什么都可以，没有关系。说完，杨林丹又吐了个烟圈，眯了眯双眼。

安蓉注视着这个风骚的女人，她想起那天杨林丹在王子洋怀里那种充满欲望的表情，她想象着杨林丹和王子洋在床上的情景，她的胃不由得抽搐了一下，一阵翻滚。安蓉的双眼直直地盯着杨林丹：你真的爱王子洋吗。

杨林丹笑了，笑得放肆而夸张：安护士，我记得我在五月花咖啡屋里和你说过，我们不存在什么爱情。他真正爱的是你而不是我。我太了解他了，他要和一个真正的淑女结婚生子，但又想在外面拥有更多的女人。这些女人能满足他的欲望。其实，我和王子洋应该是最般配的，我们都有强烈的性欲，我们都能满足对方。但是，他不爱我，他爱的是你。

安蓉的声音在这闷热的夏夜里显得异常冰冷：他不爱你为什么要

和你上床，为什么？我不相信没有爱情的人能够上床，只有畜生才能那样。

杨林丹再次笑了，笑声有些招摇，穿透了夜色：安护士，你的确很可爱，王子洋的眼光不错找到了你。这点也许就是你吸引王子洋的地方，我身上没有这种东西，可是，安护士，你也十分的幼稚。我和王子洋说穿了就是纯粹的性关系，其他什么也没有。我们只是相互的一种工具。你懂吗？工具！在你不能够满足他的欲望的时候，我就是他发泄的最好的工具，而当我的丈夫不能够满足我的时候，他也是我发泄的最好的工具！像他这样的人，需要完美的爱情，也需要完美的性爱，靠你一个女人是不可能给予他那么多的，你有你的弱点，难道不是吗？你能够像我一样肆无忌惮地享受性爱吗？你能够像我一样可以让他予取予求吗？

安蓉的眼中变幻着颜色，她努力地不想让自己的手颤抖起来，她的声音也努力地平静着：杨林丹，你是个荡妇！

杨林丹这次没有笑出声，她又吐了个烟圈，眼睛有些迷离，停顿了一下说：没错，我是个荡妇。我觉得有些东西最宝贵，有些东西稍纵即逝，过去了永远也不会再回来了。你明白我的意思吗？或许你不明白，可你总有一天会明白，人总有一天会老去的，那时候，你想做一切都晚了，包括性爱。人总会有没用的那一天，绝望的那一天！我觉得我很珍惜自己，不放过任何一次机会，你想知道王子洋和我在床上是什么样子吗？我告诉你，他在床上表现得十分投入和疯狂，作为男人，他是完美的，他知道怎么样让我快乐，让我的身心为他疯狂，他知道让我达到高潮，一次又一次地让我进入神幻的状态，遗憾的是，他在和我做爱的时候，叫着另外一个女人的名字。

安蓉的胸口起伏着，她觉得中药的气味越来越浓，浓得让她喘不过气来。她努力地平静着自己，用一种冷冷的口气说，杨林丹，你真是个不要脸的荡妇！

杨林丹这时大笑起来，浑身颤抖地大笑起来，笑声放荡而尖锐，让我告诉你吧，他在和我做爱的时候，叫着的那个女人就是你，安蓉！

安蓉的脑袋轰地一声炸开了，她不可抑制地尖叫起来。安蓉猛地拿起自己的包朝杨林丹的头部砸了过去。杨林丹猝不及防，包中的重物把杨林丹给砸昏了过去。

安蓉惊呆了，看着昏倒在沙发上的杨林丹，她一下子无所适从。

房里的灯在这个时候突然黑了，空气凝结在这间充满了中药味道的房子里，一道绿光幽灵般闪过。

安蓉呆立在那里。一切寂静得可怕，突然灯噼噼啪啪地响起来，灯光闪动。在闪烁的灯光中，安蓉好像看见前面有个白色的影子，影影绰绰地在前面飘动着。

似乎有一种奇怪的力量推动着安蓉，她不由自主地跟随着那个白色的影子，轻飘飘地离开了杨林丹的家门。

那个白色的影子像风一样从楼梯一路飘下去。楼梯里没有人，空荡荡的，楼梯里的灯拖着灰暗的色泽，时而闪那么一下，楼梯的栏杆在灯光的闪烁中泛着冷冷的蓝色。安蓉无声无息地跟着那个白色的影子，从楼梯走到了地下室。

地下室是个大车库，静悄悄的，一辆辆车紧紧地排列着，如同一个个沉睡的魔鬼。看见那些排得整整齐齐的汽车，安蓉眼神慌乱起来，身子也禁不住颤抖起来，她的手指紧紧抓着手中的皮包。那个白色的影子继续在前面飘浮着，若隐若现，然后停在一辆白色的丰田轿车前，倏地消失了。安蓉慢慢地走近那辆车，一股中药的味道传了过来，随着她的走近，味道越来越浓郁。安蓉看见那辆白色丰田的车窗玻璃上闪着一种诡异的绿色光芒。安蓉走到了车旁，她把脸靠近了车窗玻璃向里张望，一道绿光突然从车窗上闪进了安蓉的眼里。安蓉眼一花，一阵晕眩……

谁——

一个男人的声音传来。

安蓉猛地清醒过来，心里一惊，她躲在了车的后面。

安蓉听到了脚步声，沉重的脚步声。在深夜里，还有谁会来到地下的车库呢？沉重的脚步声慢慢地靠近，安蓉心里压了一块石头，她有点喘不过气来，一股凉风缓缓地吹拂过来，她感觉自己浑身的寒毛都立起来了。

她看到了那个男人，那是个穿着制服的保安。

保安叼着一支烟，那烟头忽明忽暗。安蓉屏住呼吸，她的心跳得更厉害了，她想起了被她砸昏的杨林丹，不知道她醒了没有，不知道她是不是报了保安。如果被保安发现，她将无言以对，她无法解释自己对杨林丹所做的一切，无法解释自己为什么来到车库。

保安来到了白色的丰田轿车旁。安蓉蜷缩在车尾。她此时像只即将被猫逮着的耗子。保安自言自语：奇怪，我明明听到什么声音，怎么鬼影都没有一个。

他站在那里环视了一下四周，又自言自语道，见鬼了，如果有响动，汽车的警报器早响了。走吧，找个地方眯一觉，这地方能有什么鸟事。说完，他就一步一步地走了。他不知道杨林丹的汽车是没有装报警系统，因为她一听到警报的声音就烦。

安蓉的一颗心放回肚子里，她长长地呼了一口气，一阵奇怪而阴冷的风吹了过来，安蓉觉得身上有些发冷，车库里的灯光似乎也在闪动着，一明一暗。

第三章

1

从兰芳家到人民医院坐地铁只有两站路。在地铁上，安蓉提心吊胆，显得很不安，没有人知道她内心在想些什么。地铁上人很拥挤，一张张各色各样的脸让安蓉无所适从，她怀疑这些脸会突然消失，消失得无影无踪。地铁在黑漆漆的轨道上行驶着，前方是一片黑暗，地铁最终要把我们带向何方？安蓉想，她闭上了眼睛。

安蓉早上上班花了十五分钟就到了单位。本来兰芳要开车送她，看着疲惫不堪的兰芳，安蓉制止了她。兰芳对安蓉说，把心放开点，不要想太多问题，该干什么就干什么！安蓉白了她一眼，啰嗦！

十天没来上班了，当她踏进医院大门时，她的心莫名地颤动了一下，她感觉到今天有什么事要发生。这种感觉十分不妙，安蓉讨厌自己的这种感觉，可她没有办法让自己不产生这种感觉。

从医院大门到住院部大楼有一段距离，那是一条林荫道，道路两旁是肃穆青葱的柏树。安蓉在上班的人流中显得卓尔不群，她在医院里的回头率一直是名列前茅。这让医院里的许多女同事妒忌。医院是女人比较集中的地方，女人多的地方是非也多。像安蓉这么漂亮的女人容易招人议论，安蓉对关于她的风言风语不屑一顾。她走路时从不注意后面向她投来的目光。

有一双眼睛一直在她身后不到十米远的地方注视着她，那是一双老鼠眼，豆大的眼睛中透着亮光。

安蓉工作的外一科在住院部大楼的五楼。她进电梯后看到王子洋也进了电梯。安蓉转过脸，她不想看到他。王子洋朝她这边挤过来，电梯里的人都奇怪地看着他。

安蓉闻到了一股古龙香水的气味，她突然想到一句话，使用古龙香水的人不是性变态就是自恋狂，这句话好像出自一部恐怖电影男主人公之口。安蓉清楚香水味是从王子洋身上散发出来的，她曾多么迷恋王子洋身上的气味，尽管兰芳十分讨厌男人身上的香水味。现在，安蓉皱了皱眉头。

出了电梯，王子洋对安蓉说，安蓉，你没事吧？昨天我找了你一天。

安蓉冷冷地说，废话，有事我还能来上班吗？况且，我有没有事已经和你毫无关系。

王子洋笑了笑，安蓉，你还在生我的气，但我知道，你心里还是爱着我的。我们和好吧！下班后我们一起吃饭，好吗？

安蓉变了脸色，王子洋，你真烦人！我告诉你，别老纠缠我，否则我对你不客气！

说完，安蓉就快步走开了。

王子洋看着安蓉进了外一科的护士站，他咬了咬牙，嘴巴里吐出了一句含混不清的话。

2

外一科收治的都是外伤的病人。安蓉在换衣服的时候，护士长夏美丽对安蓉说，安护士，十七床的病号脾气不好，你要小心点。他朝你发火你也不要和他吵，挺可怜的一个小伙子。安蓉点了点头，在她三年的护士生涯中，她没有和病号吵过，她只是委屈地偷偷哭过。上班时间里，安蓉很少说话，因此也很少和别人交流，她在同事中几乎没有朋友，同事们都说她是冷血美人。

十七床的病号是个车祸中受伤的小伙子，他的半边脸皮几乎被完全撕裂。安蓉记得她每次给小伙子换纱布的时候，手都无法抑制地颤抖，脸皮上纵横交错的伤痕让人不忍直视。安蓉推着药车进入病房，小伙子用露出的一只眼珠子盯着她，他们相互看不清对方的脸。小伙子半边脸上蒙着纱布，而安蓉则戴着大口罩。他们内心都清楚，一个人的脸是美丽的，另一个人的脸丑陋不堪。

小伙子的那只眼充着血，很红，可以看出他内心的焦灼和绝望。安蓉的双眼是没有表情的。她来到了小伙子的病床边。她对小伙子说，十七床，打针。

小伙子突然把头扭向了一边。

安蓉边配药边说，十七床，听见没有，打针！

小伙子把半边屁股翘起来。安蓉用酒精棉球在小伙子的臀部擦了擦，针头就快速地扎了下去，小伙子一点儿感觉都没有，安蓉轻轻地推着注射器，另外一只手在针的旁边轻轻地揉动。注射完后，安蓉快速地拔出了针。小伙子还翘着屁股，安蓉说，好了。

做完这一切，安蓉推着小车出去。

她刚到门口，小伙子突然说，我知道，你是安护士，我记住你了，果然名不虚传，这针打得有水平，不像其他护士，用针头在我屁股上练标枪，谢谢你！

安蓉突然停下来，她回过头看着小伙子，目光有些飘忽地停在他被纱布蒙着的半边脸上。然后她突然回到小伙子的床边，躬下身，把头贴到他的耳边说，撞车时那一刹那，你想到了什么？

小伙子愣住了，半天没有回答她。

安蓉抬起头看着他，目光冷冽，背过身飘出了病房。

安蓉刚出病房，护士长夏美丽扭着肥硕的屁股走过来。她问安蓉，十七床没冲你发脾气吧？

安蓉摇了摇头。

夏美丽拍了一下安蓉的肩膀，还是你安蓉有魅力，我们科要多几个你这样的护士我日子就好过多了。

安蓉没理她，继续去干自己的活。夏美丽的废话很多。安蓉有时很讨厌夏美丽的废话，那些废话有时候就像路上那些震耳欲聋的汽车喇叭声一样，让她的大脑嗡嗡嗡地轰鸣，疼痛欲裂。她有时候真希望夏美丽在某一天突然变成哑巴了，她可以安静地工作，不再受这些废话的骚扰。可夏美丽的喉咙功能良好，从来没什么问题，而且永远声音响亮地喋喋不休，这让安蓉无法容忍。尽管如此，安蓉还是在夏美丽说废话的时候沉默地看着她，好像是在认真地听她说话，其实安蓉觉得自己的脑袋像要炸开一样。

3

安蓉干完活，坐在护士办公室里看一张报纸，那是昨天的《赤板晚报》。安蓉笑了一声，她看到晚报头版的右下角有一幅照片，那是民警张洪的照片，他穿着警服，头上缠着绷带，张着大口，挥着手势在说着什么，像一个领导同志在发表演讲。照片下面是一篇写他如何英勇和歹徒搏斗的文章。兰芳也真能吹，愣是把一个胆小鬼写成了英雄。

就在这时，桌上的电话响了。

安蓉拿起了电话，喂，外一科，请问找谁？

找安蓉，安护士。她在吗？

张洪，我就是安蓉。你这个笨蛋，连我的声音也听不出来了。

不好意思，刚才没仔细听。安蓉呀，你要的房子我给你找好了，在东方路，离兰芳家很近，隔两条马路。离地铁站也很近，一室一厅，厨房卫生间家电都是齐的，装修得像宾馆，干净，合你的品味，就是房租贵些。

多少钱一个月？

一千二。你看怎么样？

能不能便宜些？

恐怕……我再压压吧，这样，如果你和房东签的时间长一点儿，可能会便宜点。

不管怎么样，给我压到一千就可以了。

好吧，我试试。

安蓉放下电话。

夏美丽说，安蓉，怎么，要搬家？

安蓉点了点头。

夏美丽又说，凭你的条件，找个阔佬嫁了算了，还找什么房子呀，真是的，浪费自身的宝贵资源，多可惜呀，我都替你心疼。

安蓉怕夏美丽又开始她的喋喋不休，轻声地反驳说，护士长，你当初怎么不找个阔佬？

夏美丽一时语塞，她的肥脸有些挂不住了，安护士，我是为你好。

安蓉突然心一跳，抬头一看，王子洋正从门口经过，他停顿了一下，朝里面看了安蓉一眼。安蓉的目光碰到了他的目光，心里一抖，低下了头。这个细节被夏美丽捕捉到了。王子洋走过去之后，夏美丽又找到了新的话题。她走到安蓉身边，亲热地坐在安蓉的身边，继续说，安蓉，我看王医生不错，他英俊潇洒，你美貌温柔，是天生的一对呀，我以前怎么没想到这一茬，你要愿意，我去给你说合，怎么样？听说追求王医生的人很多，你要不抓紧，过了这个村就没这个店了。

医院里的人都不知道王子洋和安蓉的事。

安蓉听完夏美丽的话，脸突然一沉，猛地站起来，我的事不要你管！

夏美丽呆在那里，看着安蓉气呼呼地出了门。

安蓉今天怎么啦？难道撞邪了？夏美丽傻乎乎地想。

安蓉出了门，来到一个无人的角落，擦了擦眼睛。

她长长地叹了一口气。

在另外一个地方，有一双豆大的眼睛在审视着安蓉。

安蓉没有发现那双眼睛。

那双眼睛里有火也有冰。

4

下午两点左右，天渐渐地暗下来，空气沉闷！隐隐地，有沉雷传来。安蓉的脸色也阴沉下来，这种天气让她内心莫名的恐慌，有种不祥的声音在远处不确定的地方召唤着她，尖锐如针地刺着她的心脏，她的眼皮也突然跳起来。

难道真的有什么事情要发生？在水曲柳乡村时一切还好好的，怎么一回到赤板市后就发生了那么多古怪的事情？安蓉头有些晕。她脑袋里似乎有许多虫子在蠕动，在干扰着她的正常思维。

飞驰而来的汽车，妖媚的笑脸支离破碎……生命的顿时消失……不，不，这不是真的，不是！幻觉，幻觉！……莫名其妙的中药气味夹带着一点儿血腥味又不知从哪冒出来，被她呼吸进五脏六腑。安蓉一阵恶心，她的胃不停地翻滚着。

安蓉口干舌燥，她跌跌撞撞地走进了洗手间。

一个护士看着安蓉走进洗手间。她心想，安蓉今天怎么啦？她就像一片秋风中的叶子，瑟瑟发抖。那护士想跟进洗手间，但她迟疑了一下，就匆匆离去。

安蓉来到洗手间，拧开水龙头，水哗哗地流淌出来，溅起许多光怪陆离的水花。安蓉迫不及待地用凉水泼着自己的额头和脸，她企图让狂乱的思想冷却下来。此时，安蓉真想找个冰箱，把自己美丽的头颅塞进去。

脸色苍白的安蓉目光迷离。

她抬起头，面对着镜子，她满脸都是水珠，迷惘的样子，安蓉的唇也变得苍白，她用舌尖舔了舔唇，什么味儿都没有，可空气中的确飘浮着中药和血腥的味道。安蓉张了张嘴，想喊，但没喊出来。她看到镜子中出现了一幅模糊的影像，一个人在疾走，一辆模糊的汽车朝那疾走的人影冲了过去，闪电划开了模糊中的黑暗。她看到一张女人的脸，一张清晰的鲜血淋漓的脸，那张脸痛苦地扭曲着，还有一只手，一只血肉模糊的手朝她伸过来，穿过镜子朝她伸过来……安蓉尖叫起来，可是没有任何声音从她嘴中发出。哗哗的水声变成了铺天盖地的汽车的吼叫声，震耳欲聋。安蓉用双手死死地堵着自己的耳朵，她蹲了下来，使劲地摇头，嘴里不停地喊着：幻觉，幻觉，停，停！

安蓉——安蓉——

谁在喊她？

安蓉——

她听出来了，是护士长夏美丽在叫她。

汽车的吼叫声突然停止了，安静的厕所里，只有哗哗的水声。安蓉伸出手，关掉了水龙头。中药和血腥的味儿也突然消失了。安蓉用纸巾一点儿一点儿地擦去脸上的水珠，她的心平静了些，擦完脸上的水珠，用纤秀的葱白般的手抚摸着自己富有弹性的脸。她看着镜中的自己，双眼迷惘，面容忧郁。

安蓉一声不吭地走出了洗手间。她来到走廊上，面无表情。窗外的天更黑了，雨已经密集地落下来了。夏美丽急匆匆地朝她走过来，边走边对安蓉说，安蓉，你干什么去了，我找你老半天，快，去手术室。

安蓉问，出什么事了？

夏美丽说，安蓉，是车祸，有急病号要抢救，马上要做手术！

车祸！

安蓉的心重重地颤抖了一下，陷入了一片黑暗。

安蓉和护士长夏美丽穿过长长的走廊时，安蓉突然看到走廊的一个角落里放着一件叠得整整齐齐的白色连衣裙，她很奇怪，夏美丽怎么对它视而不见。走过一段路，她又回头一看，那白色的裙子已消失得无影无踪。安蓉的心跳了跳。

5

安蓉简直不敢相信自己的眼睛，被急匆匆推向手术台的人就是杨林丹。安蓉一下班就找了家名叫五月花的幽静的咖啡屋，坐在那里企图让自己的心平静下来。像是一种诅咒，是的，她的梦是一种诅咒。她梦见杨林丹被车撞死了，现实中的杨林丹就真的死了。她全身的毛细血管都在收缩。躺在手术台上的杨林丹面目全非，血肉模糊。安蓉不敢想象她是怎么撞车的。杨林丹的一只眼球突出在眼眶外面，死死地盯着安蓉，她不停地一口一口地吐血，鲜红的血液迸射出来，甚至溅到了安蓉雪白的口罩上。杨林丹没有了往日的妖艳，她是一只垂死的鸟，无力地在死亡边缘挣扎。两个多小时的手术下来，安蓉快窒息了。手术的主刀医生就是王子洋，安蓉没有从他的眼中看出惊慌和痛苦，他十分平静，好像杨林丹和他从来就没有什么关系。安蓉从王子洋镇静的眼神中知道了男人的铁石心肠，是不是男人都是这样的？安蓉想起了一个面目模糊的男人，那个男人在她的记忆深处挣扎。杨林丹最终由于心脏衰竭死在了手术台上，这场失败的抢救让手术室里充满了死亡和古龙香水混杂的味道。

安蓉喝了一口咖啡，她拿勺子的手颤抖着。看着杯子中的咖啡，安蓉又想起了那大口大口的鲜血，一股浓烈的血腥味弥漫开来，安蓉一阵恶心。

杨林丹的尸体被七喜推向太平间时，安蓉觉得有一层绿光浮在那盖着白色尸布的尸体上。推着杨林丹尸体的七喜神情平静，他好像是平静地送一个人回家，七喜甚至还吹着口哨。安蓉对七喜有种奇妙的感觉。王子洋在她身后冷静地说，安蓉，我请你吃饭。安蓉拒绝了他。

安蓉想起那句话，胃就又一阵翻腾。

她面前桌上的咖啡像是血。

安蓉喝不下去了，她坐在那里，闭上了眼睛。此时，一个人坐到了她面前。那人的老鼠眼透着亮光。这是一张极平常的男人的脸，扁平而略黑，那透着亮光的老鼠眼是他最大的特点。

他似笑非笑地看着安蓉。

他用舌尖舔了舔褐红色的嘴唇。

安蓉睁开眼，是你？

是我，吓着你了吧？

男人操着一口娘娘腔。

安蓉突然闻到一股中药的味道。

五月花咖啡屋里怎么会有中药的味道呢？她不明白。

中药的味道在五月花咖啡屋弥漫，安蓉的眼睛里出现了迷幻的色彩。她面前的有着一双老鼠眼的男人微笑地看着她，他的舌尖又在褐红色的嘴唇上舔了舔，然后对安蓉说，安蓉，你不是说过要去看我工作吗？

安蓉在中药的气味中点了点头。

男人笑出了声，那我们走吧。

这个男人就是七喜。

6

安蓉跟在七喜的身后，走出了咖啡屋。

咖啡屋离人民医院不远，也就是十分钟的路程，要穿过一段繁华的闹市区。坐公共汽车也就是一站地。七喜回头问了一句安蓉坐不坐公共汽车，安蓉摇了摇头。

城市的夜色妖冶而暧昧。霓虹灯闪烁着，汽车呼啸而过。

一路上，他们都没有说话。

安蓉像被催眠了一样轻飘飘地跟着七喜。

安蓉认识这个叫七喜的小眼睛男人，或者说人民医院的员工没有人不认识他的，他是人民医院最著名也是唯一的美容师——尸体的美容师。安蓉刚到人民医院上班时就听人说，一位接见过七喜的高级官员这样赞美过七喜，经过七喜美容的死人，他的鬼魂是幸福的。据说，需要七喜美容的尸体排着长队。

七喜走路很轻，但十分快。

安蓉跟着他进了医院。他们来到住院部大楼后面的一间平房里。这里就是七喜工作的太平间。通向太平间的路上种满了柏树，斑驳的树影在地上抖动着，树的枝丫在月光下渐渐伸长，如同一只只枯瘦的手伸向路上的行人。

刚走到太平间门口，一只猫从太平间门口的垃圾桶里爬出来，嗖地一声，往旁边的草丛里一蹿，很快就消失得无影无踪。安蓉看到猫眼中也透着一股绿光。七喜说，那是一只野猫。七喜说话的声很轻很细，安蓉在他身后看不清他的脸部表情。

太平间的门好像没锁。七喜一推就进去了。

安蓉迟疑了一下，也跟了进去。

她担心那只野猫会不会跟进来，她回头看了一眼，门自己无声地合上了，门外的灯光也在晃动，安蓉突然有些眩晕。太平间里很宽，一大间是停尸房，一大间是人体器官的标本制作间，还有靠近门边的一间办公室。安蓉极少来这地方，王子洋说他经常来。

七喜在办公室里穿上了白大褂。

安蓉呆呆地看着他。七喜朝她笑，笑得诡秘。办公室里的一个角落里摆着一张行军床，七喜也许经常住在这里。他身上奇怪的味道和太平间里的味道十分吻合，安蓉此时对这种味道有些麻木。

七喜穿好衣服，把桌子上的一瓶酒打开，使劲地灌了几口，然后把一头大蒜含在了嘴巴里，提着一个木箱子进了停尸房。

停尸房里冷森森的，空气好像凝固了，整个停尸房是个巨大的冰块。安蓉好像闻到了一股古龙香水的味道，古龙香水的味道在冰块里浸润着。安蓉身上十分寒冷，她想离开，但她移不动双脚，她着魔似的站在那里，看着七喜工作，她的右手紧紧地握住脖子下的那块玉坠。

七喜是在工作。

他来到一具尸体旁，掀开了白色的尸布。

安蓉看到了赤身裸体的血肉模糊的杨林丹的尸体。

七喜打开了木箱，从里面拿出了一瓶酒精和药棉，一点儿一点儿地擦掉杨林丹身上凝固了的血迹，那过程十分缓慢，让安蓉窒息。

擦完血迹，七喜拿出了一根又长又细的针，熟练地穿了线。他回头朝安蓉古怪地一笑，然后开始给杨林丹缝合伤口。杨林丹的脖子上有一个巨大的伤口，暗红的肉翻卷在伤口外面。七喜用手指抚摸着那个伤口，如同抚摸着某个珍宝般小心翼翼。安蓉像被钉住了一样呆呆地看着七喜和躺在那里的杨林丹。七喜用针扎进了杨林丹脖子上的皮肤，安蓉可以听到针摩擦皮肤的声音，那种吱呀声犹如踏在年久失修的楼梯上，在这寂静的夜里刺耳异常。

杨林丹无声地躺在那里，显得安静而脆弱。安蓉突然有种冲动，她想走近看一眼杨林丹。安蓉慢慢地无声无息地走近杨林丹。突然，杨林丹的那只突出的眼球转动了一下，直瞪瞪地看着安蓉。一股冰凉浸透了安蓉的心脏。安蓉使劲眨了眨眼，杨林丹的那个眼球一动不动，一切又恢复了正常。安蓉手脚冰凉，她无法继续待在这里了……

安蓉离开停尸房时，七喜还在工作，他一针一线地缝合着杨林丹的创口，从头部开始，一直到脚尖，表情专注，手势轻盈……安蓉走时，七喜没有回头，似乎根本没有注意到安蓉的离开，他沉浸在工作中，像是在完成一件艺术品。

安蓉推开太平间的门，“吱呀”一声响。

她出了大门，环顾四周，四周静悄悄的，连一片树叶掉落的声音都听得见。路上的树影仍然不断地伸缩着，安蓉像是游魂一样飘出了医院。

几声猫叫隐约传来。

安蓉刚出医院的大门，就看到一个男人朝她扑了过来。

第四章

1

兰芳焦虑万分。她的手在头发上使劲地抓来抓去，好像要把自己的头发大把大把地拔下来，这个动作在张洪眼里有些残忍，但是张洪没有办法制止她，他只能眼巴巴地看着兰芳。

她和张洪坐在沙发上束手无策。兰芳和安蓉说好了的，晚上一起吃饭，然后和张洪一起去看房子。可现在子夜已过，安蓉连个人影都没见着。他们整个晚上都在找安蓉。医院、钢琴酒吧、美琪小筑……安蓉可能去的地方他们都找遍了，就是没找着。在咖啡屋里，服务生说安蓉来过，但和一个男人走了。当时，兰芳骂了声，王八蛋！她领着张洪，驱车来到了王子洋家。王子洋正在独自喝着红酒。看兰芳他们来了，有些气愤，你们来干什么？兰芳盯着他的眼说，安蓉呢，你把安蓉藏哪了？

王子洋提高了声音，谁藏安蓉了？不可理喻！他把门狠狠地关上了。兰芳和张洪只好悻悻而回。

兰芳几乎整个晚上都在打安蓉的手机，她听到的都是一样的声音：你所拨的电话已关机，请稍后再拨。兰芳急坏了，她说，狠心的安蓉，你他妈的一辈子不要见我的面了！话虽如此，她心里还是十分担心安蓉的安危。

张洪也在那里干着急。

他陪着兰芳一根接一根地抽烟。

兰芳踹了张洪一脚，你就不能想点办法呀！

张洪一脸无奈。

兰芳又踹了他一脚，亏你还是个警察，对了，我看还是报警吧！

张洪看了看表说，我看还是等等吧。

兰芳无言。

她又拨了一遍安蓉的手机，这一回通了，兰芳内心一阵狂喜，她怀着期待已久的喜悦等待着安蓉说话。可她听到手机里传来一个阴森森的女人的声音：虽然我死了，可我不会放过你的……声音飘渺而尖锐。

兰芳的心一阵收缩。

她把电话压了回去。

怎么啦？张洪问。

兰芳什么也说不出来。

突然，响起了门铃声。

张洪说，一定是安蓉回来了。

他正要去开门，兰芳拦住了他。兰芳示意张洪不要说话，她轻手轻脚地走到门边，把眼睛凑到门上的猫眼上往外看。

一张变形的女人的脸贴在猫眼上。

2

张洪离开兰芳的家来到街上，一股凉风吹过来，他脸上的寒毛立了起来。他从来不否认自己的胆小，胆小不是罪，很多时候，他希望自己胆子大起来，可总是事与愿违。他突然看到了街角的王子洋。

王子洋朝亮着灯光的兰芳房间的窗口张望。

张洪有些吃惊，但他还是走了过去，叫了一声，王医生，你——

王子洋缓过神来，有些尴尬。

王子洋走到自己的车边，打开了车门，准备上车。他回过头看了一眼张洪，张警官，你回家吗？

张洪笑了笑说，当然，我总不能站在大街上喝一个晚上的西北风吧。

王子洋也笑笑，我送你回家吧。

张洪迟疑了一下，然后点了点头。

车开动后，张洪才闻到一股香水的味儿，他分辨不清这是什么牌子的香水，他相信兰芳也分辨不清。因为她是个不用香水的女人。香水的味儿并不像兰芳说的那么讨厌，王子洋车里的香水味让让他产生异样的感觉。兰芳车里全是烟草的味道，如果兰芳身上有香水的味道，是不是更让张洪着迷？张洪在王子洋的车里把兰芳想象成了另一种样子，娇媚时尚而且柔情蜜意，张洪咽了一口唾沫，眼中闪动着一种奇妙的亮光。

你们走后，我去找安蓉了。

是嘛，你怎么想起来要去找安蓉？

我心里放不下她，她是一个让人记挂的女人。

你心里记挂的人很多吧，王医生？

也许吧，可安蓉的确让我欲罢不能。我现在发现，我没有办法离开她。她身上有一种魔力，死死地控制着我，让我不能挣脱。你理解我吗？

理解。可你也没有必要在一棵树上吊死，安蓉不可能再和你继续下去了，我看你不必再缠着她了，这样对你和对她都有好处。

唉！看来你还是不理解我，我们不是同一类人。安蓉让我发狂，我不会放弃的！张警官，爱一个人或许不需要什么理由。但你知道安蓉为什么让我这样痴迷吗？你知道吗？安蓉身上有种独特的香味，我从来没见过其他女人有她那种香味，那不是香水的味道，是从她皮肤里散发出来的香味，她身上的气味让我心动，让我为之疯狂。

哦——张洪深吸了口气，他想他大概可以了解这种香味的力量。刚才车里的香味就让他有些混乱。

晚上我找了许多地方，包括以前我和安蓉经常去的钢琴酒吧。她常说那里让她放松和快乐，如果她愿意，我每天晚上都可以陪她去。后来，我在医院门口找到了她。

你怎么知道她在医院，我们怎么没在医院里找到她？

你们闻不到她的气味，而我能。

她的气味？

是的，一种淡淡的栀子花的香味，那是她的体香。你和兰芳都无法感觉到的。我在医院门口等她，直到她出来。

3

兰芳在猫眼儿上看到的那张女人的脸就是安蓉。

安蓉的回来让兰芳意外。兰芳让张洪走后，拉下了脸，安蓉，你还知道回来呀？你太不够姐们儿了，你就不能给我来一个电话？整整一个晚上，你到哪去了？你知道吗？我都快被你搞成神经病了！

安蓉的右手还是放在胸前，紧紧地握住一块玉坠，那是母亲留给她的遗物。她脸色苍白，表情呆滞。

兰芳着急地说，安蓉，你就不能说一句什么，你究竟怎么啦？我本以为你去了水曲柳乡村，回来后有所放松，没想到你更加不可思议了，天下男人多了去了，你怎么就想不通呢？

安蓉悄然地流下了两行泪水。

兰芳抱住了她的肩膀，她的口气软了下来，好安蓉，你有什么委屈，你说出来，姐姐听着，你别这样吓我，好吗？

兰芳伸出手去擦她的泪水。

安蓉躲过了兰芳伸过来的手，兰芳的手指短而粗。安蓉的眼前一下子晃过一双纤秀的手，那手白得像雪，是七喜的手。

兰芳递过去一张纸巾。

安蓉接过了纸巾，她轻轻地擦了擦脸，叹了一口气，兰芳，杨林丹死了。

安蓉的语气冰冷。兰芳心里抽搐了一下，什么？

杨林丹死了。

怎么死的？

车祸死的。下午三点多的时候送到医院的，抢救了两个多小时，她就停止了呼吸，我一直在场，她的头和五官都撞烂了，她的颅骨碎得像碎玻璃……兰芳，我好怕。

兰芳抱住了她。

安蓉把头靠在兰芳的臂弯里，像个受惊的孩子。她那双美丽的杏眼流露出无助和恐惧，还有些许的不安和迷惘。

兰芳说，安蓉，别怕，她的死和你无关。

不，不……和我有关，有关！安蓉的声音急促起来，她的整个身体在抽动，呼吸也紧迫起来。

平静些，安蓉，平静些。

我梦见过她撞车，她的身体从车里飞了出去，头穿出了汽车的挡风玻璃，撞到了前面的大货车上，而后掉在大街的水泥地板上……我梦见她要死，我怎么没阻止她呢？她死了，就死在我面前，我，我……

兰芳抚摸着安蓉的肩膀轻声说，好了，安蓉，好了，没事了，她的死和你没有关系，真的没有关系，你不用自责。

我去看她了，去看她了。她躺在太平间的尸床上，她的身体已经冷却，可我感到她还存在，她好像没死，她在朝我冷笑……她好像就在窗外看着我们。

兰芳站起身，把窗帘拉上了，窗外的大街此时十分安静，偶尔有一辆车划过。兰芳把安蓉扶到了床上，把她放平，安蓉，你好好睡一觉就好了，什么也不要想，好安蓉。

安蓉闭上了眼。她的眼角还有泪滴。

兰芳坐在床头，注视着安蓉。

她想起安蓉刚参加工作时的情景。那时的安蓉阳光灿烂，对未来充满了憧憬。如果她不遇上王子洋，那她也许不会这样，可恶的王子洋，一切都是那个王八蛋造成的！兰芳对王子洋充满了怨恨，如果安蓉要有什么事，她绝对不会放过这个道貌岸然的伪君子。

安蓉的胸脯起伏着。

兰芳知道她一下子无法平静，也不想说太多的话，她默默地陪着安蓉。

她握住了安蓉的手。

安蓉的手又冷又湿。

兰芳回忆起一件十分遥远的事情。

那是个雨天，孤儿院的院长，那个和善的老女人把一个小女孩领到了孤儿院。那个小女孩穿着一条很旧的花裙子，她的眼中充满了不安和恐惧，显得慌乱，像是受过惊吓的小鹿。院长慈祥地把小女孩介绍给孤儿院的孤儿们，请大家接纳这位苦难的姐妹。她叫安蓉，希望她和大家一起幸福地在这个大家庭里生活。小兰芳站在欢迎的孤儿中，默默地注视着小安蓉。院长说完话，大家鼓起了掌，只有兰芳一个人上去拉住了安蓉的手，她的手又冷又湿。

兰芳轻轻地叹了口气，一晃二十多年就过去了，那个孤儿院的老院长早已作古，不知她在天国里过着什么样的生活，兰芳祈愿她活在花丛里。

安蓉忽然坐起来。

她使劲地抓住了兰芳的双肩，她说，是他，是他杀了杨林丹。

兰芳睁大了眼睛，谁？

安蓉放松了抓住兰芳的手，沮丧地说，不，不！

看着一惊一乍的安蓉，兰芳觉得她心中有许多难言之隐。

4

王子洋把张洪送回家后就开车走了。

张洪看着王子洋的车像一片叶子一样飘走了。他叹了口气，觉得王子洋身上有一种自己没有的东西，他努力地在自己的身上寻找那种东西，但怎么也找不到。如果要张洪说出兰芳身体上有什么特殊的味道，他一定说不出来，张洪从来没有注意过兰芳身上有什么让他难以忘怀的气味。如果兰芳失踪了，他是不可能凭着兰芳的气味找到兰芳的。如果他有像王子洋的心那样细腻，或许兰芳会更加爱他。

他没有回家。

张洪甚至产生了一种想法，他要回兰芳家里去闻闻她的味道。

隐隐约约地，张洪又好像感觉到兰芳家里有什么事情要发生，虽然自己胆小，但是自己毕竟是个男人，许多时候，男人有不可推卸的责任。

张洪又折回了兰芳的家，他希望兰芳能够在这样的深夜里需要他做什么事情，他壮着胆子在这个深夜走回到兰芳的那个小区。他在走路的过程中，把自己想象成了一个英雄，随时准备为了兰芳付出一切！王子洋好像激活了他内心深处的男人的那种英雄气概。

他来到了小区的门口，小区的保安在传达室看着报纸。

保安看着看着突然笑了起来。

张洪走到传达室门口，他觉得保安很奇怪，怎么一个人在笑。张洪很好奇，你一个人在笑什么？

保安一抬头，诧异了一下，发现是张洪，就说，张警官，怎么又回来了？你不是回去了吗？

张洪笑笑，回去了就不能再回来了吗？

保安说，当然可以。刚才我看到报纸上有个好笑的事情所以笑了。

张洪说，有什么好笑的事情呀？

保安说，报上有一则名叫《眼没瞎》的幽默，我读给你听，张警官。**一辆出租汽车疯狂地在闹市区疾驰着，把一个行人撞倒在人行道上。那人一爬起来，一边挥着拳头对司机骂道，你怎么搞的？难道你眼睛瞎了。出租汽车司机回敬他说，瞎了？你这是什么意思？我不是正好撞倒你了吗？**

张洪笑了笑，这有什么好笑的。

保安嘿嘿笑了两声。

张洪就走进了小区，他还没有走出几步，保安就从传达室里伸出头，叫着，张警官，你回来。

张洪发现保安伸出头时，脖子显得特别长，他边往回走边说，什么事情呀？

保安站起来，把张洪拉进了传达室，保安的手指指向了监视器的屏幕上，小区里的电梯和一些重要的位置都装了监视的探头。张洪看到了安蓉。他的眼睛睁大了，安蓉这副样子他从来都没有见到过。安蓉在电梯里，一个人在电梯里，她的脸面对着探头，张洪看得清清楚楚。安蓉的脸色苍白，她的眼睛里好像蒙着一层水雾，显得很茫然。她的头发散乱着，穿着兰芳的睡衣，脚上穿着一双塑料拖鞋。她整个人看上去很不正常，好像是在梦游。

保安说，她要干什么？

张洪的心里也有许多疑问，但是他什么也没有说。

张洪走出了传达室，保安跟在了他的后面。保安说，张警官，一会儿我们还是躲起来吧，如果她是在梦游，我们是不能惊扰她的，惊扰她，她有可能会死的。以前在我们村里有一个人梦游，没有想到路上碰到了一个熟人，问了他一句，他受到惊吓后倒地气绝而亡。

张洪说，我知道。

保安听出来张洪的声音不是很稳定。

他们就躲在了一个角落里，看着电梯门。

不一会儿，安蓉出来了。她恍恍惚惚地走出来，经过他们躲藏的角落时，张洪深深地吸了一口气，他没有闻到像王子洋说的那种栀子花的香味，他有点怀疑王子洋的话。但是这个时候，他没有办法考虑更多的问题，他考虑的是安蓉要到哪里去，她要干什么。兰芳呢？她也许是睡着了，她平常睡得死，因为太累了，一倒床就会沉睡。

安蓉往小区的露天停车场走去。

张洪和保安蹑手蹑脚地跟在后面，尽量不让安蓉发现他们。安蓉好像在说着什么，他们听不清楚安蓉说话的内容。安蓉说话的声音十分飘渺，像这个夜里飘荡着的轻雾。

安蓉来到了一辆车的面前。

张洪的心提了起来，这不是兰芳的车吗？难道安蓉要开兰芳的车走？可是安蓉不会开车的呀，张洪问过安蓉，怎么不和兰芳一起去学习开车，当时安蓉显得很紧张，她说她永远也不学开车，她不喜欢汽车。兰芳买车时，安蓉是极力反对的。张洪实在弄不懂安蓉内心想的是什么。

安蓉在兰芳的汽车周围转了几圈。她还是喃喃地说着什么，好像在念着什么咒语。她的神态在昏暗的灯光下十分异诡异。她突然钻进了车的底下……张洪实在搞不懂了。

他悄悄地拿出了手机，拨通了兰芳的电话。

他对兰芳说，你在干什么，安蓉呢？

兰芳说，你干什么呀？我都睡着了，你打什么电话，吵死了！

张洪低声说，你看看安蓉在不在。

兰芳突然说，完了，安蓉不见了！

张洪马上说，你快下来，安容现在在你的车底下，不知道在干什么呢。

兰芳心急火燎地说，好，我马上下来。

张洪对保安说，我看还是把安护士叫出来吧，她没有夜游症的。

保安说，还是小心一点儿吧，我看她像有夜游症。

兰芳急匆匆地跑了过来，她喊着，安蓉，你在干什么——

张洪和保安本来想制止兰芳不要大声叫安蓉，但是已经来不及了，兰芳跑得飞快，她很快地来到了自己的车旁边。

张洪和保安从角落里闪了出来，跟了过去。

张洪对兰芳说，她在车底下。

兰芳大声说，安蓉，你在车下干什么？快出来！

安蓉从车底下爬了出来。

她看到了兰芳张洪他们，安蓉呆呆地看了他们一会儿，然后说，你们——我——我怎么会在这里？

张洪脑袋里一片空白，她竟然不知道自己在干什么。

保安小声地对张洪说，吓死我了，梦游的人醒了后是不知道自己干了些什么的，好在她没有事情，否则问题就严重了，快带她回去吧。

保安说完就回传达室去了。

兰芳抱住了安蓉，安蓉，你怎么啦？你怎么啦？

安蓉摇着头，说，不知道，我不知道自己怎么啦。我怎么会在这里呢？兰芳我真的不知道自己怎么啦。

张洪说，兰芳，快把安蓉带回家吧，让她好好睡一觉就好了，不要让她着凉了。

兰芳就说，好安蓉，我们回家吧。

安蓉点了点头，她的眼睛里流下了泪水，她冰凉的手紧紧地抓住兰芳的手，她觉得兰芳的手十分温暖。

兰芳拉着安蓉的手往回走，边走边对安蓉说，好安蓉，没事的，什么事都没有的，回去好好休息，明天就好了。

张洪跟在她们的后面，他努力地闻着兰芳和安蓉身上的味道，但什么味道都没有闻到。

快走到门口时，兰芳回头对张洪说，你回去吧，这么晚了，不要再碰到什么事情了，回到家后给我打个电话，让我放心。

张洪说，好的。

张洪看她们进去才离开。

他坐上了一辆出租车回家，在车上，他感觉到安蓉有什么事情要发生。

第五章

1

东方路十一弄五号楼三〇八室，是安蓉的新家。

安蓉对这个新家感到满意，房子装修不错，设备也齐全，地段又好。离兰芳家又近，上班也方便。房间里米黄色的墙壁和淡蓝色的落地窗帘是她想要的，宽敞的卫生间里那个“嘉德”牌木头大浴桶是她的最爱。可以想象下班回来在这里面泡上一阵是多么惬意的事情。这个城市里出租的房子很多，可要找到一套自己满意的，的确也不容易。

她用了一天的时间把家搬过来收拾好。

安蓉很感激兰芳和张洪，他们不但给她找好了房子，还帮助她搬家。搬家的过程总的来说十分顺利。安蓉却对一件事心里不太舒服。

这件事和兰芳他们无关。

安蓉看到了一只绿色的蚂蚱。

东西搬得差不多时，安蓉记起了那盆兰花。她来到窗台边，准备把它抱走。兰芳是个急性子，她提着一包什么东西在门外催她快走。

你等我一下，我把兰花抱上，别急嘛。

安蓉正要抱起兰花，她突然看到了兰花根部趴着一只绿色的蚂蚱。她马上联想到了水曲柳乡村那个正午，棺材里和骷髅在一起的绿蚂蚱。

她惊叫道，兰芳，快来——

兰芳赶过来问，安蓉，又发生什么事了？

安蓉的目光又落在了兰花的根部，奇怪，没了，那只绿蚂蚱没了。

她使劲地揉了揉眼睛，再定睛一看，的确没了。

幻觉，难道真的是幻觉。

她抱起兰花，和兰芳一起走出了门。

安蓉关上门时，她听到对面邻居的门吱呀一声开了。

安蓉想起了那摊血。

她一直认为待她像女儿的李老太是被人谋杀的，而不是死于心脏病，那天晚上的血和李老太的尸体是那么的真切，她怎么会看错呢？那么，李老太的尸体怎么就在警察来了后消失得无影无踪了呢？这里一定有什么阴谋！安蓉想着想着就朝对面李老太的家门走过去。安蓉站在李老太的家门口，门微微打开了一条缝。一股冷风从门缝里吹在安蓉的脸上。安蓉朝里张望着，里面空空荡荡，地上很干净，没有什么血迹。安蓉想进入李老太的家。

你干什么啊，别看了，走了。兰芳把她拉走了。

兰芳听到安蓉喃喃地说了声什么，她没有听清楚安蓉说话的内容。

2

安蓉觉得新家不错，脸上露出了这些天来难觅的笑容。兰芳也为她高兴，她希望新的居住环境能给安蓉带来新的快乐。这是兰芳最单纯的愿望。她从小就希望安蓉快乐。小时候，孤儿院里个别淘气的孩子欺负安蓉，兰芳就会像侠客一样挺身而出打抱不平，现在也一样。兰芳从张洪的嘴里得知，那天晚上是王子洋把安蓉送回来的，她就觉得里面有蹊跷，加上安蓉说的那些话，兰芳总觉得不对劲。

王子洋好像和杨林丹的死有关系。

这个结论让兰芳心惊肉跳。

她没有把这一想法告诉张洪，她怕他说出去，他无论如何也是个警察，在还没有证实的情况下，如果把这事张扬出去，对谁都不利。

王子洋和杨林丹有奸情，这一点是确切的。王子洋也没有否认，安蓉是因为撞见了王子洋和杨林丹的奸情才决定和他分手的，安蓉无法容忍背叛她感情的男人，换了兰芳也无法容忍。

事后，杨林丹找过安蓉，安蓉把这事原原本本地告诉过兰芳。

杨林丹约安蓉在五月花咖啡屋见面。

安蓉赴约了。

杨林丹嘴角始终挂着一丝笑意，在她凌厉的目光下，安蓉有些招架不住，安蓉从来没碰到过这样的女人。杨林丹的盛气凌人让安蓉心中更加恼怒王子洋。安蓉刚开始根本就不知道杨林丹要和她说什么，不明真相就来赴约，这是个错误。

杨林丹的表情似乎是在侮辱安蓉，嘲笑安蓉。

安蓉压抑着内心的恼怒，平静地说，你想干什么？

杨林丹抿了一小口咖啡说，这种咖啡不错，我就是喜欢喝蓝山，我喝咖啡就认一个牌子，你呢？

安蓉没有回答她这个问题，一杯卡布奇诺在她面前袅袅地升起一丝丝的蒸气。安蓉压低了声音说，你有什么话快说，我还有很多的事要做。

杨林丹看了一下表说，你今天是值夜班，而且是下夜，现在是下午三点过五分。我们的时间十分充裕，你不用担心什么问题。

杨林丹的傲慢在打击着安蓉的自尊。

安蓉说，我再说一遍，你有什么话就赶快说，你要是不说，我就不奉陪了。

杨林丹笑出了声，她笑起来的样子有些妖冶。

她在王子洋的怀里是怎样笑的？安蓉想到这个问题就恶心。我再给你一次机会，否则我走了。

安蓉，我现在明白王子洋为什么会爱上你了，你的确是个美丽的姑娘。我告诉你吧，是王子洋叫我来找你的，他让我向你解释清楚，是我主动去引诱他的，他根本就不爱我，他真正爱的人是你。你也许不相信，但我可以告诉你，王子洋和我说过，他不会放弃你，如果他失去了你，他就杀了我。

安蓉看着面前的女人，她说到最后一句话时眼神躲闪了一下。

杨林丹把一百元钱压在了咖啡杯子下面，朝安蓉笑了笑，戴上墨镜，站起身，头也不回地走了。

安蓉愣了一会儿，然后追了出去。

她看着杨林丹开着一辆白色的本田轿车绝尘而去。

杨林丹的车像一片树叶在大街上飘过。

安蓉看到满大街上川流不息的汽车，杨林丹的白色本田轿车汇入了车流。安蓉的眼睛有些花，她的心被什么东西压迫着，汽车的声音呼啸着压迫着她的耳膜，好像有些人的尖叫声混杂在里面，尖锐刺耳。她的呼吸紧张起来，她的眼睛充满了惊恐的神色，她仿佛置身于一个危险的境地，生命随时都有可能消失。那些是什么，怪叫着在挤压着人们的肉体……

3

午夜时分，安蓉回到了家。她值的是上半夜的班，兰芳去接她的。兰芳把她送到楼下就开车走了。安蓉开了门，打开了灯，新居里的吊灯十分明亮，安蓉喜欢明亮。她有时通宵开着灯睡觉。她脱掉高跟鞋，换上了轻巧的白色拖鞋。

安蓉站在卧室的中间，左顾右盼，她像一个充满喜悦的孩子。她从小就希望有一间属于自己的房子，在明亮的灯光下，她像是实现了自己的梦想。她看着墙上挂着的母亲的遗照，情不自禁地走过去，她想对早逝的母亲说些什么，却什么也说不出来。

一阵风从窗外吹进来，把淡蓝色的落地窗帘吹起了一角。

她走到窗旁，关上了窗。

街上的一棵梧桐树下，似乎站着一个人。

安蓉拉紧了窗帘。

她有些兴奋。她去卫生间往浴桶里放水前，打开了电脑。她调好水温，趁放水的时间，她登录了新浪网，打开了自己的信箱。信箱里有几十封信，有一封是好友兰芳发给她的，其他的除了垃圾邮件，都是王子洋发给她的。

安蓉把王子洋的邮件和垃圾邮件一起删掉了。

删掉后，她心底又有些后悔。

她打开了兰芳的邮件，乐了，原来那是一段动漫。一只小兔子在新房子里跳舞。兰芳有时真的很细心，不会放过任何让她高兴的机会。

安蓉独自笑了。

她这一生有兰芳这样的朋友是她的幸福。如果没有兰芳，她这朵花儿在孤儿院还没开放就枯萎了。兰芳像她的亲姐姐一样一路呵护着她，在她快乐时会和她一起分享，在她伤感时陪着她，尽量地想办法使她快乐。兰芳在她下车时对她说，安蓉，回去好好休息，明天有时间我再打电话给你，你和王子洋的事情我本不应该管，但是你自己要小心。

兰芳为什么要自己小心王子洋？难道她心中想的和自己想的一样？安蓉想，可是，王子洋没有迹象杀死杨林丹，在手术台上，王子洋已经尽了最大的努力，这是有目共睹，有记录可查的。

电脑屏幕闪烁了几下，突然一片漆黑。

死机！

这是为什么？

安蓉怎么摆弄鼠标和电脑都没有效果。

该死的电脑！

安蓉想了想，切断了电脑的电源。

不管它了，先泡个热水澡再说吧。

现在什么也不要想，她需要放松，放松自己紧绷的神经和身体。她转身往卫生间走去，在她背后，电脑屏幕突然闪动起来，绿色的光芒跳跃着。

安蓉深深地窝在浴桶里，温热的水把她包围起来，吸收她从全身的毛孔里释放出来的疲惫和困惑。

她隐隐约约听到有人在歌唱：

我吃了一只鸡
拉出了一根鸡毛
鸡毛被水冲走
从此一只鸡消失

这奇怪的歌声从何而来？安蓉很费解。

4

王子洋觉得家就是被抽去空气的玻璃瓶，他就是一只装在真空玻璃瓶里的苍蝇，或是一只蚊子，他在这个深夜回家后变得烦躁不安。他极少有如此烦躁不安的时候，他不可能对安蓉的离去和杨林丹的死无动于衷，表面的冷静并不能消解内心的狂澜。

他脱光上衣，站在客厅里，这时的他已经还原成一个原始人类。他一直认为，人只要一脱光，什么文明都消失了。他像只困兽一样抓住自己的头发，低沉地吼了两声，那声音像旷野的狼嚎。这是他生命的另一面，平常那种绅士风度一扫而光。

他从冰箱里拿出一罐啤酒，一口喝光。

然后，他坐在沙发上，呆呆地看着客厅正面墙上挂着的安蓉的大幅照片。

他的眼中蒙上了一层薄薄的水雾。

过了好大一会儿，他才站起来。

他穿好了衣服，在白衬衫的领子上打上了一条红色的领带。他站在镜子前，整理了一下自己的着装，他朝镜子中的自己笑了笑，他又恢复了绅士的模样。

他把一把椅子放到窗边。

他又把安蓉的照片放在了椅子上。

音响中放出了古筝的独奏。

然后，王子洋一本正经地站在椅子前，清了清嗓子，开始吟诵柳永的词：

望处雨收云断，凭阑悄悄，目送秋光。晚景萧疏，堪动宋玉悲凉。水风轻、蘋花渐老；月露冷、梧叶飘黄。遣情伤。故人何在，烟水茫茫。难忘，文期酒会，几孤风月，屡变星霜。海阔山遥，未知何处是潇湘！念双燕、难凭远信；指暮天，空识归航。黯相望，断鸿声里，立尽斜阳。

吟诵完这首词，王子洋站立在那里，顿觉凄凉。从前，安蓉就是喜欢坐在窗边的椅子上，听他抑扬顿挫地吟诵诗词，安蓉着迷的神情让他心动。

他不能失去安蓉！

安蓉从护校分到人民医院外一科的第一天，王子洋就对她一见钟情，多年来没有一个让他看一眼就怦然心动的女人，安蓉的出现无异于一颗闪亮的星划过了他心的夜空。当他决定追求安蓉时，显得极平静，他十分清楚，男女之间的许多事情像绒线一样细弱。

从安蓉的眼神里，王子洋发现了异样的东西，他准确地判断自己也吸引着她的芳心，他认为安蓉是上帝送给他最好的礼物。他第一次约会安蓉是在一家西餐馆，那里的牛排是赤板市最好的，环境和服务也是一流，气氛相当不错。他们边吃边交谈着，王子洋充分显示了自己医学以外的学识，而且说话十分幽默。吃完饭，走出西餐厅，王子洋把车开了过来，他下车为安蓉开好车门，然后回到自己驾驶的位置送她回家。他相信那顿烛光晚餐在安蓉的心中留下了深刻的印象。于是在三天后王子洋约她去话剧院看话剧也就顺理成章了。

他们的交往看上去十分顺利。

安蓉几乎是不顾她的密友兰芳的反对和他交往。兰芳善意劝告的话往往通过安蓉玩笑地传到王子洋的耳朵里。每次听完安蓉转达兰芳的话，王子洋就会微笑地对安蓉说，兰芳说的没错，你应该看清我才做决定，她是为你好。

王子洋的话让安蓉芳心大悦。他很清楚怎么样讨好女人，特别是安蓉这样涉世未深的女护士。无论怎么样都不能说她女友的坏话，要有男人的气量和胸怀，这样，就会让她感觉到可靠和安全。他看得出来，安蓉不是那种用金钱可以收买的女人，否则，他也不会决定追求她。

那一次浪漫的约会其实是一次成功的俘获。

那天傍晚快下班的时候，王子洋悄悄地塞给安蓉一张纸条。安蓉在卫生间里阅读了那张纸条，读完后就扔进马桶用水冲掉了，她脸上盛开着一朵幸福的花儿。

下班后，安蓉匆匆来到五月花咖啡屋。

她找了个比较隐秘的地方坐下，等待王子洋。等待焦灼而幸福，她觉得自己的耳朵和脸都十分的滚烫。服务生给她倒了杯矿泉水，矿泉水里放着一片柠檬。她对服务生说，等朋友来了再点东西，服务生微笑地走了。

她等了约摸一个小时，王子洋还没来。

她拨他的手机，也不通，理由是不在服务区。

她心想，王子洋，你怎么能这样呀！

安蓉想离开五月花咖啡屋，但她想到王子洋在纸条上说了不见不散的，也许王子洋突然有什么事脱不开身，她只好耐心等待。

王子洋终于出现了，他的手上捧着一束红玫瑰。他一进五月花咖啡屋，许多人的目光投向了他。他把一束红玫瑰献给安蓉时，安蓉觉得他是王子自己就是公主。王子洋轻声对她说，我们走吧，换个地方。安蓉来不及说一句抱怨的话就和他出门上了他的车，那时，她的心里已经没有一句抱怨的话了，她的等待变得十分有价值。

王子洋的车一直往郊区开。

安蓉问，子洋，我们要去哪？

王子洋笑着说，到了你就知道了。

王子洋的车子开进了一个别墅区，在一栋两层楼的小洋房面前停下了。安蓉十分惊讶，这是什么地方？她从来没有来过，她真想给兰芳打个电话，让她和张洪也一起来。

王子洋领她进了别墅。

她一踏进别墅的大厅，就呆了，大厅里点满了红烛。

音乐舒缓而流畅，鲜花的香气弥漫。大厅的中央摆着一张长方形的玻璃桌，上面摆放着生日蛋糕和几样精美的食物，还有一瓶高档的法国红酒。王子洋温柔地让她坐在了玻璃桌前，然后自己坐在了她对面。王子洋微笑地说，安蓉，今天是我三十岁的生日，我只邀你一人为我庆贺，因为你是我生命的唯一。安蓉的泪水流了下来，她幸福地哭了……

王子洋闭上了眼睛，和安蓉在一起的美好时光历历在目，他咬着牙骂了声，该死的杨林丹！他的确恨她，如果不是她，安蓉就不会离他而去，会坐在窗前甜美地听他吟诵诗词。

电话铃急促地响了起来。

是安蓉！

他扑过去，抓起电话，喂——

电话里一片寂静。

是安蓉吗，说话呀，我想你，真的！现在杨林丹已经不存在了，她再也不会干扰我们的爱情了。安蓉，你说话。

约摸过了一分钟，电话里才传来了一个男人沙哑而沉重的呼吸。

你是谁？说话！王子洋的心提了起来。

对方把电话挂了。

王子洋手上还拿着电话。他听着电话里的忙音，若有所思。他喃喃自语，小子，我知道你是谁。

阳台上有什么东西沙沙作响。

王子洋迟疑了一下，从一个墙角拿起一把高尔夫球的球杆，小心翼翼地来到了阳台上。

阳台上空空荡荡的，只有灯光在风中摇晃。

城市的夏夜沉闷而且迷离，风在这个夜里凝结起来，不具一丝穿透力。

5

七喜在凌晨两点左右进入太平间时，在门口的垃圾桶上又看到了那只蹿出的野猫。野猫的眼睛发出绿莹莹的光。他朝野猫吹了一声口哨。太平间里的灯光像往常一样惨白，像上帝的脸色。七喜换上了白大褂照例喝了一大口烧酒，在嘴巴里含了一颗蒜头，提着那个木箱进入了停尸房。他用力地拉开了藏尸柜，从里面取出了杨林丹的尸体，点上了一根白蜡烛，开始了他的美容工作。他修长而秀气的手指灵巧而有力，缝针穿透尸体皮肤的声音吱吱作响。七喜的嘴角挂着一丝笑意。他边工作边轻轻地吹着口哨。

6

一朵栀子花。

栀子花的花瓣洁白大方而富有质感。美丽少妇的脸像朵花，苍白中透出慈爱。她用食指和拇指拈着那朵栀子花，插在了一个秀气可爱的小女孩辫子上。她口里轻轻地吟唱，**小小姑娘，清晨起床，梳妆打扮上学堂……**少妇的脸突然模糊起来了，整个人也虚幻起来，有一双手渐渐地把少妇拉出了画面。辫子上插着栀子花的小姑娘，伸出手企图抓回美丽的少妇，她喊了一声，妈妈——妈——

安蓉从地上忽地坐起来。

刺目的灯光让她一下子很难适应，她睡前又没有关灯。

她的目光移到了墙上。

她微微地张开了嘴巴，啊——

墙上镜框里母亲的照片不见了，一个年轻姑娘出现在镜框上，脸色疲惫，神情忧郁，安蓉似乎在哪里见过，这张脸有些黑，但十分漂亮。那个姑娘目光飘渺，定定地注视前方。安蓉好像看见照片上的姑娘眉头皱了一下，安蓉心里一惊，使劲地揉了揉眼睛，又定眼往墙上的镜框看过去，见鬼，现在她看到的是母亲苍白微笑的脸。

安蓉在一个地方也看到过母亲苍白微笑的脸。

那是在一辆车的挡风玻璃上。

那是她刚刚进孤儿院不久后的一天晚上，安蓉在睡梦中听到了母亲的歌声，她醒来后就爬下了床，出了孤儿院的门，来到了街上。街上空空荡荡的。已经是深夜了，街上一个人都没有。这是一条小街，没有很多来往的车辆。她站在小街的中间，茫茫然不知所措。

夜风中，有一片树叶在街上凄凉地飘零。

突然，她看到了一辆车。

这辆车她是那么的熟悉，她死也不会忘记这辆车。

她的目光中出现了惊恐的色泽。

那车朝她开了过来。

她想逃，但是她无法移动自己的脚步，她吓坏了。

奇怪的是，她在车的挡风玻璃上看到了母亲的脸。

她大声地叫了声，妈妈——

没有人回答她。

当那辆车停在她面前时，母亲的脸从挡风玻璃上消失了。

她站在那里大声哭了起来。

第六章

1

兰芳热爱她的新闻事业。当一名记者让她感到光荣，可她一踏入报社，心里就不太舒服，现在人和人之间的关系十分复杂，人心与人心之间隔着一堵沉重厚实的墙。尽管如此，兰芳还是风风火火地走进了办公室。同事小王一见她就说，兰姐，你怎么才来呀？兰芳对她笑笑，堵车，没办法，赤板的交通问题十分的严重呀！小王说，还是我们坐地铁方便。对了，刚才主编来过，让你来了后去他办公室。兰芳的脸色有些变化，但她还是轻描淡写地说，恐怕他又要枪毙我的稿子了。小王又笑笑，不一定吧，说不定要委你重任呢。兰芳把包放在桌子上，就去了主编办公室。有几个同事看着她的背影，眼中闪烁着莫测的光芒。

主编是个精瘦的老头，文字吸干了他的青春和血肉。他听到敲门声便从稿件堆里伸出秃顶的小脑袋并用手推了推眼镜说，请进。

兰芳推门进来就问，主编大人今天找我有事？

主编干笑着说，坐，坐下来说。

兰芳坐在了主编的对面。她和主编保持着距离，兰芳把手插进头发里使劲地抓了抓。她的这个习惯动作表示着她内心的不安。主编一定不知道这点。报社的女同事私下里把主编的办公室说成是魔窟，那么，主编一定是个魔头了。兰芳刚进报社不久，就有人提醒她尽量少进主编的办公室。她问为什么，提醒她的人只是笑笑说，你以后会明白的。可她现在还没完全明白，尽管在一些风言风语中把主编描绘成色中恶魔。无论怎样，兰芳还是和主编保持着一定的距离，她内心对这个高深莫测的秃顶老头怀着一种戒备。

主编的目光粘住了兰芳的脸。他的喉结滑动了一下，说，兰芳，最近你上的稿不多呀，有分量的稿一篇都没有。

兰芳的脸红了，她想解释什么，又什么也没有说。

主编嘿嘿干笑了两声，然后站了起来。他站起来了。

兰芳心想，接下来要朝自己走过来了，传闻中他就是这样朝女记者或者女编辑走过来的。果然，主编走到了兰芳的身边，他俯视着兰芳说，兰芳，有人说你利用职权吹嘘你男朋友？！

兰芳的脸更红了，她的心跳加快，胸脯一起一伏。

主编把手搭在了兰芳的肩膀上。兰芳想拨开那只干瘦的手，但她没有这个勇气。他那只手会不会顺着她的肩膀往下摸呢？兰芳的心提到了嗓子眼上。

主编的手从兰芳的肩膀上拿开了，他又坐回到他该坐的位置上盯着兰芳红扑扑的脸说，但是，我相信你，兰芳，你是一个优秀的记者，你是不会假公济私的。我有个重要任务要派给你。

兰芳看着主编微笑的脸，没有说话，她时刻准备着逃。

主编说，兰芳，我想让你去采访水曲柳乡村干部侵吞希望工程款的事情。

兰芳有些意外，不是让董记者去采访过了吗？

主编嘿嘿干笑了两声，是派董记者去过，可是他空手而回，什么也没弄回来。那里情况比较复杂，我想还是你去比较合适。

兰芳没有说话。

主编问，是不是有什么想法？

兰芳的眼珠子转了转，没有什么想法，什么时候去？

主编说，今天就出发，好吗？

兰芳用劲地点了点头，好，我回家收拾一下东西就走。

兰芳去水曲柳乡村之前，来到安蓉家。安蓉正在那里看一本时尚杂志，兰芳的到来让她兴奋。兰芳环顾了一下安蓉的新居，安蓉，这房子住得满意吧？

安蓉点了点头，没得说！

这就好，安蓉，我要去水曲柳乡村两天，你和我一块去好了。

去干什么，采访？不行呀，我要上班，我已经把年假休掉了。

是的，去采访，苦差呀，这两天有什么事情找张洪，我和他交代过了的。

兰芳，我没事了，你去吧，别担心我。

2

医院里弥漫着消毒水的味道，安蓉已经习惯了这种味道。吃过午饭，她就来接班。护士长夏美丽一看见她就说，安蓉，你脸怎么这样苍白，是不是生病了？瞧瞧，这么俏俊的小脸没有一点儿血色，死人似的。

安蓉心里骂道，夏美丽，你才死人呢！

但她口里说，护士长，没事的，也许是觉睡少了吧。

夏美丽又说，你们这些年轻人，就知道疯玩，也不知道注意身体。

安蓉没再理她。如果和她说下去，三天三夜也说不完。

交班时，她发现护士小沈的眼睛很红，像是哭过。小沈一定发生了什么事，安蓉没有问她。她走后，夏美丽才告诉她，小沈被十七号床骂哭了，十七号床今天的火气特别大，谁进去骂谁。不知撞什么邪了。

安蓉说，他伤成那样还有力气骂人。

夏美丽说，他还有力气摔东西呢，小沈要不是跑得快，差点就被他扔过来的饭盆砸伤了头。一会儿你去给他打针要当心点。

安蓉进入病房时，十七号床躺在那里，紧闭着眼睛，好像是睡着了。她来到了他的旁边，用极平常的声音说，十七床，该打针了。说完，她就开始做打针的准备工作。

夏美丽和另外一个护士在门口看着安蓉，她有些担心安蓉，那家伙要是再发脾气，该怎么办？

十七号床的眼睛缓缓睁开了。

安蓉没有看到他睁开的充满血丝的眼。

安蓉背对着他。

门外的夏美丽和护士快喊出来了，她们看到十七床伸出了一只手，那只手伸向安蓉的屁股，将要触摸到安蓉屁股时，停住了。

安蓉回转身，那手已经缩回去了。

安蓉说，十七床，准备好没有。

十七床很乖地把臀部翘起来，安蓉在给他注射时，他又闭上了眼睛，似乎在尽情地享受什么。

安蓉给他注射完，他的眼睛又睁开了。安蓉看到他的喉结滑动了一下。受伤的人、生病的人……都是病态的人、可怜的人。安蓉对他说，十七床，什么都要看开点，好好养伤，活着就是好。

十七床突然用沙哑的声音说，安护士，你笑一下给我看好吗？

安蓉说，我戴着口罩，你不能看到我笑的。

十七床坚定地说，能，我能看到的，从你的眼睛里就可以看到。

安蓉真的朝他笑了一下，看到了吗？

十七床满足地说，看到了，安护士，你真美。

3

好像许久没有去买衣服了。安蓉想，兰芳是个工作狂，又是个男人婆，她一年不去逛商场买衣服也是可能的。安蓉不一样，她经常要去逛逛商场，买一些自己喜欢的衣服。下班后，安蓉没有马上回家，她决定去东方广场看看。东方广场的东西不错，价格又不算太贵，这是她喜欢东方广场的原因。

从医院出来，她要穿过一条马路去坐地铁，地铁可以直接到达她的目的地。

红灯。

她要等人行道的绿灯亮了才能安全通过，呼啸而过的各种车辆让她的神经紧绷。她一看到大街上川流不息的汽车，心里就莫名其妙地紧张，四肢发冷，无助而又恐惧。她好像听到了来自各个角落的惨叫，似乎看到了血和残缺不全的躯体在挣扎，不知道在这明亮的大街上躲藏着多少惨死的灵魂……

安蓉在等待绿灯亮起的过程中，不远处有一双眼睛在注视着安蓉。

现在是下班的高峰期，地铁上的人拥挤不堪。

安蓉被人挤压着，她可以闻到男人女人的各种气味，地铁车厢里的混浊空气让安蓉情不自禁想象着水曲柳乡村青草的气息和山野纯粹的花香，这种望梅止渴般的想象是对地铁上混浊空气的有效抵制。安蓉想，此时的兰芳是幸福的，她呼吸到的是水曲柳乡村清新的空气。

安蓉在想象中很快就抵达了东方广场。

她一下地铁车厢，习惯性地回头看了一眼，一个脸上有疤痕的男人朝她似笑非笑地眨了一下眼。地铁瞬间就把那个男人带走了，安蓉心里说，只是个陌生人。

和安蓉擦肩而过的都是陌生人。

安蓉茫然四顾，忽然觉得有些孤单。

她独自在东方广场遛来遛去，一个商店一个商店地看着。许多男人不愿意陪女人逛商场，而王子洋却是例外，只要安蓉愿意，他就会耐心地陪着她，并且帮她参考一件衣服的好坏。安蓉想，如果现在王子洋突然出现在自己的面前，或许她会原谅他并且和他重归于好。

安蓉在一家时装店前停住了脚步。她看到橱窗里挂着一件白色的连衣裙。那件白色的连衣裙看上去有些眼熟，好像在什么地方见过。看着那件白色的连衣裙，安蓉的心莫名地跳了一下。

安蓉走进了这家时装店，女店员热情地迎了过来，向她介绍着这里的流行新款。安蓉看上了一条黑色的蕾丝七分裤和一件白色立领的花边背心。黑色，内敛背后的激情与张狂；白色，平和之中的纯洁与高雅。这一套服装在安蓉身上得到了很好的体现。

安蓉穿着这套衣服从试衣间里走出来时，顿时吸引了许多人的目光。安蓉在镜子前照照，觉得不错。她习惯性地回头想征询王子洋的意见，可他不在。安蓉有些沮丧，她回试衣间换了衣服就匆匆离开，她已经没有兴趣再逛下去了。

她走出那家时装店不一会儿，一个女店员追了上来，小姐请留步。

安蓉站住了，她弄不清女店员要干什么。

女店员笑容满面，她把一个纸袋子递给了安蓉说，小姐，我们经理要我把你刚才试穿的衣服送给你。

安蓉不敢相信，有这等好事？！

女店员又说，当然不是白送给你的了，我们也是有条件的。

安蓉警惕起来，什么条件？

女店员的声音甜美，小姐，您千万别紧张，我们的条件十分宽松，只要小姐经常来我们服装店试衣服就可以了。

安蓉笑了，谢谢。

4

兰芳在水曲柳乡村是有一些熟人，其中朱向阳经常和她有联系，主要是因为张洪。张洪的父亲插队时就住在朱向阳家，朱向阳的父亲和张洪的父亲一直保持着良好的关系。朱向阳每次贩香菇到赤板，都要去张洪家坐坐。安蓉去水曲柳乡村就是住朱向阳家。

兰芳这次也住在朱向阳家，她准备在老百姓中间摸清情况后再去找乡政府，看他们在事实面前还有什么说头，然后把各种不同的声音放在一起报道。

兰芳的到来，让朱向阳一家像过年一样高兴。晚上给她准备了一桌子的好菜，朱向阳还特地弄了一只野鸡来炖给兰芳吃。兰芳有些受宠若惊，别人和她吹胡子瞪眼，她不怕，别人对她好，她就受不了。晚宴上朱向阳还拿了一罐陈年的老酒出来款待兰芳。兰芳闻到那陈年老酒甘醇的浓香时，满嘴的津液涌了出来。

朱向阳也就三十出头，但看上去显得苍老，他的皮肤黝黑，看上去像老松树皮。按他的话说，一家老小要生活呀，轻松不了。兰芳十分理解他，所以，和朱向阳喝酒也挺痛快。朱向阳边喝酒边说，你们城里人那酒吧，说实在的我不习惯，上次你和张洪还有安护士一起带我去，我不好意思说，那洋酒真的难喝，说了你可别不高兴，还是咱们这里的陈年老酒好喝！

兰芳十分兴奋，她的两眼闪烁着波光，老朱，你说的没错，还是陈年老酒好！

说着，朱向阳来了劲，他让儿子拿过电话，拨通了张洪的电话。他大声地说，张洪，你小子怎么不一起来，你媳妇在我这边，我好酒好肉招待，你放心好了！听兰芳说她要在这里待两天，我看你也过来吧！什么事了，请个假得了……哦，是，是，你们公家人和我们农民是不一样。好吧，你放一百个心，兰芳在我们这里没事的，是的，没事的，如果有一点儿问题，你拿我是问！

朱向阳把电话又递给了兰芳，让她也说几句。兰芳和张洪简单地说了几句之后就挂了电话。朱向阳从兰芳口里听到让张洪要关心安蓉，朱向阳的脸色有些不对。

兰芳捕捉到了朱向阳脸色变化的这个细节，她问道，老朱，有什么问题？

朱向阳沉默了一会儿反问她，安护士回去后出了什么事？

兰芳简单地把一些情况告诉了朱向阳。

朱向阳听完兰芳的话，他马上让老婆把孩子带到房间里去，他有话要对兰芳说。他的老婆十分听话，很快就把两个孩子带上了楼。

客厅里就剩下朱向阳和兰芳。

朱向阳说，兰记者，我说出来，你不要怕。

兰芳笑笑，有什么你就说，我不害怕，我被我的亲生父母遗弃的那一天起，我就没有害怕过什么。

那我就说了。那天，我们一家人去参加一个亲戚的婚礼让安护士和我们一起去，她推说她去不方便就留在了村里。那天中午，她在村里的小食店吃完东西就鬼使神差地上了北山坡。

她去北山坡走走也是正常的。

不正常。

为什么。

那里有人在挖坟墓。

这有什么呀！

兰记者，这你就不懂了。本来挖坟就不是一件吉利的事情，况且，那死人当时也不是终老而死的，是年纪轻轻就被车撞死的一个女人，煞气很重的，他们选择在正午时挖坟，也是有讲究的，因为正午的阳气重可以避掉邪气。猛鬼也不敢出来作祟。村里人有说法，女人和孩童是万万不能去看挖坟的，要是中了邪，轻则生病，重则暴亡。而且，而且……

而且什么，你说呀！

而且让煞气上了身，就不好办了。安护士去看了挖坟，她回城后，村里人才告诉我的，我也没太在意，因为很多东西信则有，不信则无，你们城里人不信，也应该不会有什么问题。刚才听你说的情况，看来安护士是让煞气上了身。

老朱，以前村里发生过这样的事么？

有，但不多。我自打记事起到现在，也就碰到过一次。好像是我十五岁那年的事了。当时张洪他爸还在我们村插队，他老人家也知道那件事。那时候农业学大寨，要造梯田，造田时当然也要迁掉一些坟。当时有一个女工作队员，从城里来的，还有了身孕，她天不怕地不怕，去看了挖坟，结果中了煞气。

她中了煞气后怎么样？

那才吓人呢，她说她可以看到很多鬼魂。人们不信，就随便说出一个过世很久的人，让她说出特征来。她就马上脱口而出。人们都对她敬而远之，她经常在深夜里尖叫，说是有鬼卡她的脖子。工作组组长说她搞封建迷信，准备把她弄回城里。就在走的前一个晚上，她失踪了。后来，人们在挖坟的地方找到了她的尸体，她的肚子被豺狗掏空了。

我当时也去看了，怪吓人的。

老朱，这是真的？

你一定会不信，可是，这真是发生过的事情，你回去可以问张洪的爸爸，他一定也还记得这件事。

那，那如果安蓉中邪气了，有没有办法破解呢？

有是有，都是一些土办法，不过也不一定管用。

那该怎么办，无论怎样，还是要想想办法，我担心死安蓉了。可怜的安蓉！

这天晚上，兰芳多次从梦中惊醒，醒来浑身的冷汗，她梦见一具尸骨沉重地压在她的身体上，让她喘不过气。

兰芳在深夜的那次惊醒后，要上厕所，乡下人的厕所在房屋的外面，房间里又没有放马桶。兰芳起了床，好在朱向阳在她临睡前给了她一个手电筒。她穿好衣服，就打着手电筒出了门。

她一出门，就看到不远处村头的一棵老樟树下有一团火光，隐隐约约地，兰芳听到了一种奇怪的歌声，那歌声是民歌的曲调，歌词她听不清楚。那团火光边上有一个人，他在往火堆中添加着什么。要不是尿急，兰芳会立马朝那火光走过去，她只好先去了厕所。

她从厕所里走出来后就朝那团火光走过去。

来到近前，她才发现是朱向阳在烧纸钱。他的身边还有许多纸钱还没烧呢，那歌声是从朱向阳的嘴里发出的，准确地说，那不是歌声，那是朱向阳在念叨着什么。朱向阳没有理会兰芳，继续做他的事情。

兰芳站在一旁，尽管那堆火很旺，但她身上还是有些冷，村庄里黑暗的地方隐藏着多少神秘的东西她一无所知。朱向阳此时也变得异常神秘，兰芳不知道他为什么要这样做。

朱向阳终于烧完了纸钱。他停止了念叨，抬起头对兰芳说，你怎么出来了，这样也好，我在送瘟神，你知道吗？

兰芳摇了摇头。

朱向阳站起来，无奈地说，回家吧，回家烧个符给你喝就好了。

兰芳问，你在为谁送瘟神？

朱向阳说，为安护士。

第七章

1

安蓉回到家的时候，夜色已经蔓延开来，路上的灯光此起彼伏地亮了起来。

安蓉打开了服装店送给她的那个纸袋子。她穿上了曾经在服装店试穿过的那套服装。站在镜子面前，安蓉有些伤感，她又一次想起了王子洋，想起了每次她站在镜子前总能在镜子里发现王子洋充满深情的目光，而现在……

安蓉叹了口气，她拿起了那个纸袋子准备扔进垃圾桶，一件白色的裙子从纸袋里掉落下来。这就是她在橱窗里见过的那件似曾相识的白色连衣裙。安蓉的心一抖，她双手颤抖地捡起这件白色的连衣裙。连衣裙是纱质的，在安蓉的掌心轻轻的没有一点儿分量。安蓉不由自主地穿上了这件白色的连衣裙，站在镜子面前。连衣裙很合身，似乎是为安蓉量身定做的一样。穿上连衣裙的安蓉显得纯洁而年轻。安蓉看见镜中的自己甜美地笑了一下，眨了一下眼睛。安蓉的心紧缩了，自己明明没有笑，怎么回事？安蓉揉了揉眼睛，镜中的自己面色苍白，神情忧郁。

这天深夜，安蓉又看见了镜框上黑玫瑰般忧郁女人的照片。那个女人的脸如此清晰，似乎就在她的眼前飘动。安蓉可以清楚地看见她眼角滴落的那颗泪珠，晶莹而闪亮。当她揉了揉眼睛之后，那个忧郁的女人又神奇地消失了。安蓉有些害怕，她打开了灯，不敢关灯睡了。在这个冗长的夜里，安蓉醒了三次。当她睁开眼的时候，四周一片黑暗，那个黑玫瑰般的女人却清晰地出现在墙上的镜框中，然后灯突然亮了，黑玫瑰般的女人突然消失了，安蓉看见自己的母亲仍然在照片中微笑。安蓉不敢再睡了。

以前，她不知道听谁说过，租来的房子一定要清理干净，不要留下以前住过的人的物品。安蓉住进来时，检查过的，这房子很新，好像没有人住过，就是住过，也十分短暂，估计不会太久。她没有找到什么前住户留下的东西，就是梳妆台上的一个水晶发夹，她不认为那有什么问题，因为她喜欢它，所以留了下来。

挂镜框的那枚钉子，一直是有的，也许以前的人也在这里挂过镜框。装着母亲遗像的镜框多少年来她一直带着，她一切都可以抛弃，唯有这镜框她永远不会舍弃，无论走到哪，都会带着它。

黑玫瑰般的女人是谁？

安蓉感觉到有一团绿光在这个房子里浮动，她仿佛听到一个声音在说，房子是有记忆的，那些记忆的痕迹充塞在房子的每个角落，每当夜深人静的时候，房子就开始回忆，你可以看到它们、听到它们、闻到它们、触摸到它们的记忆。

2

安蓉，我们认真地谈一次好吗？

我想，咱们没什么好谈的了。

你应该相信，在这个世界上最爱你的人是我。

我应该相信，你最爱的人是你自己。

安蓉，你怎么能这样说我。

那你要我怎么说你，一个口口声声说我是他唯一的人，竟然背着我和别的女人鬼混，难道还要我说，亲爱的，请继续——

安蓉，你让我伤心。

王子洋，你不要再打电话了，我真的好累，不想再和你说话了。

安蓉，你听我说。

听你说什么？说你的情人已经死了，不会再干扰我们的感情生活了？说是你亲手杀了她，因为你爱的是我？王子洋，你别再表演了。还是兰芳说得对，恋爱中的女人全是傻瓜，找不到方向。我承认我傻过，但现在已经结束了，清醒了。

安蓉，你简直是不可理喻！

恼羞成怒了吧，你早就该把你脸上那层虚伪的面纱撕下来了。别装了，要装就和别的女人装去吧，你是我们医院的宝贝，多少女人都想追你呢。让夏美丽给你带一群女人来让你挑吧！

王子洋把电话挂了。

安蓉流着泪，她对自己说，你这个不争气的东西，你哭什么哭，你不是说不理他了吗，可你为什么还要为了他流泪？泪水流进嘴巴里，又苦又咸，体会这种滋味是在她很小的时候。

因为父亲。

父亲是她在这个世界上最不愿提及也最难忘的人，她的身上流着他的血。在安蓉的潜意识里，她一直和父亲很亲近。安蓉无法排斥这个给自己生命的人，哪怕是他那颗精子的排出是一个要命的错误。在她有限的记忆中，父亲是个儒雅的人。他高而瘦，戴着一副镶金边的眼镜。他说话很轻，从来不大声说话。安蓉不明白像父亲这样一个儒雅的文化人为什么会弃她和母亲而去，远渡重洋到某一个见不得人的鬼地方苟活一生。他离开时，安蓉才三岁。父亲从来没有说他要离开，他对妻儿的疼爱没有人会认为是假的，直到现在。

父亲走的那天下着雨，好像是秋天，父亲没有告诉安蓉他要走，母亲也没有告诉她。像往常出门一样，父亲抱着安蓉，母亲打着伞，他们一家三口到弘一宾馆外面等到赤板机场的班车。上了通往机场的班车，他们一家人坐在一起，父亲在给安蓉念着李白的诗，**白日依山尽，黄河入海流，欲穷千里目，更上一层楼**。安蓉轻声地跟着父亲念诗，母亲则在一旁微笑地看着他们。后来到了机场，父亲在登机前，拥抱了一下母亲，在她耳边说了一句什么，然后，父亲在安蓉的额头上亲了一下就无声地走了。父亲连头也没有回一下，安蓉以为他会回头和她们母女说一声再见的，可他愣是没有回头说。他走时甚至连行李都没有带。直至他消失在安蓉的视线中，安蓉才哭出了声，叫了声，爸爸——

母亲把她抱回了家。母亲和父亲从没吵过架红过脸，安蓉一直不明白父亲为什么离去，也不明白他离去后杳无音讯一直就没回来，更不明白母亲直至死对父亲也没有一句怨言。父亲就是一个虚幻的影子，飘渺在安蓉心中。

她下意识地摸了一下挂在胸前的那块玉坠。

这是父亲给母亲的定情物，母亲留给了安蓉。

安蓉想，她要在新婚之夜，把这块玉坠给她最值得爱的男人。她原本想，这块玉坠将是属于王子洋的，现在她却没有了主张。

3

安蓉其实不太情愿去参加张洪的饭局，但碍于情面，她还是答应了他。她知道张洪一定请了不少人，安蓉不知道自己怎么面对那些陌生的面孔。张洪开着警车来接安蓉，他脸上洋溢着喜气。张洪脸上的喜气感染着安蓉，她的内心稍稍平静了些，安蓉总是莫名地有一种焦虑。

安蓉笑着问他，张洪，今天怎么这么兴奋，还要请客吃饭?

张洪边开车边对安蓉说，其实也没什么，就是上次和那小偷搏斗，局里给我弄了个嘉奖，还发了千把块钱慰问金，所里的几个同事非让我请客，没办法，躲不过去，我想，兰芳也不在家，把你一块拉上吧。今晚你可要帮我挡着点，那帮哥们儿姐们儿可不是省油的灯。

安蓉笑笑，要是兰芳在就好了，我可不太会喝酒。

张洪说，你别谦虚了，我还不知道你呀。

兰芳不在，张洪好像换了一个人，话也多，眉飞色舞。

张洪在兰芳面前就像一只温顺的猫，安蓉其实还是喜欢张洪现在这个样子。

车开得飞快，安蓉的脸色在起着变化，她放在膝盖上的左手微微发抖，右手死死地抓住扶把。张洪自顾自地开车，他没注意到安蓉的变化。安蓉的目光透过车的挡风玻璃，那些飞驰而来飞驰而去的汽车让她不安，她好像置身于一个战场，而那些汽车就像一颗颗杀人的子弹。在路上的每一个人都有可能中弹。

安蓉在汽车行驶的过程中，左手抖得更厉害了。

一辆大货车从警车的旁边疾驰而过。

安蓉尖叫了一声。她的左手紧紧地抓住张洪的胳膊。

张洪转过脸，安蓉，怎么啦？

安蓉的眼神十分慌乱，她说，没什么，没什么，你车开慢一点儿好吗？

张洪点了点。他心想，自己从来不敢开快车，今天的车开得也很慢呀。怎么到了安蓉眼中就成了开快车了呢？他实在弄不明白。他发现安蓉的左手还紧紧地抓着自己的胳膊。车开到了目的地，她的手才松开。下车后，安蓉的神色才略微平静了些。

张洪请客的地点是在美琪小筑。这让安蓉意外，她和兰芳从来没带张洪来过这里。安蓉心里怪怪的，感觉是她和兰芳的私密之处突然曝了光。怎么会选在这里呢？安蓉不解。

张洪爽朗地回答，这是兰芳帮我电话订的座，她说这里的女老板会给我打很好的折扣。安蓉似乎明白了些什么，又似乎什么都不明白。

安蓉的到来，让美琪高兴，她拥抱完安蓉就说，安蓉，你瘦了。

安蓉说，这不挺好嘛，不用减肥了。

美琪清脆地笑着，安蓉觉得她今天的笑声有些妖冶。

美琪还是穿着低胸的吊带背心，隐约可以看到她黑色的乳头。

美琪把安蓉他们带进了一个包厢。

包厢里已经坐满了人。张洪的兄弟姐妹们早已经到了，坐了满满的一桌。美琪说了几句打趣的话后就出去了，她一切都帮张洪安排好了，酒菜马上就上来。

张洪大方地把安蓉介绍给大家，又把大家介绍给安蓉。

然后他孩子般天真地问大家，我女朋友的女朋友是个绝色美女吧？

大伙你看着我，我看看你。

沉默了片刻后，大伙哄地笑开了，然后就七嘴八舌地说起话来。也许是因为第一次见面，他们说的都是和安蓉无关的话题。

安蓉坐在一群警察当中，有些局促，她苍白的脸变成了一块红布。因为他们穿着制服，看上去都是一个模样。

在这个酒宴中，安蓉发现了张洪的另一面，原来他是如此活泼能说会道而且机智，看不出平常在兰芳面前的胆小羞涩。是不是每个人都有几副面孔，在各种不同的地方变换，像变色龙一样。

酒喝得畅快，他们不停地碰杯，还说着一些七荤八素的段子。安蓉听着那些段子，也笑着。酒桌上洋溢出的快乐和无拘无束是她很少碰到的。王子洋从来没有讲过什么段子，她不知道他和他的好友们一起时会不会这样痛快淋漓地快乐着。就连那些女警官也说着笑话，那个叫胡菲的大眼睛女警说的笑话安蓉记住了。

胡菲说得绘声绘色。

一个叫阿明的男人追求一个叫阿华的女人数年之久，向她求婚数十次。经过阿明的不懈努力，阿华终于答应了他，不过附带了一个条件，就是床底下的鞋盒不能打开看。阿明只好答应她的要求。时光匆匆，五年过去，阿明坚守承诺，未曾打开看过那个鞋盒。有一天阿华不在家，阿明终于忍不住打开了盒子，发现里面有三颗鸡蛋和一千二百元钱。阿明怎么也想不通为何会放鸡蛋和钱而故作神秘。阿华回来后，阿明坦诚地向阿华承认了错误，说他偷看了鞋盒。阿华也是个爽快人，她说既然你已经看了鞋盒，那我就坦白跟你说了，我每外遇一次就放一个鸡蛋在里面。阿明无奈，心想结婚五年才外遇三次，算了原谅你了，但你为什么还把钱放里面呢？阿华的理由让阿明吃惊，每当我集满一打鸡蛋，我就拿去换钱。

大伙笑得前仰后合，安蓉也笑了。

有一个叫李文学的青年警官在胡菲讲完笑话后就向安蓉敬酒，敬完酒后，他就不停地夸安蓉的穿着打扮有品位。安蓉穿的就是东方广场那个服装店经理送给她的衣服。尽管李文学说的话空泛不到位，但有人夸她，她还是十分受用的。张洪就对李文学说，你甭想泡安蓉，她瞧不上你的。李文学就傻笑起来。

李文学傻笑完后就愣愣地看着安蓉，他的目光很黏。

安蓉看李文学这样盯着自己，脸有些发烧，她低下了头。

张洪擂了李文学一拳，说，你小子怎么啦，这样盯着安蓉看，你犯病了呀，李文学！

噢，李文学从痴迷中清醒过来，他茫然地扫视了在座的人一眼，尴尬地笑了笑。

胡菲轻蔑地对李文学说，德行！

李文学的脸红了起来。

不一会儿，李文学出去了。张洪也跟了出去。

他们俩在厕所里边小便边说话。

文学，你怎么那样看安蓉，太直接了吧。

张洪，不瞒你说，我看安蓉不对劲。

哪里不对劲？

我看她的眼神不对，她的眼睛里有一种不确定的东西，飘飘忽忽的，她好像心里有什么事情。我预感她有什么事情要发生。

你不要神鬼叨叨的了，老爱瞎说，好像你是大仙似的，你说的东西，哪次准确呀？

你不相信我也没有办法，好吧，就算我没有说。

他们回到了包房，继续说着话。

他们说着说着，自然地说到了和他们警察有关的事情。安蓉听他们讲破案什么的，眼光又迷离起来了。那些凶杀抢劫强奸好像就发生在她面前。一个人要面临的问题太多，她突然为张洪担心，担心他碰到真正的悍匪时丧命，警察面临的危险更多，胆小的张洪当警察的确是一个错误的选择。安蓉还记得去年一个叫李长青的刑警，在追凶时被歹徒砍了十多刀，送到医院时已经无法抢救了。李长青据说才二十五岁，他的遗体就是七喜美容的，否则，在遗体告别仪式上大家看到的将是一张恐怖的脸。当时，安蓉就想，张洪可千万别出一样的事。在相当长的一段时间里，安蓉都为张洪捏着一把汗，也为兰芳捏着一把汗，张洪要是有什么不测，兰芳该怎么办，这个世界越来越让人不安。

说着说着，他们说到了李长青。

张洪说李长青是他的警校同学，他的脸色黯淡下来了。在座的人的脸色都黯淡下来。张洪站起来，把一杯酒洒在了地上，在座的人都站起来，把酒洒在了地上。只有安蓉没有动，大家都用奇怪的目光看着她。安蓉也想站起来的。但是她不知怎么地，屁股像被强力胶粘住了一样，动弹不得。

4

安蓉没想到平时文质彬彬的王子洋会醉酒。酒宴散了后，张洪就送安蓉回家。安蓉喝了不少酒，头有些晕。

张洪的酒量惊人，喝了那么多酒还十分清醒。车开出了一段，突然一个人从人行道里冲出来拦住了张洪的警车，他们看到衣衫不整、头发散乱的王子洋站在车头前，大声地对车里的安蓉叫道，安蓉，我爱你——

王子洋满脸的痛苦。

他的双眼血红。

他用拳头捶着自己的胸膛，安蓉，我真的爱你——

安蓉把头扭向了一边，她不想看王子洋的这副模样。她转身对张洪说，下车把他拉开，我们走。

张洪下了车，他把王子洋拉到了一边，说，王医生，别这样，这样太危险了。

王子洋说，我不管，我不在乎什么危险，我爱安蓉，我要和她在一起。

张洪见他两腿发软瘫坐在地上，就说，王医生，你别闹了，还是早点回家吧。然后张洪上了车，他冷静地对安蓉说真的不理他？安蓉点了点头。张洪开动了车。安蓉回过头，透过后车窗的玻璃，她看到王子洋趔趔趄趄地在后面追赶着车，他在喊，安蓉，我不会放过你的。

突然，王子洋摔倒在地上。

安蓉的心刀割了一般，她叫了声，张洪，掉头！

张洪把车开了回去，他们把王子洋扶上了车，送他回了家。

他们把王子洋放到沙发上，就准备离开。王子洋已经醉得不省人事了，他口里却在叫着，安蓉，你不要离开我。

安蓉还是和张洪一起离开了。

在车上，张洪对沉默不语的安蓉说，其实男人比女人脆弱，更经不起打击，兰芳的话不一定正确，许多事情还是要你自己拿主意。

汽车像一片叶子一样在街上飘过。

5

张洪要送她上楼，她拒绝了他，并不是提防他，而是觉得没这个必要，张洪也很辛苦，她让他早点回去休息，还特地交代他车要开慢点，特别是在这样的深夜。安蓉一进楼道就闻到了一股中药味道，中药的味道就像挥之不去的梦魇时常出现。她没注意到一个保安看她走进了楼道。在保安的眼里，安蓉极不正常。他看到的安蓉好像飘在空气中一样，轻飘飘的。她全身瑟瑟发抖。保安不知道安蓉发生了什么事。他一直看她走进了电梯的门，才摇了摇头，离开。安蓉并没有发现保安。

楼道里的灯光是暗红色的，安蓉从楼道进入了电梯。电梯里有一股中药的味道，中药的味道中夹杂着狐臭味。她屏住了呼吸，自从她搬到新居来住，上上下下电梯，她没有闻到过这种怪味。她平常不喜欢有狐臭的人，她主观地认为那样的人很脏。

她按下了三楼的按键。

按键冰凉。

电梯启动了，她感觉到微微一颤，有一次赤板市轻微的地震就是这种感觉。电梯里的灯一明一暗，像是要出什么问题。她想自己喝多了酒，眼花了。电梯到了三楼，哐当停下了，可电梯门紧闭着。过了片刻，电梯又震动了一下，继续往上走。这是一栋二十层的楼，电梯一直到了二十层。

电梯在二十层停了下来，安蓉的身体下坠了一下，然后，她站稳了。

电梯门哐当一声开了。

门外一个人也没有。

安蓉想自己是不是按错了按键，可她分明看到只有三楼的按键是亮着的。有股冷风从门外吹进来，有股奇怪的味道，安蓉打了个激灵，电梯门关上了。

电梯开始下降，安蓉觉得身后好像站着一个人，有股凉气从背后吹在她的脖颈上，她大气不敢出一口，也不敢回头看。等电梯门一开，安蓉就呼地冲了出去。她回头一看，电梯门迅速地关上了，她什么也没看见。电梯门旁边的按键一直亮着，显示着电梯在一层一层地往上走，一直到二十层。

整个楼寂静极了。

安蓉可以听到自己的心跳。

她的嘴唇微微抖动着，似乎随时都要叫出来。

她来到了家门口。

她微微地张开了湿润的嘴唇，她看到门口的地上放着一束玫瑰花。

安蓉拾起了那束包装得十分精致的玫瑰花，玫瑰的香味在这深夜的楼道里弥漫，和刚才电梯里的中药和狐臭味形成了极大的反差。

玫瑰花里有一张纸条。

她猜想纸条里一定写着什么。

安蓉抽出了那张纸条，借着昏黄的楼道灯光，她发现纸条的正面反面都是空白的。

是谁？是谁在这深夜里给她送上一束红色的玫瑰？

她有些眩晕，她迫不及待地打开了家门。

第八章

1

杨林丹从停尸房里的藏尸柜里爬出来，披头散发，浑身血肉模糊，她破碎的脸上挂着一丝诡异的笑意。她慢慢走出了停尸房，然后慢慢走出了医院的大门。看门的保安已经睡着了，她浑身冒着白气，走过的地方留下一串湿漉漉的足迹。她来到了王子洋住的小区，她进入小区时，那醒着的保安也没有看到她。她上了王子洋那栋楼的电梯，电梯无声无息。下了电梯，她来到了王子洋的门前，她按下了门铃，杨林丹听到了里面的脚步声。

谁——

杨林丹说，是我，开门。

王子洋在里面说，杨林丹，你还是走吧，我爱的不是你，而是安蓉。我不想再和你苟且偷欢了。

杨林丹发出凄厉的笑声。她说，我不会放过你的，还我命来——

她把血淋淋的手穿过了门，朝门里的王子洋抓去……王子洋是被急促的闹铃吵醒的，否则，他还沉浸在噩梦之中。现在已经是早上七点钟了。他的头很痛，像要裂开，他全身酸胀酸胀的，十分无力，眼睛也睁不开。昨晚他一个人在美琪小筑喝了一瓶威士忌，美琪一直在制止他，但他坚持着，他记得自己去拦张洪的车，但后面的事情他怎么也记不起来了，脑子一片空白，他的人生里从来没有留过这样的空白。王子洋强行让自己从沙发上爬起来，跑进了卫生间。五脏六腑一阵翻滚，他趴在马桶上狂吐起来，快把胃都吐出来了。吐完之后，他洗了一个澡，然后刮胡子，换上一件干净的白衬衣和一条白色的西裤，准备去上班。

电话铃骤然响起来。

他多么希望是安蓉来的电话。可电话里开始就沉默，过了会就发出了一个男人沉重的喘息声。

你是谁？说话呀？你他妈的说话！

喘息声还在继续。

王子洋啪地放下了电话，他发现自己也在喘息。他知道是谁，他已经不止一次这样了，但王子洋不敢去找他，那人让王子洋恶心。

王子洋像往常一样上班，除了脸色有些发青，没有什么异样，来到医生办公室，医生们在准备着什么。病房里有病号在叫，主任对王子洋说，王医生，你去看看十七床。

他的情绪十分不稳定，他不是本地人，亲人又不来，你去安慰安慰他。

王子洋走进了病房。

病房里消毒水的气味浓郁。十七床显得十分痛苦，他浑身都在发抖。王子洋检查了一下，发现他没有发烧，其他也未见异常，就对他说，十七床，你恢复得不错，忍着点，情绪波动对你的伤口愈合没有好处，要像个男人！

十七床大口大口地喘息。

王子洋正想走，十七床的手拉住了他的白大褂。

十七床沙哑地说，安护士为什么没来？

王子洋说，她马上就会来的，你放心吧。

十七床问，王医生，你见过安护士的笑吗？

王子洋撒了个谎，没有。

十七床有些得意，我问过很多人，都没见过她的笑，我见过了。她的笑容很美。从眼睛里就可以看到。

王子洋的心被针刺了一下。

他什么也没说就出了病房。他看到了安蓉，安蓉正推着小车走过来。

安蓉的双眼毫无表情。

她经过王子洋身边时，王子洋压低声音对她说，无论怎么样，我不会放过你的。

安蓉没理会他，好像王子洋这个人根本就不存在。

2

如果白天去太平间找七喜，很难找到他。除非医院领导交代有紧急任务，他才有可能在那里，否则，他不会在白天里为尸体美容。兰芳好像采访过他，他说只有在晚上他才有灵感，他才会像做一件艺术品一样为尸体美容。七喜原先也是个外科医生，他迷恋上这行也就是近几年的事情。

医院里的人觉得他古怪，尽管他是医院里的名人，但很少有人愿意接触他。

别的医生在早上上班的时候，他就该下班了。

七喜一走出太平间的门，就看到了云层中透出的一缕阳光。他身上在黑夜里聚敛起来的阴气雾一样在金色的阳光中化开，他像块冰在太阳底下融化，他喜欢这种感觉，很刺激，阳光和夜色一样让他兴奋。他走路的样子有些飘然。

七喜看到了安蓉。

安蓉从医院的大门口进来，和许多在这个时候上班的医生护士们走在一起。但安蓉是孤独的，其他人走在一起有说有笑，她只是自己走自己的路。他躲在了一棵柏树后面，透过柏树浓密的叶子缝隙，他的目光胶一样粘在了安蓉的身上。他一直看她走进住院部的大楼，安蓉略带忧郁的身姿像阳光一样让七喜的神经在白昼里得到了有效舒缓。

女人是一帖药。

漂亮的女人是一帖良药。

漂亮而有质量的女人是一帖上好的良药。

七喜的脸上变幻着不同的色泽。

3

兰芳采访结束后，立即驱车赶回赤板市。

在水曲柳乡村的两天里，她以自己的方式采访到了第一手的材料，她相信主编一定会满意，他深度镜片后的小眼睛一定会焕发出难以名状的光彩，可是兰芳并不希望他对自己感兴趣。

兰芳认为这次到水曲柳乡村最大的收获不是采访的成功，而是她找到了安蓉回赤板后奇异现象的合理解释。

安蓉发生的奇怪事情似乎和那个正午挖开的坟墓有关，和那具尸骨有关，尽管她觉得这些东西十分的玄。兰芳平常大大咧咧、不修边幅，但她内心还是细腻的，记者的工作除了学识和敏锐，还需要细心勤快。兰芳了解到那具尸骨生前的一些情况。

那是具女性的尸骨。

她叫夏敏，是水曲柳乡村走出去的为数不多的一个女大学生。大学毕业后她一直在赤板市工作，偶尔回水曲柳乡村，因为她的父亲还在村里。直到她父亲重病不治死去。乡村里的人对她挺尊敬，认为她是个孝顺的女儿。她是当年一个女知青在水曲柳乡村留下的种子，女知青回城后就再也没有来过，夏敏从小就和父亲相依为命。夏敏在三年前因车祸去世，有人把她的尸体偷运回水曲柳乡村，安葬在那片青草荡漾的山坡上。

兰芳觉得夏敏的死是个疑问。

她十分想了解夏敏死亡的真相，但水曲柳乡村的人对此一无所知，就连在水曲柳乡村里号称是万事通的朱向阳也无法解释。

朱向阳找村里的一个巫师给安蓉画了几道符，要兰芳带回去给安蓉。

兰芳还知道了乡村里关于绿蚂蚱的一些事情。

说起这事，兰芳感觉到有些神秘和不可理喻。但她联想到安蓉搬家那天安蓉见到绿蚂蚱的情景，当日兰芳怎么也不相信，安蓉当时吃惊的神情让兰芳觉得水曲柳乡村关于绿蚂蚱的传说有了几分可信。

水曲柳乡村的人认为，人死后会变成绿蚂蚱，在一些时候返回人间。

人们在山野或者田野碰见绿蚂蚱，都敬而远之。

朱向阳为了证实这个说法，他向兰芳讲述了一件事。

那是朱向阳父亲去世后第二年端午节的事情。端午节的前夜，朱向阳做了一个梦。父亲穿着破烂的衣裳，拄着一根棍子，颤颤巍巍地朝他走来，父亲见到朱向阳就老泪纵横。他哽咽地说，儿啊，我在阴间苦哇！朱向阳说，我逢年过节都给你烧纸钱，烧的都比别人多，你怎么会苦呢？父亲说，阴间和阳间一样，也有许多横行霸道的鬼，每次你烧纸钱给我，我都收不到，都被恶鬼抢走了，那些鬼官也老来盘剥我呀。朱向阳说，那怎么办呢？父亲说，我找了个安全的地方，你明天中午到青草坑的那棵老樟树下烧钱给我。朱向阳又问，我怎么知道你来了没有？父亲说，你在老樟树朝东方的树根上就可以看到一只绿蚂蚱，那就是我。父亲说完朱向阳就醒了，他把梦和母亲说，母亲一夜哭到天亮。第二天，朱向阳就去买了纸钱，到了中午，他和母亲一起去了青草坑。他们找到了一棵老樟树，在朝东的树根底下等了一会儿，果然就看到了一只绿蚂蚱，它立在那里，好像朝他们点头。母子俩就边哭边给绿蚂蚱烧纸钱。烧完纸钱，一阵风吹过来，把纸钱的灰吹得四处飞扬，倏地，那只绿蚂蚱就不见了踪影。

兰芳今天的车开得飞快。

4

七喜回到家里，冲了个澡，换上了一件干净的T恤，T恤是白色的，穿在他身上显得有些宽大。他来到客厅里，打开了电视，电视在播着新闻，电视上的女主持人不停地向七喜抛媚眼。新闻上在说一件事，说哪里的煤矿又发生了透水事件，死了几个人，伤了几个人，某某领导十分关注此事云云。

七喜泡了一壶茶，这是一个死者的家属给他送的上好龙井，茶的清香让他陶醉。他轻轻地说，中国那么多人，死掉个把算什么。说这话时，他迷离的目光落到茶几上的一个小镜框上，镜框上女人的照片清晰而明亮。他顺手拿起了小镜框，愣愣地看着。

照片中的女人有一张瘦削而漂亮的脸，她笑起来微微翘起的嘴角成熟而又迷人。七喜轻轻地说，亲爱的，你是个风骚的狐狸精。

七喜凝视照片的目光复杂起来。

他眼中跳跃着飞腾的火焰和冷却的灰。电视上的新闻结束了，开始播放懒婆娘的裹脚布一般又长又臭的连续剧。七喜关掉了电视。他原本准备放一部美国的恐怖片看的，现在突然没了兴趣。他看着女人的照片，心里顿时阴暗起来。

女人是他的妻子。

窗外的天和他的心情一样灰暗起来，刚才还有阳光透出层层的天乌云密布，他知道一场暴雨将要来临。

那也是个暴雨天吧。

不是，那个晚上星斗闪烁。

女人开始时和他一起在阳台上数星星。很多人以为一个男人和一个女人在一起看星星是浪漫的事情，其实，那许多时候是一种无聊。生活中忙碌的事太多。和女人一起看星星，说着说着就吵起来了。女人像只母狼，她似乎要把他撕碎。他也不甘示弱，他更像一只猎豹，随时提防着母狼的进攻。他们从阳台上吵到了屋里，谁也没有占着便宜，如果真动起手来，只有两败俱伤。女人轻蔑地对他说了声，你和你的死尸去过日子吧！说完，女人拎起红色的坤包就摔门而去。他看着她离去，默默地站在那里。他的嗓子眼疼痛极了，每次吵完架，他的嗓子眼都会疼痛老半天，他的咽喉炎是和女人吵架吵出来的。

风把女人摔开的门砰地关上了。

他被关门声震醒了，这娘儿们一定是去找那个丘八了！

他捂住了胸口，他一想起女人和别的男人在一起，他就会犯心绞痛，不是病理上的心绞痛，而是心理上的。

他倒在沙发上。

他的脸扭曲着，口里发出受伤的豹子一样的号叫，叫声尖锐而绝望。

是什么改变了他们的生活？

是那些需要美容的尸体，还是那个男人，或者是他自己本身？

号叫完后，他像一个无助的孩子一样哭起来，很多时候，他碰到什么委屈或幸福过头，都会趴在女人的怀里哭，女人会像搂着儿子般抱住他的头轻声地哄着他，给他哼着歌，让他在自己的爱抚中安静地沉睡。如今，他只能无助地独自哭泣。哭着哭着，他就想起了另外一个女人，那个比自己妻子漂亮的女人珠圆玉润，而且年轻……他拨通了这个女人的电话，在电话里，他用另外一种声音和她说话，他觉得自己掩饰得很好，没有暴露自己的娘娘腔。

放下电话，他阴险地笑了。

他脸上的泪痕还没有干。

他想，今夜，他的活干得一定会很漂亮。

想到这里，七喜捂住了胸口。

他的心绞痛又犯了。

七喜捂着胸口在沙发上叫唤了一会儿后停住了声。

他正了正自己的上身，把小镜框平放在红木茶几上，突然低吼了一声，一拳砸了下去。

镜框的玻璃碎了。

七喜把拳头举了起来，上下左右检查了一遍，碎玻璃竟然没有刺破他的手。他把碎玻璃从镜框中倒掉，取出了女人的照片。

照片上有斑斑点点被碎玻璃刺破的地方。

七喜冷笑了一声，怎么没有流血？

剪刀呢？他从沙发上弹起来，四处寻找剪刀，他在一个抽屉里翻出了剪刀，他拿着剪刀咔嚓咔嚓空剪了几下，眼中迸射出怨毒的光芒。

七喜坐回到沙发上，重新拿起那张照片。

他口里喃喃地说着什么。

女人的照片一点儿一点儿地被铰碎。

照片的碎片落了一地。

闪电从窗外划过，天空中传来一阵雷声。

剪完照片，他把剪刀随意一扔，虚脱地靠在沙发上，仿佛干完了一件重大的体力活。窗外下起了暴雨，雨水沫子从窗外飞溅进来，落在他脸上，冰冷的雨水使他震颤了一下。

七喜似乎恢复了正常。

他把窗户一扇一扇地关起来，并且拉上了窗帘。

屋里一片黑暗。

黑暗中七喜看到了碎片，破碎的东西在黑暗中熠熠生辉。七喜的喉咙咕嘟了一声，他吞下一口唾沫，伸出手，按下了灯的开关，屋里亮堂起来。

七喜从酒柜里拿出一瓶酒，打开咕咚咕咚地喝了两口。然后把散落一地的照片碎片拾起来，他决定在暴雨过去阳光重新破云而出之前把它们粘贴好，然后枕着照片沉睡。

七喜修长的手指灵活有力。他的表情专注而沉稳。

他面对的不是一堆照片的碎片，而是一具需要他精心美容的尸体。

他吹起了口哨。哨声像是安魂曲。

七喜走到了窗边，他拉开了窗帘。他看着暴雨在肆虐着这个城市，他的心里充满了暴雨的声音，这种声音好像要把这个世界撕裂。他突然看到一只鸽子从暴雨中扑棱棱地飞过来，落在了他家的窗台上。鸽子的羽毛被打湿了，它好像在看着七喜，向七喜求救，它的眼睛里充满了惊恐，也许它是被暴雨吓坏了。七喜看着鸽子，内心最柔软的部分被触动了，他真想把那只可怜的鸽子抱在怀里，温暖它，并且消除它的恐惧。

但是他没有出去。

鸽子也许看出了他的心思，知道他是不会救它的了。鸽子的头扭向了外面，接着，鸽子又扑棱棱地飞走了，它在雨中的身影落寞而且无助。七喜觉得此时自己是个残忍的没有感情的人。

七喜记起了刚刚结婚的时候，他和她在广场上，他们的身边围满了鸽子。鸽子是善良和平的，一点儿也不怕人。七喜和她买来了两包玉米，喂着鸽子，有一只鸽子落到了他的肩膀上，她欣喜地拍下了一张照片。鸽子打动了他们，她的脸上洋溢着平和幸福，七喜觉得自己是世界上最幸福的人，他多么希望自己一生都可以和心爱的人一起在广场上和鸽子和平相处。

可现在，一切都起了变化。

美好的东西并不长久。

5

暴雨的突如其来，让兰芳放慢了开车的速度，雨鞭抽打着车窗玻璃，雨刷器快速地摆动，也无法驱赶她眼前的迷蒙。暴雨下得狂烈时，她根本就看不清前面的道路和迎面而来的车辆了。她把车停在了一旁，她要等雨稍小了点再走，这样行车充满了危险，她不希望在归途中发生意外。安蓉、杨林丹、王子洋、夏敏，这些人在她的脑海里变幻着，她理不出一条清晰的脉络，他们似乎有着千丝万缕的联系，又似乎毫无关联。

兰芳和安蓉都在孤儿院长大。兰芳一生下来就被父母遗弃了。

她一直不知道自己的亲生父母是谁，她多次问过老院长，老院长也不知道，或许她保守着一个秘密不愿向兰芳透露，直到她终老死去。老院长死时，兰芳和安蓉都守在她身边。这个做了一生善事的老人无疾而终。某一天清晨，她觉得自己要离开美好而又污浊的人间了，她分别给安蓉和兰芳打了电话，然后就躺在床上等待死亡。兰芳和安蓉赶到后，她已经奄奄一息了。她朝兰芳和安蓉微笑了一下就闭上了双眼，她死得那么安详和从容，像是去天国赴一个家宴。

兰芳看着狂暴的雨，雨刷快速地来回摆动着，而雨水依然固执地接连不断地漫上来。车窗外面是一片黑暗，深沉的黑暗，天地间有一种巨大的恐惧在蔓延。

她感觉到了危险。

危险无处不在。

在前方的黑暗中，在暴雨下，她突然看到安蓉就站在旷野中，狂风暴雨吞噬着她。安蓉披着长发，穿着一件白色的连衣裙，那件薄薄的连衣裙在暴雨中似乎还在飘动。她浑身颤抖，对着兰芳张开了双手，那双晶莹透明的双眸无助而哀怨。

兰芳说了声，不——

安蓉的影像从旷野中消失。

兰芳身上冰凉。

她开动了车，她要赶快回到赤板，她不能让安蓉被邪恶的力量吞没。汽车在暴雨中冲撞着前行，把一片片的污泥浊水甩到车后。

汽车像一片叶子在暴风雨中飘摇。

第九章

1

雨后的街道十分干净，城市的灯火明亮了许多，微凉的风清爽怡人。安蓉独自地走着，漫无目的。现在是晚上八点多了，兰芳还没有回到赤板，她本来想等兰芳一起回来吃饭的，她还给美琪打电话订了座。刚才，她把订的座退掉了，因为不知道兰芳什么时候回来，怕影响美琪做生意。从下午到现在，一直打不通兰芳的手机。张洪也十分焦急，他也打不通兰芳的手机。实在没有办法，张洪就开着派出所的警车去迎她了，不知道他们相遇上没有。按常规，从水曲柳乡村到赤板也就是几个小时的路程，主要是有一段乡村公路不好走，兰芳早上出发到现在还没见到她回来，安蓉担心她碰到了什么危险。安蓉继续在街上漫无目的地走着，下午王子洋的话让她心乱如麻。

下班的时候，王子洋突然出现在安蓉面前并把她拉进了一间空病房里。安蓉低声说，王子洋，你要干什么！

王子洋的脸色复杂，安蓉，你再给我一次解释的机会好不好，否则，我会死的。

安蓉说，你的生死和我有什么关系？

王子洋说，当然有，要知道我爱的是你。

安蓉想起了他在夜晚醉酒的样子就有些心酸。看着王子洋迷惘的眼神，她内心最柔软的部位在起着变化，她甚至想，自己是不是错怪王子洋了。

她内心矛盾着，有两种不同的声音从不同的方向进入她的大脑，然后交锋。

一种声音是张洪的，其实男人比女人更脆弱，更经不起打击。

另一种声音是兰芳的，像王子洋这样道貌岸然的伪君子是不可靠的，他可以一次在背后和别的女人胡搞，就可以有无数次，你要当心，在选择爱人这方面，女人不能犯错误，犯一次错误就有可能让你一生陷入一个不能自拔的泥淖。

王子洋见她低头不语，十个手指头用力地绞在一起。他说，安蓉，我求你，再给我一次解释的机会，你要我怎么样都可以，哪怕给你下跪。

安蓉缓缓地抬起头，目光和王子洋充满期待的灼热目光碰撞在一起，她触电般颤抖了一下，王子洋，你以为在这病房里说话方便吗？

王子洋说，那，那我们去五月花咖啡屋好吗？

安蓉说，随便吧。

五月花咖啡屋的气氛隐秘而暧昧。幽暗的灯光，舒缓的音乐，空气中弥漫着酸甜和芳香混杂的气味。他们在一个隐蔽的位子上坐着。

安蓉要了一杯矿泉水，加了柠檬喝起来微酸爽口的矿泉水。她还往里面加了些冰块，透明的冰块浮在上面，看上去很美。

王子洋要的是一杯蓝山。冒着丝丝缕缕热气的蓝山咖啡看上去十分可疑，安蓉想起了杨林丹，她也喝这种咖啡，也像王子洋一样不加糖和奶。安蓉努力使自己的情绪平静下来，不去想那个至今还在医院太平间里躺着的女人。

王子洋说，我和杨林丹是大学同学，我现在实话告诉你，我们一度好过，那时候年轻，不懂爱情，因为种种原因，我们很快就分手了。我们俩从来没有发生过肉体上的关系。真的，那天，她突然来找我，我觉得意外。我不明白她为什么能找到我的住处，我从来没告诉她我的住址，我们没有联系，她一进屋，就说她很痛苦很郁闷，活在黑暗中。她要向我倾诉，因为我是她初恋的人。

安蓉手捧着杯子，目光一直注视着杯子上慢慢融化的冰。你为什么不告诉我你有过这样一段恋情，我一直以为你和我是初恋。

王子洋眼中闪过一缕迷离的光，这是我的错，我不想让以前的事情影响我们的爱情。

安蓉冷冷地说，可它已经影响了，我本想在你身上找到一块绿荫，没想到找到的是一片沙漠。

王子洋停顿了一下说，请听我解释。我没料到她会旧情复发，其实我们的事过去了许多年。我像接纳一个普通朋友一样接纳了她。我给她倒了一杯水，听她倾诉。我只是一个听众，不称职的听众。她说话的过程中，我没有插一句嘴。她说得很慢，像是在讲一个故事。她说她嫁错了人，那人是个变态，每天变着法子折磨她，还用牙签去戳她的阴部——她说着就哽咽起来，眼角流下了泪水。我递过纸巾，她擦掉了泪水，然后长叹了一声说她后悔死了，当初不应该和我分手。我还是没有说话，我不知道说什么好，我不会被她的故事打动，也不可能说一些安慰的话让她对我有什么非分之想。她靠近了我，看着我，眼光火辣辣的，她突然抱住了我，我正要推开她，你撞进来了。

安蓉眼看着冰块要融化了，可她脑海里却一片茫然。

王子洋从口袋里掏出一串钥匙，从桌子上推到安蓉面前，他哀求地说，安蓉，原谅我，收回我家的钥匙吧。

安蓉的眼睛有些潮润。

王子洋握住了安蓉柔滑的手。安蓉触电般挣脱了他的手，然后慌乱地看了一下腕上的表，说，我先走了，兰芳也许要回来了。

说完，安蓉就走了，头也没回。

王子洋看着她的背影，若有所思。

他本想把和杨林丹所有的事情都告诉她的，但他隐瞒了和杨林丹曾经是性伴侣的这一事实。他向安蓉编了一个故事。

无论怎样，安蓉已经听他讲完了这个故事，在此之前安蓉连机会都没有给他。女人还是柔软的。

王子洋嘴角浮起了一丝笑意。

他突然又想起了那个在电话里朝他粗重喘息的男人，嘴角的笑意倏地消失，那男人是他的一块心病。

安蓉一个人在街上走了很久，她回忆着和王子洋在一起的点点滴滴，想着那天他喝醉酒憔悴的样子，心里发酸。街上来来往往的车辆溅起了无数水花，有的溅在了行人身上。安蓉对此一无所觉，她完全沉浸在过去的回忆中无法自拔。

2

安蓉回家的时候已经是晚上十点，她到家门口时又闻到了一股浓郁的中药味道。那股奇怪的中药味道让她的心脏似乎要突破胸腔迸出来，她又看到了一束玫瑰花，那束玫瑰花安静地放在家门口，玫瑰花上面同样夹着一张空白的纸条。

是谁送的花？

不可能是王子洋。他不会留一张空白的纸条，如果是他，他恨不得把全世界最浪漫的词句都写在上面。她觉得有点累，特别是听完王子洋的叙述后在街上独自行走了那么久。她半躺在沙发上，闭上了眼睛。

那束玫瑰花被她扔在了一旁。

安蓉突然睁开了眼，她又看到了那个黑玫瑰般女人的脸。这次这张脸显得格外苍白。女人的眼中有着晶莹的泪光，然后有一滴泪水滑落。那张脸上突然浮现出一点点黑斑，黑斑迅速爬满了女人的脸，让原本美丽的面容变得丑恶狰狞。安蓉捧着头不由自主地尖叫起来，叫声划破了潮湿沉闷的夜色。

等她平静下来，再次抬起头，那张脸便消失了。

镜框上安蓉母亲微笑地看着她。

她喃喃地说，妈妈，告诉我，她是谁？

母亲在墙上无声地看着她。

是的，那是一只绿蚂蚱，它趴在镜框的上面。

安蓉站起来。

她朝那面墙走过去，走得很轻，姿势像一只要飞的鸟，两只臂膀微微地张开。

安蓉走到镜框的下面，随手拿过一个凳子，轻轻地站了上去，站稳当后，她伸出了手，以一个包抄的手势朝绿蚂蚱围拢过去。

绿蚂蚱身上透出绿莹莹的亮光，这种迷人的亮光诱惑着安蓉。

安蓉要抓住它。

当她的双手将要抓住它时，绿蚂蚱扑棱棱的飞了。绿蚂蚱飞动的声音让屋里的空气涟漪般波动起来，声音消失后，屋里的空气又恢复成平静的水面，安蓉却怎么也找不到那只绿蚂蚱了。

安蓉的眼神有些痴迷，站在那里发了呆。

她突然想起了兰芳，兰芳呢？兰芳怎么样了，怎么还没有电话来呢？

安蓉又一次拨打兰芳手机，还是无法接通。她又拨了张洪的手机。传来的声音是，您拨的用户不在服务区，请稍后再拨。这是让安蓉焦心的回答，是不是他们都出问题了？

安蓉有些焦急，她在房里走来走去，然后叹了口气，走到了卫生间，她打开了水龙头，调好水温朝大浴桶里放起水来，然后她把一包干花瓣放进了浴桶里。她第一天在大浴桶里泡澡时就隐隐约约闻到一股中药的味道，她就从时尚精品屋里买来了干花，放到浴桶里，水的味道就芬芳起来，而且这样泡澡，对她凝脂般的肌肤起到保护的作用。放完干花，她又想到了那束玫瑰花。她把玫瑰花的新鲜花瓣也放进了浴桶，浴桶顿时鲜活起来。

放水的过程中，安蓉来到阳台上，看着这个城市多彩的灯火，天上的乌云渐渐散去，隐隐约约地露出一弯新月。月亮似乎被水洗过，有些透明和灵醒。夜风吹动着她的头发，像有一双温柔的手抚摸着她，细腻而温馨。安蓉微微叹了口气，她内心波动，想起了王子洋的手。

安蓉回到了屋里，她关好阳台的门，然后把落地窗帘也拉上了，放起了爱尔兰音乐。

她脱掉身上的衣服，解下胸罩，褪下黑色的真丝内裤，走进了卫生间。她的身体十分完美，透出栀子花般的白，生动而富有生命力。

她把自己整个泡进芬芳的花瓣水中，头靠在浴桶的边上，伸直了修长的双腿。安蓉长长地呼出了一口气，仿佛呼出了所有的焦虑和迷乱，她陶醉在一种幸福中，仿佛回到了童年，母亲把她泡进浴盆里，慢慢地清洗她的肌肤。她相信母亲此刻就在她身边，微笑地凝视着她。轻声地夸她是天下最美丽的姑娘。整个卫生间弥漫着芬芳的水汽，墙上白色瓷砖上滑落露珠般的水滴，每个水滴晶莹透亮，仿佛里面藏着眼睛，窥视着水中花瓣覆盖着的若隐若现的肌体。

安蓉闭上了眼睛。

她全身的毛孔是一张张快活的张开的小嘴，贪婪地吮吸着温热芬芳的清水。

她呼吸均匀起来，这一刻她忘记了一切。

一个人要能永远这样沉醉地放松，那是多么幸福的事情。此时，一切人，一切事都远离了她，她在纯净的空间里神游，飘忽着像一个轻盈的气泡。

……不知过了多久，安蓉睁开了眼，一道绿光在她眼前划过，她全身在水中震颤了一下。有种压力使她想从水中爬起来。她努力动了一下，可是她的身体动弹不了。

是不是泡得太久了？

她又努力地动了动，四肢还是僵硬，像块石头。

有一种中药的气味在卫生间中弥漫，中药的气味在驱逐着芬芳。

中药的气味渐渐地浓郁起来，像层厚厚的纱布包裹着她，安蓉想自己的嗅觉一定出了问题。

中药的味道从何而来？

卫生间的窗玻璃封闭着，如果是别人家在熬中药也不可能从窗口飘进来。她朝窗玻璃上看了一眼，心里一沉。

卫生间的磨砂玻璃上出现了一张脸。

那是一张黑玫瑰一样漂亮的女人的脸，和出现在镜框上的脸一模一样。女人的脸由微笑变成了忧郁，渐渐地，她那双黑葡萄般的眸子出现了泪滴。泪滴像露珠那样晶莹透亮。

安蓉挣扎着，想从水中爬起，自己也许泡得太久眩晕了，或者干花和玫瑰花瓣的香味会让人迷醉后产生幻景。

安蓉听到了哭泣的声音。

哭泣声连贯而细碎，凄凉地在空气中波动，传递着一种忧伤绝望的信息。

安蓉突然发现水面上漂浮着的鲜花以及干花的花瓣变成了中药的沫沫。一些药渣慢慢地浮出了水面。

安蓉的身体和四肢根本就动弹不得，她的挣扎也只是内心的挣扎。

她想喊，喉咙里却被堵了一块柔软温热的东西，连喊都喊不出来。

安蓉眼中散发出绿光，魔怔般望着天花板，天花板开始往下滴着水珠，水珠落在她的脸上，冰凉刺骨。

飘渺凄凉的哭声停止了。

一片寂静。

安蓉感觉自己正陷入一种危险的境地。

她感觉得到危险是什么又好像感觉不到。

她睁大了双眼。

她瞳孔里的绿光闪烁。

木浴桶里充满药渣的水翻滚起来，开锅的水一样。

浴桶升腾起白色的烟雾，烟雾不一会儿就弥漫了整个卫生间。

卫生间的灯倏地灭了，一片黑暗。

黑暗中有人在轻微地呼吸。

呼吸渐渐急促起来。安蓉的双脚被一双手抓住了，那是双冰凉刺骨的手，她被那双手往下拖。安蓉无力抗拒那双手。她是一个溺水的人，浴桶就像深不可测的湖泊，她的身体被那双手拖向深渊。她的头浸在水中，无法呼吸，也听不到水面上急促的呼吸声了，窒息使她吞咽着水，水像中药汤那样苦涩。她全身僵硬，无法动弹，水没过了她的头顶……

3

安蓉睁开了眼，看到了兰芳。

安蓉一激灵从床上蹦起来，搂住了坐在床沿上凝视她的兰芳的脖子。她激动地说，好姐姐，你终于回来了，我以为你出了什么事呢，吓死我了。

兰芳拍着她的背，安蓉，我没事，只是车在半途熄了火。在那乡村公路上，老长时间等不到一辆过往的车辆，要不是张洪来接我，说不定我现在还在荒郊野外吃苦头呢！

安蓉抽了一下鼻子，闻到一股酒气，兰芳，你喝酒了？

兰芳推开了安蓉，让安蓉半靠在床上，我没喝酒，我回来连饭都没吃呢，张洪去买早点了。我不用你担心，你倒是让我们吓坏了，瞧瞧，折腾到大半夜，现在都天亮了。

安蓉的头晕晕的，后脑勺一跳一跳地疼痛。

安蓉只记得昨晚回家后泡了个澡，后面发生了什么事情就一概不知了，也许就睡了吧，好像做了好多梦。

梦见了许多人许多事。可她回忆不起梦中的一切。安蓉长长地呼出一口气，发现酒气原来是从自己的嘴巴里散发出来的。

安蓉满脸困惑，我什么时候喝酒了，难道是在梦中喝的酒？

兰芳看着神情古怪的安蓉说，你难道真的忘了昨夜发生的事情？你把我和张洪折腾苦了。

兰芳，你说，到底怎么啦？

我和张洪回到赤板已经凌晨两点多了。我记挂着你，来不及回家就赶到了你家。我们怎么按门铃，你也不开门，打你的电话也没人接，打你的手机也同样没人接听，但我们听到你手机的铃声就在屋里响着。我吓坏了，以为你出什么事了，说不定煤气中毒什么的，当然，我担心有更可怕的事情发生。我就让张洪想办法撬开了门，你不在屋里。我知道你泡过澡。卫生间浴桶里的水都没有放掉，水上面还漂浮着花瓣，那些花瓣都已经变黑了，我们检查了一遍房间，门窗都关得好好的，什么异常情况也没有，就是见不到你的人。张洪说你会不会值夜班，电话打到医院，说你没有上班。我又想到了美琪，美琪说你退掉了订座就一直没和她联系。张洪说你会不会在王子洋那里，我想这是不可能的。为了保险起见，我还是把电话打到了王子洋那里，他说你不在，还焦急地问你出什么事了。我讨厌他假模假式的样子没和他说太多。我和张洪急坏了，在赤板市，你生活的圈子十分狭小，不可能跑到什么人那里去。我想着想着就觉得很不对劲。就在这时，你回来了。你喝得烂醉。你知道是谁送你回来的吗？

谁？

你们医院的那个尸体美容师七喜。

安蓉倒吸了一口凉气，怎么会是他？

第十章

1

这是个露水味十分浓郁的早晨，医院里发生了一件奇怪的事情。

住院部大楼旁边的一棵香樟树上吊着一只死猫。猫的脖子被绷带勒起来。猫显然是被吊死的。猫眼还睁着，在阳光下透出琥珀般的迷离色泽。猫的牙齿紧紧地咬着吐在外面半截黑色的舌头，嘴角有一缕凝固的血迹。从下往上看去，那只死猫似乎咧着嘴在笑。

这是一只大猫，像个小孩一样被人吊在树上。

早上一个上班的女护士发现了死猫，她当即就在树下尖叫起来。尖叫声引来了路过的人，不一会儿，树下就站满了围观的医生护士，人们议论纷纷，是谁那么残忍地把这只猫吊在了树上，这猫和谁有深仇大恨？一个医生说他见过这只猫，它经常躲在太平间门口的垃圾桶里。

围观的人越来越多。

各种议论也纷至沓来。

有人说。这肯定是有些医生对医院改革方案不满，用吊死猫来向院方示威。

也有人说，可能是病号干的，有的病号因为医疗费太贵对院方恨之入骨。

更有人说，这一定是哪个变态狂干的，这年头，知人知面不知心，有些人心理阴暗，什么事情都干得出来。

……

无论怎么样，这只可怜的猫是牺牲品。

死猫当然惊动了院方，有人快速地作了报告，院长赶到了现场。他站在树下，仔细地观察着那只吊在树上的猫，仿佛在思考着什么。院长这个人平常话不多，也极少直接和员工对话，但他十分有魄力，认定要做什么事情总是雷厉风行。他观察了十多分钟，就回办公室去了，那么多围观的医生护士在他眼中仿佛不存在一样。

不一会儿，医院的办公室主任来了。

他显得精明能干，一来到现场，就对围观的人们大声说，大家快去上班，还有什么好看的，不就是一只死猫嘛。这是一场小小的恶作剧。大家也不要瞎说什么了！快回去上班吧！

一个胖胖的男园丁艰难地爬上了树，他用一把割草刀割断了勒住猫脖子的绷带，猫尸噗地掉在树下的草地上，割断的绷带也随着猫尸飘落。园丁准备下树时脚滑了一下，差点摔下来，他笨拙的样子惹得看热闹的人哄笑起来。

园丁笨熊似地爬下了香樟树，把绷带绑在猫尸的脖子上，一手拿着割草刀，一手拎着看上去沉重的猫尸，一颠一颠地走了。

有人说，这乡下人不会把死猫拿回家煮了吃吧？人们怪怪地看着说话的人。

大伙三三两两进楼上班去了。

七喜像往常一样，人们上班时他下班。他躲在柏树后面，审视着那些围观的人。今天他没有发现安蓉来上班。他想也许是她昨晚喝多了，也许是今天不用上白班。

七喜也看到了那只死猫，他没有过去凑热闹，只是用一种莫测的目光看着那场景。他正想走，肩膀上被人用力地拍了一下。

谁？他吃惊地回头。

七喜看到王子洋冷笑地看着他。

七喜和王子洋对视了一会儿，扭头就走。

王子洋想说什么，可他嘴唇嚅动了一下，什么也没有说出来。

2

七喜想起了安蓉，他回味着安蓉身上的体香，使劲地吞咽了一口口水。他细小的喉结滑动了一下，眼珠子努力地往外鼓了鼓。

昨夜的事情他历历在目。

安蓉穿着白色的连衣裙，她的长发飞瀑般掠下，她游魂一样飘出了她居住的小区，朝钢琴酒吧飘忽而去。七喜想象着安蓉的身体是飘忽的。她在经过一个十字路口的时候，被正要去医院的七喜碰见了。七喜想要和她打招呼，如果她愿意像那天晚上一样去看他为杨林丹的尸体做美容，七喜还会乐意地带她去。安蓉没有看见他似的飘忽过去。

七喜想喊她一声，但没喊出来。

安蓉像是在梦游，他怕他的一声喊会把安蓉的魂喊出了窍。

安蓉身上有种迷雾般的神秘感。

七喜被她身上的神秘感迷住了，这个经常让他呼吸急促的女人身上有一种绿色的光环和独特的幽香。他情不自禁地跟了上去。

街上的行人在安蓉的眼中似乎都不存在。

七喜也像安蓉一样旁若无人地走着，他的眼中只有安蓉。

许多路人走过之后都要回头看一眼安蓉的背影，仿佛不相信人间有如此美丽冷艳芬芳的女人。

七喜想，如果现在有一个最恶毒的诅咒，他要给那些回头观望安蓉背影的人。

安蓉最后站在了钢琴酒吧的门口。

她看着闪烁的霓虹灯，眼中有些渴望。

她走了进去。

七喜也跟了进去。

安蓉坐在一个卡座上，服务生马上过来，问她要些什么，安蓉轻声地说了些什么，服务生就走了。钢琴酒吧的小舞台上，一个长得文静端庄的姑娘在弹奏着《致爱丽丝》。

七喜找了个地方坐下，观察着安蓉的一举一动。

酒吧里真正在欣赏钢琴演奏的人并不多，喝酒和美女打情骂俏是众多人在酒吧里消磨的主要活动。安蓉孤独地坐在那里，吸引了许多男人女人的目光。女人的目光里是嫉妒，嫉妒安蓉的美；男人目光中是燃烧的火，他们希望把安蓉融化在自己的目光中。

七喜看到一个半老徐娘走过去，坐在了安蓉的旁边，拉着安蓉的手，和她说着什么。安蓉一句话也没说，她冷若冰霜。那半老徐娘坐了一会儿就走了，像是觉得无趣。看得出来，她是这里的女老板或者老板娘。

不一会儿，服务生就端着一个托盘走到了安蓉的面前。

那托盘里有一瓶黑方和一个高脚玻璃杯，外加一大杯的冰块。

七喜十分吃惊，安蓉一个人要了一瓶黑方。

她也许还在等人。

服务生给安蓉的杯子上斟上了酒，她是半跪在那在为安蓉服务的。斟完酒的服务生就坐在一旁。安蓉又和她说了些什么，服务生就走开了。七喜好像明白了什么，安蓉是不要她服务。

安蓉端起酒杯，一口喝干了一杯酒，然后就自斟自饮起来，她也没有往酒杯里加冰块。那烈酒不是在安蓉的肚子里燃烧，而是在旁观者七喜的眼中燃烧。七喜正看得出神，一个服务生走到了他面前，问他需要什么服务。这里的服务生态度很好。七喜要了一杯啤酒，心想，安蓉一定是受到了什么伤害，在借酒浇愁。他知道伤害她的人是谁。他一想到那狗娘养的，牙就咬得嘎嘎响。

七喜觉得安蓉很渴，她喝的不是酒，而是矿泉水。

她喝得很急，那瓶黑方很快就所剩无几，她这样喝酒更加吸引了酒吧里男人女人的目光。

这时，一个高大的男子走上了小舞台。他站在钢琴的旁边拿着麦克风准备唱歌，在唱歌之前清了清嗓子说，我唱一首《红莓花儿开》送给十号卡座的那位小姐，祝她开心愉快。他说完这话，响起了稀疏的掌声，钢琴为他伴奏起来。男人的歌喉浑厚有力。七喜看着他心中涌起了一股无名的怒火。

安蓉痴痴地看着唱歌的男人。她伸出了手指。朝唱歌的男人勾了勾手指头。

男人唱完歌后马上走到了安蓉的面前。

安蓉让他坐在了自己的旁边。

他们在说着什么。安蓉迷离的双眼跳跃出了火苗。

他们说着说着，男人就搂住了安蓉。

安蓉依偎在男人的怀里，她用纤细的食指抚摸着男人唇上面的胡茬，她仰着头看着低头和她说话的男人。他们的脸凑得那么近，可以闻到对方的呼吸。安蓉的身体扭成迷人妖艳的姿势，两条修长的腿微微弯曲，结实的臀部微微地翘起。

七喜的心剧烈地跳着。

他沉默了一会儿，喘了口粗气，一口喝完那杯冰镇啤酒，然后低吼了一声站起来朝安蓉他们走过去。

七喜走到他们面前，不知从哪来的那么大的力气，他一下抓住高大男人的衣领，一把把他拎起来，推到了一旁，用他的娘娘腔愤怒地说，狗杂种，安护士不是卖的！

说完，七喜掏出一叠钱放在桌上酒瓶下面，拉起安蓉走出了钢琴酒吧。

那个高大男人和酒吧里的许多人都目瞪口呆。

安蓉醉倒了。

她站都站不住了，七喜在街旁，一手扶住安蓉，一手拦下了一辆的士。他把安蓉塞进了车厢，自己也钻了进去。

安蓉瘫了，她靠在七喜的身上，喃喃地说着一些七喜听不懂的话，还流着泪水。

七喜像是闻不到从安蓉嘴巴里呵出的浓郁酒气。

他闻到的是醉人的栀子花的香味。

七喜想，自己老婆身上怎么没有栀子花的香味呢？哪怕是在这栀子花盛开的季节。

司机说，喝了多少酒啊，酒气怪熏人的。

七喜盯了司机一眼，开你的车，少废话。

出租车像片叶子在大街上飘过。

3

兰芳离开了安蓉的家。

她背着采访包匆匆地去上班，走之前，她让安蓉再睡一会儿好好养精神，否则上夜班熬不住。安蓉连怎么走出家门，怎么去钢琴酒吧喝酒，怎么被七喜送回来的都一无所知。兰芳也没有责怪她，也许让她的脑海里留一些空白会好些。

昨夜安蓉回来后，兰芳和张洪把烂醉如泥的安蓉扶进了屋。七喜没有进去，他只是站在门口。他站了一会儿看他们在忙碌着，就独自走了。等兰芳和张洪把安蓉安置好，准备招呼七喜时，七喜已不见了踪影。

兰芳觉得有些对不住人家，他怎么走掉了呢，我们连感谢人家一声都没有。

张洪说，七喜这人有些古怪。

兰芳白了他一眼，一路上你老说安蓉和王子洋断有些不妥，还说王子洋可怜，现在又说七喜古怪，不知你这个人怎么想的。人不能光看外表，我从不认为王子洋可怜，如果因为安蓉和他分手他觉得痛苦，那是活该。

张洪就不说话了。

突然，安蓉在床上呕吐起来，吐得满床都是秽物。她的头发脖子上也全都是秽物，让兰芳他们目瞪口呆。兰芳有些生气，这个鬼安蓉，看来是疯了，喝这么多酒干什么！

她让张洪把安蓉抱进了卫生间，放在浴桶里。

然后，兰芳让张洪出去收拾安蓉的睡床，让他换好床单。兰芳进卫生间前，拿了安蓉一件干净的睡袍，那睡袍是米黄色的。兰芳用力地把卫生间的门关上了，开始给安蓉洗澡。她费了九牛二虎之力才把安蓉弄干净，换上米黄色的睡袍。等她开门叫张洪把安蓉抱出去，张洪收拾好床铺老半天了。

兰芳忽然想起了一件事，她拍了一下自己的脑门，看我这粗心的，差点把最重要的事情给忘了。她从包里取出了一个小包，然后让张洪拿个杯子过来。小包里装着一张符咒和一些从水曲柳乡村神庙里取来的香炉灰。她把符咒烧成了灰和香炉灰拌在一起，然后冲上了些茶水。兰芳念念有词像个巫婆一样在安蓉的脸上吹了一口气。

张洪在她的指挥下扶起了安蓉的头。兰芳把安蓉的嘴巴弄开，那杯加了香炉灰和符咒灰的茶水硬是被她灌进了安蓉的肚子里。

张洪说，你这是干啥呀！

兰芳说，你管那么多干什么，我是为安蓉好，老朱说了，当初那个女工作队员就没有听村里的人话死于非命，安蓉喝下了这杯茶水，她就会没事了。

张洪说，老朱的话你也信，他历来都是神神叨叨的，他上次到我家，还说我床的方向没摆好，会出问题的，我没听他的话，现在不也好好的？

兰芳掐了他一下，你怎么话越来越多了，两天没管你，你就上房揭瓦了。告诉你，有些东西信还是比不信好。

张洪被兰芳掐得呲牙咧嘴的疼痛，他想，安蓉没疯，兰芳可能已经疯了。

张洪装出楚楚可怜的模样，兰芳笑了，别像个孩子似的，一点点疼就受不了。

说着，兰芳的脸柔和起来，她肥嘟嘟的小嘴唇微微地张开，显出了女性娇媚的样子。张洪看她的眼神也闪烁着柔情的波光，他心里有了冲动。

兰芳把手插进头发里使劲地抓了抓，然后伸手把张洪拉进了卫生间。

他们俩抱在了一起。

两张嘴巴四片滚烫的唇万能胶般粘在了一起，久久未能分开。

磨砂的窗玻璃上有一双哀怨的眼睛看着他们。

这是谁的眼睛？

第十一章

1

一连几天，安蓉没发生什么事情，兰芳认定是朱向阳用的土办法起了作用，她不知道有更大的危险在向安蓉悄悄靠近。兰芳的文章写得很顺利，主编满意地通过并且上了头版头条，加了编者按。文章见报后，在赤板市引起了极大的反响，这样有深度又有可读性的文章让主编兴奋不已。他一高兴，给了兰芳一笔奖金，还特地给了她几天假。兰芳心情自然愉悦起来，免不了就把这笔奖金腐败掉。吃吃喝喝，卡拉OK，搞得不亦乐乎。安蓉也跟着她一起高兴，至于安蓉内心在想什么，兰芳一无所知。多年来，兰芳以为对安蓉十分了解，其实一个人内心深处最隐秘的部分谁也无法透彻地知晓，透过现象看本质这话很多时候只是一种经验之谈，并不十分有效。

兰芳愉悦的心情很快就消失了。同事小王在她休假的第二天就打电话给她，告诉了一件令她十分难堪十分愤怒的事情。原来，报社里在流传着一件关于兰芳的事情，说兰芳和主任有什么不可告人的交易。本来董记者写得好好的文章被主编枪毙掉了，主编又让兰芳去采写。明显是让兰芳出名。话说得很难听。

兰芳听完小王的叙述，觉得不可思议，怎么会有这样的谣传呢？她在报社里为人处世应该是不错的，从没和谁红过脸，有谁会这样恶毒？谣言就像暗箭，防不胜防。她想马上去报社澄清事实，但她一转念，她找谁去澄清？纵使有一百张嘴也说不清楚的，有时越是解释越是难办，没有的事解释什么呢？兰芳认真想了想，不管了，清者自清，浊者自浊，不管那么多了，该休息还是休息。尽管如此，她心里还是有了一块阴影，除了这块阴影，兰芳总觉得有一个人在她的脑海里闪来闪去，那个女人面容模糊不清，像是在薄云里穿行的朦胧的月亮。

独自一人时，她老是在电脑里打下两个字：夏敏。

她把这两个字用最大号的字放大，加粗，加黑，让这两个字在自己的脑海里深刻起来。一个三年前车祸死去的女人，然后被人偷偷地运回落后的水曲柳乡村安葬，这里面埋藏了多少故事？兰芳理不出一条清晰的脉络，在仅有的蛛丝马迹中，她无法判断许多问题。

兰芳决定去调查有关夏敏的一些情况。

可是从哪里下手呢？

2

想起挂在住院部大楼旁边香樟树上的那只死猫，王子洋的心就会颤抖，他记起以前那个人曾经和他说的话：你以后再敢碰她一下，我就把你像只死猫一样吊起来开膛破肚。当时王子洋并不以为然。现在他心里还是有些忐忑不安，王子洋相信人到了一定极限时是什么事情都干得出来的。这几天里，王子洋约过几次安蓉，安蓉赴约了一次，也是在五月花咖啡屋。安蓉静静地坐在那里，喝着冰水听他不停地解释和表白，安蓉没过多久就借故走了。

安蓉杯子里漂浮的冰块慢慢地融化，王子洋要让安蓉的心也慢慢地融化，像往日一样为他痴狂为他跳跃。这需要时间。

如果没有杨林丹，一切都不会发生。安蓉和他喝完咖啡，他就可以带她回家，或者到她家里去。

该死的杨林丹。

王子洋对杨林丹的怨恨日益加深，如果安蓉回不到他身边，他会永远诅咒杨林丹，让她在地狱里也无法安宁。人心的狠毒隐秘而持久，它是人类灵魂深处的癌。王子洋对杨林丹给予他肉体的快感早已荡然无存，恨一个人不需要太多的理由。

王子洋一直觉得性和爱情是两码事。

他觉得和某一个女人睡觉并不一定爱她，那只是性，是男人与生俱来的野兽般原始的冲动。无论他和杨林丹如何在床上欲仙欲死，他都不可能爱她，然后产生娶她的欲望。

而安蓉不同，安蓉让他觉得性和爱情也可以完美结合。

安蓉是第一个让王子洋产生要和她白头到老念头的女人，他从被她吸引到迷醉到全盘托出内心蕴藏多年的爱，这个过程是那么短暂，那么神秘而且紧张，那么幸福祥和。这个平常自负的男人，的确有许多女人对他暗送秋波，但他视而不见，他却在安蓉的爱情中柔软温情起来，仿佛一个多情的书生，吟诗颂词，意味深长。

和安蓉产生爱情后，他曾经对杨林丹的那种性爱有了本能的排斥，安蓉让他有种征服的快感，而杨林丹只是不停地向他索取，让他有种被掏空的恐慌。

当王子洋第一次和安蓉有了肉体关系后，他对安蓉更是欲罢不能，她的纯洁和美丽让他疯狂而感激。王子洋一生也不会忘记安蓉第一次为他献身的情景。

那是王子洋三十岁生日后的一个清风送爽的晚上。

经过那个浪漫的生日晚宴，安蓉相信王子洋就是她生命中的另一半，她一切都愿意为他付出。尽管她的好友兰芳一直觉得王子洋不可靠。为了此事，安蓉和兰芳发过一次脾气。她对兰芳说，我自己的选择和你没关系，你不要管那么宽！

兰芳当时愣了一会儿说，恋爱中的女人全是傻瓜！

那的确是个清风送爽的晚上。

王子洋和安蓉在香樟路的印度小厨吃完饭，就到了五月花咖啡屋，他们边喝着咖啡，边娓娓而谈。这一对情侣谈得十分投机，中间兰芳来过一个电话，要安蓉和她一起去钢琴酒吧喝啤酒。安蓉婉言拒绝了。她在和兰芳说话时，王子洋的手伸过来，和她的手紧紧地握在一起，王子洋还俏皮地向她眨着眼睛。

从咖啡屋出来，王子洋带着安蓉开车在这个城市里兜了一圈，城市的夜色赏心悦目，一切都那么美好。王子洋一只手握着方向盘，一只手放在安蓉的大腿上。兜了一会儿，安蓉突然说，子洋，不要兜了好吗？

王子洋轻声地问她，为什么？安蓉说，你车开得太快了，我不习惯。王子洋就说，那我开慢些好吗？安蓉面有难色，还是不要兜了吧。王子洋顺着她说，好吧，不兜了，那现在还早呢，我们干些什么呢？安蓉说，随便吧，我听你的。王子洋就说，你不是喜欢看夜景吗，到我家去看吧，我住在二十四楼。安蓉说，好吧。

在二十四楼的阳台上，安蓉和王子洋依偎在一起，风吹动着安蓉的发梢，他们俯视着都市的繁华，眼中跳跃着迷离的火焰。王子洋一手搂着安蓉，一手指着远处，安蓉，你看，多美呀，小时候，东方广场那一片还是农田，现在成了高楼大厦林立的繁华闹市了，变化多大呀，才短短的二十多年。安蓉说，是呀，变化真大，城市日益繁华，可我们会在城市的成长中渐渐老去。王子洋搂紧了她，所以，我们必须珍惜。

他们在阳台上站累了，才回到屋里。

王子洋倒了两杯红酒，一杯递给了安蓉，他们碰了一下杯，相视一笑，各人抿了一小口。

安蓉手里拿着红酒杯子，说，子洋，你给我背诵一首词吧。

王子洋说，没问题，只要你喜欢听，我天天都可以为你朗诵。

他把那张漂亮简洁的靠椅放在了临窗的位置，然后做了一个很绅士的动作，拖着声音说，小姐，请坐——

安蓉笑着坐在靠椅上，这张靠椅是有一次他们逛宜家家私城时安蓉看上的，没想到王子洋把它买回了家，专门给安蓉坐。

王子洋整理了一下领带，一手拿着酒杯，一手做着动作，微笑而镇定地朗诵起来。

伫倚危楼风细细，望极春愁，黯黯生天际。草色烟光残照里，无言谁会凭阑意？

拟把疏狂图一醉，对酒当歌，强乐还无味。衣带渐宽终不悔，为伊消得人憔悴。

王子洋浑厚的嗓音抑扬顿挫。

安蓉的眼中升起了一层薄薄的水雾，她被眼前这个男人打动了，她痴痴地望着王子洋，脸上的笑容也凝固了。

王子洋把酒杯放在了茶几上，走到安蓉面前，蹲了下来，两手搭放在安蓉圆润的膝盖上。他凝视着安蓉动人的脸，那水雾过后的双眼波光闪闪，透出痴迷和淡淡的忧伤。

王子洋的脸贴近了安蓉的脸，他伸出手把安蓉手中的杯子取了过来，放在了地板上，然后，他用双手捧住安蓉的脸。

他亲吻了安蓉娇嫩欲滴的唇。

安蓉浑身颤抖了一下，她闭上了眼睛，嘴唇却迎了上去。

他们紧紧地抱在了一起。

王子洋听到安蓉的声音，亲爱的，抱紧我，一辈子这样抱紧我，不要让我离开。

王子洋亲吻着她，从唇到脸到耳垂，到脖子。安蓉滚烫的泪水流淌下来，她是幸福得哭了，她不知道美丽的母亲当初有没有这样为父亲哭过，她似乎在王子洋身上找到了父亲的某些影子，她发现自己是多么的爱父亲，尽管父亲早已离她远去。

安蓉在王子洋细心温柔的亲吻下融化了。她喃喃地说，子洋，子洋，子洋，你揉碎我吧……王子洋心中燃烧着一团爱火，而不是欲火，这团区别于往日的爱火在燃烧中不停地冲撞。他不顾一切地抱起了安蓉，站起来朝卧室走去。

当王子洋在卧室柔和的灯光下轻轻地把安蓉的红色三角内裤褪去时，他惊呆了，这是多么美丽的胴体，闪烁着白瓷般的光，那粉红的两个乳头像两个成熟而纯洁的果子挂在枝头。他呆了一会儿，便俯下了身子。

他从她的脖子一直吻到她的脚趾。

王子洋把安蓉细嫩粉白的脚趾含在嘴里时，安蓉呻吟起来。

听到安蓉的呻吟，王子洋有些不知所措了。

他像是在一个丛林中迷路的孩童，不停地摸索着，最后找到了一处甘泉，他饥渴地喝着甜美的泉水，甘甜的泉水让他心中的火焰越烧越旺……安蓉泪流满面，颤抖地说，子洋，我爱你，从今往后，我的一切都属于你了。

王子洋看着淡蓝色花格床单上的那一小摊殷红的血迹，不敢相信自己的眼睛，他怎么也没想到安蓉竟然还是个处女，这年头处女是多么地宝贵。王子洋怜爱地搂住了安蓉，轻声地说，亲爱的，痛吗？安蓉含泪地说，不痛。

王子洋的泪水流淌下来。

他是幸福得哭了。他为自己正确的选择而幸福地哭了。他想，无论以后安蓉怎么样对待他，他都要疼她爱她，不让她有半点委屈。

……

王子洋打开了自己的家门。

他没有马上进去，而是看了一下有没有异常才进去。

进屋后，他从客厅里的一个角落拿起那高尔夫球杆。

一个一个房间打开检查，又检查了卫生间和厨房以及阳台，没有发现任何诡秘可疑的情况后才回到客厅，坐下来，长长地呼出了一口气。

挂在树上的那只死猫让他警惕。

3

阳光下的墓园寂静极了，连微风吹动草叶的声音也那么真实清晰，安蓉戴着墨镜，独自来到了母亲的坟前，在墓碑前放下了一束白色的菊花。原先母亲的骨灰盒一直寄放在殡仪馆，安蓉参加工作两年后才在墓园里买了一小块地，把母亲的骨灰盒安葬在这里。

安蓉站在母亲的坟前，微风撩拨着她白色连衣裙的裙角，显得异常肃穆。

她曾带王子洋来过这里。记得那也是个晴天，王子洋也给母亲献上了一束白菊花，还在母亲的坟前燃起了三炷长香，王子洋显得尊敬而虔诚。安蓉对母亲说，妈妈，你的女儿找到她最爱的人了，你祝福我们吧！

一阵风吹过来，安蓉对王子洋说，母亲答应祝福我们了。

王子洋问，你怎么知道？安蓉没有回答他。

王子洋对着墓碑说，伯母，你放心吧，从此以后，我会深深地爱着安蓉，用我的生命和不变的热诚爱她，直到永远。

想起这些，安蓉心里十分矛盾。

她喃喃地对着母亲的墓碑说，妈妈，我该怎么办呢？

我是听兰芳的话和王子洋彻底断交，还是原谅子洋这一次和他和好呢？妈妈，你告诉我。妈妈，我心里十分难过，我真不知道该怎么办，我已经没有了主张，你给我做一个选择好吗，女儿永远听你的话。

说完这些话，安蓉双手合十放在胸前。

她闭上双眼，她在等待着什么。

约摸过了五分钟，一阵大风吹过来，把她的白色连衣裙吹得猎猎作响。

她睁开了眼，笑了，妈妈，谢谢你，我知道怎么做了。

她闭上眼睛时，心里想着，妈妈，如果你同意我和子洋和好，就刮一阵大风过来；如果不同意你就沉默。

每次她有什么犹豫不决的问题，都是用这种办法解决的。

她相信灵验的母亲，她相信母亲不在坟里，此刻母亲在天上的那一朵白云上微笑着俯视她，告诉她该何去何从。

安蓉缓缓地离开墓地。

大风止了，墓地恢复了宁静。

安蓉清晰地听到了自己坚实的脚步声。

她决定今夜再次赴子洋的约会。

4

赤板市第二小学门口有个水果摊。卖水果的是一个干瘦的乡下老头，他背微驼，古铜色的脸上那双深陷的眼睛看上去十分阴暗，他注视着站在校门口的兰芳。

兰芳看了老头一眼，老头的脸马上扭开了。

兰芳走进了学校的大门，门口的保安叫住了她，喂，你是干什么的，过来登记。

她朝保安走了过来，这年头到处都是保安。

兰芳很有礼貌地对保安说，我是晚报的记者兰芳。

说完就从包里拿出记者证递给了保安。保安装模作样地看了看记者证。然后换了一副笑脸说，你就是兰记者呀，写那个侵吞希望工程款的兰大记者，你来我们学校采访的吧？

说着，保安就把记者证还给了兰芳。

兰芳得到允许后，也没登记就进入了学校。

兰芳直接来到了校长办公室。校长是个五十多岁的很有风度的戴着金边眼镜的女人。兰芳想，这个女人和她报社的主编倒是十分般配。女校长热情地接待了她，还给她泡了一杯茶。

女校长说，兰记者来我校有什么事情吗？

兰芳说，我想问一个人。

什么人？是学生还是老师？

是以前在这里教过书的一个女老师，据我所知，她从师范大学毕业后就分到了你们学校。

我们这里的女教师不少，很多都是师范大学毕业的。请问她叫什么名字？

她叫夏敏。

夏敏？

是的，夏敏。

这——

你不认识她？或者——

听是听说过，可我刚从别的学校调来不久，对这个人不是很清楚，听说她几年前就离开学校了，对了，你要解她的情况，我建议你去找一个人。

找谁？

找郎干。

郎干是谁？

他原来是我们学校的教导主任，现在在市教育局工作，他好像是和夏敏一起分到学校来的，当然，我是听别人说的，具体情况你去问他本人就清楚了。

谢谢校长。

谢什么呀，对了，你要是有时间呀，帮我们学校也写篇文章吧，我们早就想请你来了，这件事要写出来一定也会轰动社会的。

请问是什么事呢？

一个学生的家长嫌我们校的一个老师在上课的时候用粉笔头扔了

他儿子一下，原因是那名学生打瞌睡。家长听儿子回去说了后就不愿意了，他找到学校来大吵大闹，骂我们的老师是法西斯，这还没什么，最后他竟然动手打了那位老师。我们现在正和他打官司呢。

哦，那个被打的老师伤得严重吗?

严重，他一拳有多重呀，还听说是练武的，一拳打在伍老师的眼上，眼珠子都快打出来了，现在他还在医院住院治疗呢。

这太不像话了，我一定抽时间回来采访这件事情，不能便宜了行凶的人，现在的赤板应该是文明法治的社会。

你说得对，大家都说你是一个有正义感的好记者。

那我就先告辞了，我先去找郎干回头再来采访，谢谢你了，校长。

那你走好，千万要记得给我们写文章伸张正义呀!

5

七喜面对着满地的栀子花。他的嘴角抽搐着。他不知从哪里摘来了这么多的栀子花，一回到家里就满屋子抛撒起来。浓郁的花香逼得他有些受不了，他只有尽情地呼吸。他手里拿着那张粘贴起来的照片，跪在了地上。他把照片放在了栀子花上面，然后把花朵覆盖在它的上面。七喜喃喃地说，亲爱的，你身上怎么没有花香呢?

七喜的眼睛通红起来，他大口地喘息着。

他突然说，你身上只有情欲的气味。

七喜站起来，走进了卧室，突然翻箱倒柜起来。他在一个抽屉里找出了一条女式的黑色三角内裤。他脸上的肌肉抽搐着，浑身也像电击一样颤抖着，他把那条黑色的三角内裤放在鼻子前使劲地呼吸起来。七喜的口水也流出来了，他说着含混不清的话。紧接着，他又把那条黑色的三角内裤放进了嘴巴，他咀嚼着，嘴角冒出了白色的泡沫，他呜咽着。他的眼泪从被烧红的老鼠眼中流淌下来，一直落到那条黑色的内裤上。

他从口中把黑色三角内裤取了下来，双手颤抖着，用力地撕扯着它，他希望把它撕碎。可是，那条黑色的三角内裤坚韧无比，他用尽了力气也没有撕碎它。他低吼了一声冲出了卧室，从茶几上拿起了那把剪碎照片的剪刀，对着那条黑色的三角内裤狂铰起来。黑色的三角内裤被他铰成了一堆碎布。他把碎布扬了起来，碎布纷纷飘落在白色的栀子花上面，形成了强烈的反差。

他颓然地坐在地上，用双手抱住了头，低声地抽泣起来。那条三角内裤是他亲手买给妻子的。有一次，他和妻子在街上走，路过一个商场时，在街边的橱窗里，妻子看到了那条黑色的三角内裤，她把嘴巴凑在七喜的耳边说，七喜，如果我穿上那条黑色的三角内裤，一定很性感。当时七喜要她去买，妻子说，算了，以后再说吧。第二天，七喜就去把那条黑色的三角内裤买来了。卖内衣的那个女孩子用怪异的目光看着这个男人，七喜没有一丝羞怯，显得十分坦然。那女孩子反而脸红了。买回黑色内裤的那天晚上，妻子却没有回家。

七喜说，为什么你说走就走了。

他的牙咬得嘎嘎作响。

第十二章

1

兰芳有些沮丧，她找到了郎干，但一无所获。她一个人走在江边的柳荫道上，琢磨着去不去参加张洪的一个同学聚会。她边走边看着倒映的城市灯火、斑驳陆离的江水，脑海里老浮现下午见郎干的情景。

郎干又高又瘦，身上也许刮不下二两肉，他的额头突出，像悬崖上突出的一块岩石。

他见到兰芳后，冷漠地看着她，声音也冰凉，你找我有什么事？兰芳想，他这副样子要去教书的话，孩子们非被他吓出精神病不可，幸好他调到教育局了。兰芳提起夏敏的名字，郎干便沉默了一会儿，然后瞪着眼睛，浑身颤抖地指着兰芳，你，你给我出去，我，我不想和你谈这个人。兰芳没走。她说，郎主任，你别激动，有话慢慢说嘛。

郎干又重复了一遍，你，你给我出去，我不想谈这个人！兰芳留下了自己的名片说，郎主任，你一定和夏敏有什么事，我只是想了解一些夏敏生前的情况，没别的意思，如果你冷静后觉得可以和我谈，请打电话给我，那我就不打扰你了。说完，兰芳就走了。受到这样的待遇，兰芳并不止一次，在采访中还有比郎干态度恶劣上百倍的人，但她心里还是十分委屈。

一阵风吹来，兰芳闻到一股腥味，是死鱼的那种腥味。

她的手机突然响了，是不是郎干？

她从包里取出手机，心里有些失望，是张洪打来的。

喂，什么事呀？

兰芳，你快些过来吧，我同学们都到了，就等你了，给我点面子吧。

你催命呀你！

你怎么啦，火气这么大？消消气，快过来吧，有什么事见面一说就好了。

我不去！

亲爱的，我求你了，我在同学面前夸下海口了，说你一定到的，给我一个面子吧。

兰芳恼怒地关掉了手机。

有时，她也会为张洪的懦弱而恼怒，比如昨天，因为报社流传着她和主编的谣言，她想想就气不打一处来，兰芳把报社的事情向张洪说了，她想让张洪给她想一个解决问题的方法。没想到张洪傻傻地看着兰芳一声不吭。兰芳把他的耳朵拎了起来，你说话呀，哑巴了吗？张洪痛得直叫唤，你放手，你让我说什么呀，我没经过这种事情，一点儿经验都没有。兰芳放下了他的耳朵，叹了一口气，我为什么要找你呢？张洪像个孩子那样揉着被兰芳捏红的耳朵，委屈的样子。兰芳说，张洪，你陪我去报社一次好吗？张洪没有说话，只是看着她，从他的眼神中看出了某种怯弱。兰芳说，算了，我这辈子是指望不上你什么的了，我自己去吧，我要看看是谁在捣我的鬼。

兰芳独自一人走进报社时，同事们向她投来莫测的目光。兰芳相信，每一个人的眼中都对她有一种诠释，她不太习惯这种气氛，不太习惯各种各样意味深长的目光。她有些不知所措，脸上也有些挂不住了，仿佛自己真的做了那些见不得人的事情，奇怪的是，今天没有一个人和她打招呼，就连给她打电话通风报信的小王也低下了头。兰芳的心突然一横，她的脸上出现了一种似笑非笑的神色，她直接走进了主编的办公室。

主编从稿子堆里抬起了那张消瘦的脸。

看到兰芳进来，他有些惊讶，你，不是休息吗，怎么来了？

兰芳的声音很大，外面办公的人都能听到，我想来听听大家对我的评价，主编大人，我不知道做错了什么，我希望大家可以公开把事情讲清楚。

主编显然也是听到谣言了。他说，兰芳，你别急，有话慢慢说，至于一些谣言，你大可不必追究，谣言止于智者嘛，我相信你是一个聪明的人。

兰芳听完主编坦然的话，突然大笑起来，谣言止于智者，可惜这里的智者太少了。

说完，她就离开了主编办公室，扬长而去。

又一阵风吹过来，还是有一股腥味。她看到有一对情侣在朝她指指点点，一定是她刚才凶巴巴说话的声音惊动了他们，兰芳有些难为情，她想了想，事情和张洪没关系，把怒气发在本来胆小的他身上也委屈了他。兰芳朝停车的地方走去。她想把安蓉也叫上，但一转念，安蓉和张洪的同学不认识，坐在那里也尴尬，就算了。

2

安蓉和王子洋一起吃了晚饭，这是自从她看到王子洋和杨林丹在一起之后的第一次晚餐。在紫罗兰西餐厅里，他们局促而又小心翼翼地寻找着从前的感觉。王子洋兴奋得不知所措，越是这样，他越小心。生怕哪句话说不对把安蓉气跑了。安蓉的话还是很少，她本来想了很多话要和他说，一到关键时候全忘了，她在吃饭的过程中耳根都在发烫。

王子洋想伸出手去摸安蓉放在桌面上的手，他的手伸出了一半又缩了回去。就像他内心的欲望，在安蓉这里不能完全地释放。他可以闻到坐在对面安蓉身上散发出来的幽幽的栀子花的气息，就在此时，他内心突然产生了一个念头，他想把安蓉马上带回家，然后迫不及待地把她脱光，进入她的内部……安蓉在床上的表现是别的女人无法相比的，那一种羞涩和害怕更加刺激着王子洋男人的雄性潜质，他觉得征服安蓉这样有些保守又十分美丽的女人有种无法言说的快感。有些时候，在和杨林丹疯狂过后，他会觉得索然无味，他没有感觉自己征服了一个女人，而是感觉被杨林丹征服了。所以，杨林丹不会成为他的妻子，安蓉才那么宝贵。王子洋喝了一口红酒，他掩饰着自己内心的想法和冲动，表面上的他一如既往的温文尔雅。安蓉看着王子洋一脸无辜和诚意的样子，心里最柔软的部位有了变化，她轻轻地伸出手，放在了王子洋的手上。

吃完饭，他们就分开了，安蓉还要保留一点儿面子，像刚刚认识一样，心里有些戒备。安蓉的这种戒备，更让王子洋欲罢不能。

今天晚上安蓉值下半夜的班。

回到家里，安蓉泡了个澡，在泡澡的过程中，什么也没有发生。她边泡澡边听着恩雅的爱尔兰音乐，舒坦极了，加上和王子洋的和好，心情不免愉悦起来，一种淡淡的幸福感在她疲惫的心中升起来，像淡淡的水汽。幸福说起来就是那么简单，人看来是不能长久郁闷的。

泡完澡，安蓉披着浴巾来到了卧室。

她把自己娇柔的身体埋在沙发里，顺手拿过了遥控器，打开了电视。她不知道自己有多长时间没有看电视了，有一次，她的一个同事在看电视时电视机突然爆炸，飞出的碎片伤及了同事的眼睛。从那以后，她就极少看电视，她内心对现代科技的许多东西有一种说不清的感觉，那种不安全的因素会随时出现在她的脑海。

电视上在播着新闻。

突然，她的脸色变了。

电视上播了一条车祸的新闻，说一辆大货车从桥上撞断栏杆掉进了江里，这场车祸造成了两死一伤。电视画面上的尸体被白布遮盖着，安蓉似乎闻到了一种古怪的气味，她的身体不禁微微地颤抖起来。播完车祸的新闻，电视上又播报了一条飞机失事的消息，说一架小飞机在某山地坠毁造成了十多人的死亡。画面上有飞机的残骸和许多人，看不到尸体，但安蓉觉得死亡的气息通过电视屏幕飘散出来，弥漫了整个房间，这些现代的交通工具随时都可以夺去人的性命。安蓉的身体颤抖得更厉害了，她啪地关掉了电视机。这些都是她不愿意看到也不愿意提及的。

安蓉觉得有一只冰凉的手在触摸自己的皮肤。这是杨林丹的手还是谁的手？屋子里顿时寂静极了。一只蛾子在灯光中飞来飞去，蛾子的翅膀划过空气的声音清晰可辨。蛾子搅动着屋里沉闷的空气。

突然，电话铃声骤然响起。

安蓉伸出颤抖的手要抓那电话，但她的手停在了电话的上面一动不动。约摸过了一分钟，那电话铃声还在不依不饶地响着。她这才拿起电话，用颤抖的声音说了声，喂——

是王子洋的声音，他在电话里十分关切地问安蓉到家没有，还说一些关怀的甜言蜜语。

听到王子洋的甜言蜜语，安蓉略微平息了一下自己内心的波动。她说，子洋，我很好，你休息吧。

王子洋准确地捕捉到了她声音中的不稳定。他说，蓉，你怎么啦？听你的声音好像不太好，是不是有什么问题？要不要我过来陪你？

听着王子洋牵挂的声音，安蓉心里流过一股暖意。她说，子洋，我没什么，真的，我只是高兴。子洋，你休息吧，不要管我，我真的很好，有什么事情我会打电话给你的。

挂了电话，安蓉的心渐渐地平息了。幸福感又油然而生，她也曾经那样牵挂王子洋。有一次，王子洋去北京参加一个医学学术研讨会，王子洋才去两天，她就魂不守舍的。想到这，她又想到了那飞机失事的新闻。当时，她在报上看到了一则飞机失事的消息，而那天下午，王子洋就要乘飞机从北京回来。她打电话给王子洋，让他不要坐飞机了，改乘火车。王子洋在电话那头笑了。他说，蓉，你担心什么呀，没有关系的，我命大。安蓉十分焦急，说坐飞机不安全，老是有飞机失事。王子洋又笑着说，蓉，没事的，要出事的话坐什么都会出事的，火车不也经常出事吗。况且，飞机的安全系数是最高的。安蓉说服不了王子洋，只有在焦急中等待王子洋的回归。可是，王子洋的飞机说好五点钟到达赤板市的。五点钟到了，在机场等待王子洋的安蓉愣是没有等到王子洋落地。她当时口干舌燥，心都快蹦出来了。她不知道那架飞机是不是出了问题，她在问询处询问，回答她的是飞机晚点了。她焦虑地问问询处的人说飞机该不会出事吧？问询处的人莫名其妙地看了她一眼，笑着说，不会的。安蓉在机场候机大厅里走来走去，机场人来人往，这些人的生命都没有安全感，而现在最危险的就是王子洋，她想。

她一直等到深夜，王子洋才出现在她面前。王子洋一出现在她面前，她就扑到王子洋的怀里哭了。她哽咽地说，子洋，你吓死我了。王子洋抱着哭得花枝乱颤的安蓉，笑着说，蓉，别这样，我不是好好的吗？没事了，我的好安蓉。安蓉还是不停地哭，哭得旁若无人。安蓉说，子洋，你答应我，以后再不要坐飞机了。

王子洋说，我答应你，再不坐飞机了。原来，王子洋坐的那架飞机的确出了问题，好在问题不大，在中途一个城市安全降落，否则王子洋就无法改乘别的航班赶回赤板市，回到安蓉的身边了。

能够活着牵挂自己心爱的人无论怎么样也是一件幸福的事情，安蓉的嘴角漾起了浅浅的笑意。

她想，晚上穿什么衣服去上班呢？她想起了东方广场那个时装店送给她的衣服，她的确喜欢这套衣服，她相信王子洋也会喜欢的，应该去给人家服装店试试衣服了，否则对不起人家。到时就让子洋陪自己去吧。她在衣柜里找出了那套衣服，衣柜里的衣服很多。她从小就希望自己长大后有很多很多漂亮的衣服。安蓉穿上了那套衣服，在镜子前照了照，又脱了下来，不好，深更半夜的穿这套衣服浪费。

淡蓝色的落地窗帘没有拉紧，留了一条缝。

安蓉从衣柜里挑出了一条黑色的连衣裙。她试了一下，不错，就穿它了，这裙子和黑夜十分吻合。这裙子还是王子洋给她买的，当时王子洋说，她穿这黑色的长裙有种特殊的魅力，神秘高贵而又迷人。裙子的质地做工都很好，和安蓉这样的美女很相配。安蓉不在乎有什么特殊的魅力，她只要王子洋喜欢就好了。

穿好衣服，安蓉把自己的长发扎了起来。她用了梳妆台上别人留下来的那个镶满了宝石的发夹。

她偶尔地转头看到窗帘留出的缝中有什么东西晃了一下。

谁？安蓉喝了一声。

没有人回答她。

见鬼！她轻轻地走过去，哗地拉开了窗帘。阳台上什么也没有，只有晃动的灯光，她又把窗帘拉上了。这窗帘好像有什么问题老是拉不紧。

安蓉看了一下表，哎哟，快十点了，得赶紧走。否则到十点半地铁就停了，每次上夜班，她都要赶在地铁停运前赶到医院。

3

安蓉刚出小区的大门，就看到一个穿警服的高大青年朝她迎面走来。她一眼就认出来了，那是张洪派出所的李文学。

李文学看到她，表现出很兴奋的样子，安护士，是你呀，这么晚了还去哪里?

安蓉见到李文学，脸上有些发烫，她在张洪请客的那天晚上，就觉得李文学看她的眼神和别人不一样。安蓉说，去医院值夜班。

李文学全副武装，朝安蓉笑笑，我也在上夜班，巡逻。

安蓉说，你辛苦了。

李文学说，安护士，你是去乘地铁吧?

安蓉说，嗯。

李文学说，那我送你过去吧。

安蓉摇了摇头说，谢谢你，没事的，我自己走过去就可以了。

李文学十分坚持，我还是送送你吧，现在不太安全。

安蓉的眉头皱了皱，只好让李文学送她了，她心里十分的敏感，李文学看她的目光十分危险。她不是怕李文学这个高大的警官会对她图谋不轨，而是怕他爱上了自己，因为她心中只有王子洋。

一路上，李文学说了不少话，他说现在赤板市有些犯罪分子老是在深夜出没，专门对年轻漂亮的女孩子下手，劫财又劫色，那些犯罪分子行踪诡秘，现在还没有落入法网。他边说边拍着自己的胸脯，那些人可不要落在我手上，否则有他们好瞧的。安蓉说，李警官，你可要当心，那些人也许比你厉害。

李文学笑笑，谢谢安护士的提醒，你自己当心就可以了，我们没事的，邪不压正嘛。接着，李文学就开始夸安蓉了，他说安蓉是他见过的最漂亮的姑娘……安蓉什么也没说，她逃也似的进入了地铁站的入口，把李文学一个人扔在了地铁站外。

李文学看着消失在自己眼帘中的安蓉，突然笑了一下，他笑的表情异常复杂。

安蓉坐在地铁的车厢里，心里有些紧张。

这时，车厢里已经很少人了，这节车厢除她之外只有两个人，一个老太太，一个年轻的女人。她们坐在一起，用迷惘的目光看着安蓉。

安蓉觉得这两个女人很奇异，她们的脸色苍白，没有一丝血色，她们坐在那里的姿势也十分僵硬，眼珠子似乎一动不动。地铁在晃动中前行着，而那两个女人却一动不动。

安蓉不敢用正眼去看她们，她怕和她们对视，这个时候任何人都可疑。车快而寂静，车窗外面的黑暗过去得也很快，看不清楚黑暗中隐蔽的脸。安蓉下车的时候，回头一看，那两个女人还坐在那里，她们好像没有目的地，没有终点，任意地让地铁把她们带到任何一个地方，她们是游魂吗？地铁开走的刹那，安蓉似乎看见那个一动不动的年老女人突然咧开了嘴，朝她奇怪地一笑，一股凉意顿时笼罩了安蓉。

安蓉逃也似的走出了地铁站，她突然想起来，前段时间，有新闻说有两个女人在地铁上卧轨自杀，那是一对母女，年纪好像和她刚才看到的那两个女人差不多。安蓉不知道她们为什么要自杀……安蓉的皮肤上冒起了鸡皮疙瘩。

4

安蓉进了医院的大门，隐隐约约地闻到了一股中药的味道。中药的味道怎么会缠绕着她，经常在她的面前出现呢？她没有答案。

医院里静得可怕，住院部大楼里病房的灯大都熄灭了。

医院里的路灯荧白诡秘，有些飞蛾不停地撞击着灯罩。安蓉有时想，自己在生活中就像那些扑火的飞蛾。安蓉想直接上住院部五楼，在那里看一会儿书或做些什么事就到了接班时间了，接班的时间是午夜十二点。但她改变了主意，她要去看一个人。

她来到了住院部的六楼，这是儿科。

儿科值班的一个护士认识安蓉。她笑着对安蓉说，安护士，你来了。安蓉也朝她笑笑，小白玲好吗？那个护士说，还好，这几天比较稳定。现在在找能给她捐献造血干细胞的人。

安蓉说，可怜的小白玲，只要她能活过来，我的生命给她也没有问题，可惜我的血型不对。那护士说，安护士的心真好，我们都希望小白玲能出现奇迹，完全康复出院，像个正常的孩子一样上学玩耍。安蓉说，是呀，这是我们共同的愿望，小白玲睡了吗？那护士点了点头，不过，你可以去看看她，轻点，安蓉。

嗯，我不会吵醒她的。

小白玲是一个可爱的小姑娘，得了白血病，谁也不清楚一个花骨朵一样的小姑娘怎么在和父母亲一起搬进新装修的家半年后就得了白血病。安蓉知道，是谁的罪过已经不重要了，重要的是挽救小白玲的生命。她的床头放着一个小布娃娃。

小白玲静静地躺在病床上，她的头光溜溜的，脸有些浮肿。安蓉知道，那是化疗的结果，病前的小白玲可是个清秀美丽的小姑娘。小白玲均匀地呼吸着。安蓉每次看到小白玲，鼻子就会发酸。小白玲在白天是个活泼的孩子。她喜欢唱歌喜欢跳舞，可那样她会十分劳累，小白玲还不忘刻苦读书，每天都在做作业，她妈妈每天傍晚都要来给她补课。小白玲有一次看安蓉的眼睛湿了，她仰起天真的脸说，安阿姨，你哭什么呀，那么傻，我的病会好的，我不会死的，因为我还没长大呢。安蓉的眼泪就刷地流下来了。

小白玲还用纸巾帮她擦去泪水，笑眯眯地轻哼着一首快乐的童谣。安蓉想，自己要像小白玲一样该有多好呀，有时，她觉得自己就是一个病入膏肓的人。

她心中对小白玲说，小白玲，你一定会好的，阿姨祝福你。

说完，她就离开了病房，离开了儿科，去上班了。

接班时，护士小沈告诉安蓉一件事。

小沈告诉安蓉，傍晚的时候，护士长夏美丽差一点儿和七喜打起来了。

安蓉说，他们为什么这样呀？

小沈说，因为一具尸体。

尸体？

没错，下午有一个车祸的人死在手术台上了。夏美丽通知七喜过来收尸，七喜晚来了一会儿，夏美丽就朝他发了几句牢骚，七喜不知怎么回事就和她吵起来了。安护士，他们吵得可凶了，大家怎么劝也劝不住。

七喜还会吵架，看不出来，夏护士长吵架厉害那可是全医院都知道的。

看不出来吧，他可厉害了，那小眼珠子血红血红的，像要吃人。夏护士长最后招架不住了才停止争吵。七喜最后说了一句，如果夏护士长死了，他是一定不会去收她的尸的，把夏护士长气得翻白眼，她说，不一定谁先死呢。

最近夏护士长心情不错，和七喜吵架那可是败兴的事情。

是呀！夏护士长的老公做生意做发了，买了辆小汽车送给夏护士长，她现在上下班都开着车，潇洒极了，昨天还对我说，什么时候带我去兜风，我知道她是在我面前显摆。她这人就这样。

安蓉一听汽车这个词，心中就颤抖了一下。她努力克制着自己的某种情绪，不让自己当着小孟的面全身颤抖起来。

安护士，你知道吗？听说夏护士长以前追求过七喜。

不要乱说，七喜是什么人。

你难道不知道吗？七喜原来是我们科有名的外科医生，他和王子洋都是骨干。夏护士长追求他也是正常的，夏护士长原先没有这么胖，听说是夏护士长没有追求上七喜，就拼命地吃东西，把自己吃成了如今的大胖子。

你是听谁说的这些呀？

这可是秘密，不过，消息肯定准确。

安蓉想起了七喜的那双老鼠一样的小眼睛，她想，他的那双小眼睛此时也许正注视着某一具尸体呢。她没有再往下想。她接完班后，突然想去看看十七床，那家伙不知道睡着了没有。

小沈下班走时，安蓉提醒她要当心，现在有劫财劫色的人出没。小沈笑笑说，没事，我男朋友来接我，他可是学武的。

5

李文学回到了派出所，今晚在派出所值班的谭副所长已经睡觉了，其他在夜晚巡逻的警察还没有回来。李文学坐在那里，翻了翻报纸，报纸没有什么好看的，他想把电视机打开看看电视，但是他想了想，开电视会把隔壁的谭副所长吵醒，也就算了。他看电视有个习惯，不喜欢把电视的声音开得太小。他喝了一口水，想，休息一会儿再出去巡逻。他觉得肚子有些饿，一会儿出去，应该先找个地方吃一碗面再说。

李文学其实把安蓉送到地铁站后，他心里就一直想着安蓉。

他总觉得安蓉身上有种不确定的东西，总觉得在安蓉身上会发生什么事情。他担心安蓉，这种担心和兰芳的担心不太一样，他心里隐隐约约流动着一股热潮，他害怕这股热潮奔放起来，那样会不可收拾，李文学知道自己是个什么样的男人，他真要是爱上谁，也会不顾一切去追求的。

李文学又喝了一口水，然后点上了一支烟。

他想抽完这支烟就走，突然，李文学听到了脚步声，好像有人从审讯室那边走出来。是不是刚才有同事抓人回来？如果是，他怎么现在才听到声音呢？要是有人被抓回来，派出所早就热闹非凡了，特别是谭副所长，他一定是睡不着觉的了，他的大嗓门会在派出所里回荡。那么会是谁？

李文学留了一个心眼。

他站起来，把烟掐灭了，走出了值班室的门，来到了院子里。对面审讯室里黑乎乎的一片。此时，那脚步声也消失了。他用手电筒往那边照了照，什么也没有发现，他不放心，还是走了过去。

李文学走到了审讯室跟前，用手推了推门，门被锁得死死的，怎么样也推不开。

他又用手电筒通过窗户玻璃往审讯室里面照了照，里面还是什么也没有。

李文学说了声，妈的，怎么回事？我分明听到有脚步声的，怎么就没有了呢，难道我的耳朵有问题，这可能吗？

李文学摇了摇头，还是去外面巡逻吧。

说完，他就要往外面走。他刚刚走出一步，就感觉到有什么东西绊了他的脚一下。他低头一看，地上是一条白色的连衣裙。奇怪了，这里怎么突然出现了白色的连衣裙呢？派出所里的女人很少，来派出所上班的几乎都穿警服，不可能把白色的连衣裙放在审讯室外面的地上。

李文学真的搞不明白了。

就在这个时候，李文学听到一个女人的哭声隐隐约约地从审讯室里传出来。

李文学又用手电筒往里面照了一遍，什么也没有。

他刚刚把手电筒的光移到外面，那哭声又响了起来。

此时要是张洪，一定会大叫起来。李文学没有大叫，他去值班室把审讯室的钥匙拿了过来。李文学打开了审讯室，他开了灯。在他开灯的一刹那，他看到一团白影晃了一下就消失了。审讯室里空空荡荡的，什么鬼影都没有了。李文学把灯关上，把门也锁好，用手电筒照了一下刚才地下的白色连衣裙，地上哪还有什么连衣裙，连一小块布条都没有了。

李文学的额头上冒出了冷汗。

他想起了以前谭副所长讲过的那个女人。

6

这个深夜王子洋沉浸在古典音乐中迟迟未睡，他似乎在玩味着和安蓉共进晚餐的一些细节。他相信安蓉已经原谅了他，这个可怜的女人，她迟早是自己口中的肥肉，她会让自己满足的，王子洋这样想着，嘴角露出了一丝微笑。他内心里燃烧着一团火，杨林丹已经不在了，没有人可以让他发泄心中的这团火。王子洋突然有些想念杨林丹，毕竟她总能在他欲火燃烧的时候让他得到满足。爱情和性爱是两码事，完全两码事。王洋觉得自己和安蓉的确是在经历一场爱情，尽管自己心里的一些卑劣想法被他掩藏得很深，说心里话，他会珍惜这场爱情，就像小鸟珍惜自己身上的羽毛那样。

他想着想着就闭上了双眼。

王子洋半躺在沙发上，轻轻地打起了鼾。

他在梦中看见了这么一个情景，安蓉朝一个地方走去，那个地方鲜花盛开。鲜花盛开的地方是一个山谷，那山谷里隐藏着什么危险他一无所知。他大声地喊着安蓉不要过去，安蓉回过头来朝他摇了摇头，安蓉的脸上有些许凄楚的笑意。安蓉一直在往前走，仿佛心中有种不变的信念，没有人能够改变她。王子洋想要追上去，阻止她前往那个鲜花盛开的山谷，但他不知怎么对那个山谷充满了恐惧，他的双脚落地生根了一样动弹不得。他眼睁睁地看着安蓉离去，不知所措。

安蓉会那样永远离开他吗？他心急如焚，他大声地喊道，安蓉，你别走，回来——

一阵电话铃声把王子洋吵醒了。

他浑身被汗水浸透了。他不明白为什么会在今夜做这样的梦，刚和安蓉和好，做这样的梦是不是一种什么征兆，他搞不清楚。电话铃声响着，他迟疑地拿起了听筒。

喂——

没人回答他。

王子洋又说，喂，你是谁，请说话呀！

电话里传来了沉重的喘息声。

你是人是鬼，说话呀！

电话里沉重的喘息声越来越响，仿佛王子洋整个家里都充满了沉重的喘息声。

王子洋啪地挂掉了电话。

他自己坐在沙发上沉重地喘息起来。梦境中的情景和这个让人心悸的电话使他无法平静。他当然想到了安蓉，她现在不知道怎么样，是不是该打个电话问她一下，也许她已经睡了。安蓉十分讨厌她睡熟后把她吵醒。她有时被吵醒后会莫名其妙地哭泣，谁也无法劝阻，直到她哭累了才能够停止，然后又沉睡过去。王子洋知道她的这个问题，所以很多时候，王子洋是不愿意吵醒安蓉的。

电话铃声又急促响了起来。

王子洋眼睁睁地看着电话，他伸出手又缩了回来，他实在难以忍受那沉重的喘息声。电话不依不饶地响着，王子洋的手伸出了几次又缩了回来。电话机此时仿佛就是一个魔鬼，它发出的声音令王子洋头皮都要炸开了。如果他不接这个电话，电话也许会一直响下去，直到天亮。

王子洋毫无办法，他下了决心，以最快的速度抓起了电话，放在耳边，大声说，喂，你是谁，你想要干什么？

王子洋的脸缓缓地舒展开来。

他那紧张的情绪顿时被缓解了，打电话来的不是那沉重的喘息声，而是安蓉。他没料到安蓉会在这时候打电话来，他一下子觉得心情舒畅了，有一种幸福感在他的血液中蔓延。蓉，你好吗，你在哪里？

子洋，我在上班，你刚才做梦了吗？

做梦？

是的，梦。你知道吗？我刚才觉得很困，我就趴在桌子上睡着了。你猜，我梦见什么啦？

你梦见什么啦？快说。

我梦见我朝一个山谷里走去，那山谷里鲜花遍野，有种奇异的芬芳吸引着我，那里一定没有中药的味道，没有血腥味，没有狐臭以及世间混浊的气味，更没有死亡的味道。我走着走着，突然听到有人叫我，我回头一看，是你在叫我，我不明白你为什么不追上来和我说话，而是站在那里一动不动。

啊！你还梦见什么啦？

没有，不一会儿我就被病号按的铃声吵醒了，是十七床，他要小便。我去帮助他小便完了后回到护士站就给你打电话。

王子洋放下电话后觉得不可思议。

两个人做相同的梦预示着什么？难道是在预示着安蓉要离开他，永远不能和他结合？这是他不愿意见到的事情。或者，这个梦预示着他们可以共同生活，朝一个鲜花盛开的地方奔去。这似乎有些牵强，明明是安蓉一个人在往前走，而他只是站在那里，并且让安蓉不要往前走。他头都想痛了，也没想出一个合理解释那奇怪的梦的说法。

他把电话线拔了，他怕再次听到那沉重的喘息声。

7

天快亮的时候，安蓉觉得眼睛很酸，下班回家，该好好睡一觉。她走出护士站，突然看到走廊的一个角落上放着一件什么东西，她走过去一看，是一件叠好的白色连衣裙，这是谁的？为什么会放在这个地方？她用目光四处搜寻，没有发现有什么人把东西放在这里。灯光闪了几闪，安蓉回过头来，她的嘴巴微微张开，那叠好的放在走廊角落上的白色连衣裙不见了。

8

安蓉没有觉察到身后有一双老鼠眼在注视着自己。这是一个有浓雾的早晨。安蓉很累，她要赶回家去睡觉。她刚要走出医院的门，一辆红色的轿车快速朝她迎面驶来。安蓉的心一阵紧缩，车猛地停在了她的面前，车轮擦着地面发出刺耳的嘎吱声。红色轿车的车灯亮着，像两只大眼睛。车窗门摇下来了，安蓉看清了，那是护士长夏美丽的脸。夏美丽的脸今天怎么有些浮肿而且十分苍白，白得像一张纸。夏美丽的脸上堆起了笑容，安蓉觉得那笑容有点虚假。夏美丽说，安蓉，下班啦，唉，你看我，自个儿开车上班倒是差一点儿迟到，今天雾大路又堵，真是担心死我了。以前上班坐地铁，那多方便，看来有车也不是什么好事，麻烦死了，人反而成了车的奴隶了，你想想，一会儿要给它加油，一会儿要洗车，一会儿要找停车的地方，一会儿……事情太多了。

安蓉木然地看着她，听她喋喋不休地说着她的汽车。

安蓉突然深呼吸了一口气，怎么，那股中药的味道又出现了。

该死，安蓉心里骂了声什么。夏美丽还在说着什么，安蓉其实已经听不清她在说什么了，她只看到这个脸色苍白的女人的两片嘴唇在翻动着，不时地还溅出些唾沫星子。安蓉呆呆地站在夏美丽的车外，夏美丽说得兴起，差一点儿忘记上班了。安蓉也不提醒她。夏美丽还是发现了上班这个问题，匆匆地打住了话头，开车进去了。

汽车的声音让安蓉心里像针扎了一样痛。

她站在那里一动不动，看着汽车像一片叶子一样消失在雾中。

安蓉往门外走了两步，又停了下来，她似乎在思考着一个什么问题。中药的味道浓郁起来，她的眼中闪过一道绿光。

安蓉在那里站了一会儿，然后就朝夏美丽红色轿车开去的方向走去，那里是住院部大楼后面的停车场，停车场离停尸房很近。门口的那个年轻保安看见了安蓉。他觉得安蓉很奇怪，她眼看要走出医院的大门了又折了回去，而且他和她打招呼安蓉也不理他。平常的时候，保安和她打招呼，安蓉会报以一个甜美的微笑，而且用温柔的声音和他说话。安蓉的脸色阴沉，眼中似乎也有一层厚厚的抹不开的浓雾。小保安百思不解，他还发现安蓉往回走的步子很飘，像是双脚悬浮在空气中往前飘移。安护士这是怎么啦？小保安本想带着这个问题跟在安蓉的后面，但他很快打消了这个念头，如果他离开岗位被院方发现，后果会十分严重，他目前还不想失去这个工作。

安蓉朝停车场的方向走去。中药的香味越来越浓郁，还有一股死亡的气息在浓雾中扩散。路过停尸房时，她往那边看了一眼，隐隐约约地看到了那个垃圾桶还有停尸房外面暗红色的灯。她似乎也听到了隐隐约约的一声猫叫。

停车场里停满了车。

安蓉希望那些车都是永远不能动弹的尸体。

也许夏美丽是最后一个开车来上班的，她的红色小汽车就停在最外面的一个位置。停车场里似乎一个人也没有。那些汽车都在沉睡，无声无息，安蓉看着这些汽车，眼中的惊恐和仇恨在变换着。她微微地颤抖，觉得很冷，冷到了骨头里。她正要走近那辆红色的小汽车，突然，她听到了脚步声，沉重的脚步声。安蓉的身子朝旁边的一棵柏树后面飘移过去。

一个影子在浓雾中晃了过来。

安蓉屏住了呼吸。

她的目光一直粘在那个影子上，影子慢慢地靠近了，最后停在了那辆红色的小汽车边上。这时，安蓉看清了，那个人就是七喜。七喜站在红色的小汽车旁，好像在喃喃地说着什么。安蓉听不清他的话语，她只是觉得耳朵里有蚊虫一样的声音在嗡嗡作响。

夏美丽那时候应该是个美丽的姑娘，七喜在那个时候应该追求夏美丽的。安蓉心里产生了这样一个莫名其妙的想法，也许是因为七喜追求夏美丽不成，才改行去当一个尸体美容师的。安蓉为自己的想法而颤抖，她不知道自己如果不和王子洋和好，王子洋会不会改行去和尸体打交道。

在安蓉的眼中，此时的七喜面容扭曲，身影模糊。

七喜突然用拳头砸了自己的脑袋一下，然后狠狠地踢了红色小汽车几脚……安蓉弄不清七喜为什么要这样做，假如他恨夏美丽，也没必要拿她的新车出气，他可以直接去找夏美丽本人。安蓉看着七喜一晃一晃地走了，消失在浓雾之中。

安蓉感觉到又有什么事情要发生。

第十三章

1

王子洋最近一上班就要去看看十七床的病号。近来十七床的病情大有好转，伤口也愈合得很快。王子洋喜欢听十七床说安蓉的笑容美丽，十七床对安蓉的赞美刺激着王子洋，王子洋希望天下的人都赞美安蓉，他的内心有种巨大的满足。

这天，王子洋在医生办公室穿上了白大褂就走进了十七床的病房。十七床今天没有呻吟，他有些忧郁，王子洋从他的眼中看出了忧郁。王子洋笑着问他，十七床，今天怎么又不高兴啦？

十七床没有说话，只是轻轻地叹了口气。

王子洋又说，十七床，高兴些，要快的话，一个月就可以康复出院了。

十七床这时开了口，昨天晚上，安护士没有对我笑。王子洋笑笑，傻瓜，昨夜安护士值的是下夜的班，也许你睡着了。

十七床说，我知道安护士昨夜值的是下夜班，我一直在等着她，我不看到她天使般的笑容我是不会睡觉的。

王子洋有些感动，又有些醋意。十七床是不是爱上安蓉了呢？他说，十七床，不要想那么多，安护士也不可能一天二十四小时都朝你笑呀，她有她的工作要做，对不对？

十七床固执地说，她每天都会对我微笑的，她的微笑是最好的止痛药，可昨夜没有，我从她的眼中看出了恐慌，她一定是受到什么惊吓了。

王子洋沉默了一会儿说，是吗？

十七床又说，她来了后，和我说了一声，十七床睡吧。然后就出去了，她走时，把病房里的灯关上了，其实，昨天夜里我一整夜都没有睡着，我老是听到一个小孩在窗外哭。

王子洋没再说什么，他若有所思地走出十七床的病房。

十七床还在说，安护士一定碰到什么事了，可我不知道怎么安慰她。

2

兰芳想起郎干对她的拒绝，就十分不甘心，她给郎干的办公室打了电话。郎干接电话的声音十分的爽朗，可一听说是兰芳，他的口气马上变得暴戾，你不要再来找我了，我什么也不知道！说完就啪地挂断了电话。

兰芳实在不明白，郎干为什么一听她提起夏敏就烦躁不安，一点儿掩饰也没有。郎干和夏敏一定有什么关系，或者他们之间有什么不可告人的秘密，兴许夏敏的死和他有关。

如果能揭开一个已经死去三年的女人的秘密，这是多么让人兴奋的事情啊！可除了郎干，还有谁知道夏敏的事情呢？虽说三年时间并不算长，可要在百千万人口的大都市赤板找到另外的知情人并非易事。

看来还是要从郎干身上找到突破口，可郎干对她恶劣的态度让她十分为难。兰芳绞尽脑汁，希望想出一个能让郎干开口的办法。

兰芳把这事和张洪说了。

张洪说，你就是没事找事，那个死去了三年的女人和你有什么关系呢？

兰芳嗔怪他说，你这个死人头，我要你给我想办法，你却给我泼凉水，我警告你，这事你要办不成，我就和你断！

张洪笑着说，断就断，谁怕谁呀，这年头找个对象还不容易，嘿嘿，你别吓唬我。

兰芳气坏了，她使劲地在张洪的身上掐了一下，她相信张洪的手臂上马上会起一个乌青块。哼，谁让他贫嘴，胆子越来越大了，近来还学会顶嘴了，这男人要是不调教，还不翻了天！

兰芳拉下了脸说，张洪，以后再跟我这样淘气，看我怎么收拾你，到时可别怪我翻脸不认人。

张洪痛得挤眉弄眼。他说，亲爱的，我再不敢惹你了。

兰芳盯了他一眼，你们男人就是贱皮子！我告诉你，你要不给我想出一个办法来，你再也不要见我的面，我让你从我面前蒸发掉。

张洪的手抖了一下，涎皮赖脸地说，好吧，我想，我使劲地想。

兰芳扑哧一声笑了出来。

张洪见兰芳乐了，就趁机说，老爷子问我，我们什么时候把婚事办了，我看他是着急，想抱孙子了。

兰芳又拉下了脸，八字还没一撇呢，现在就谈婚论嫁，还早呢！

张洪说，我又没有追你要结婚，我只不过是转达了一下老爷子的意思，和我可没有关系，我是听你的，一切以你的想法行事。

兰芳用手指头戳了一下张洪的鼻子，咬着牙说了一声，没出息！

她把手插进头发里使劲地抓了抓。

张洪揉了揉自己的鼻子，说，你身上有香味吗？

兰芳不解，什么香味？

张洪的脸红了，王子洋说，安蓉身上有一种香味，是什么栀子花的香味，你闻到过吗？我想你身上也应该有什么香味的，可我怎么也闻不到。

兰芳无语。

看兰芳沉默了，张洪也没有再说什么。

3

天上下着猛雨，夜幕下的街道行人稀少，车辆不停地呼啸而过。一个小姑娘站在街旁的一个屋檐下，她看着密集的雨帘，忧伤地哭了。就在这时，她看到街对面有一个女人在走着，她边走边喊着，全身都湿透了。小姑娘撕心裂肺地喊，妈妈——那个女人听到了小姑娘的喊声，她朝街这边冲了过去。这时候，出事了，一辆汽车朝跑到街中央的女人冲撞过去，仿佛是电影里的慢镜头，女人扑倒在地，汽车像个张着血盆大口的怪兽，狰狞着朝女人身上压了过去，一声惨叫在雨夜的街上回响。小姑娘呆了，她看着这突如其来的变故，不知所措了。出车祸了，有人大喊。一下子不知从哪里钻出来那么多人，围住了那辆车和汽车轮子下淌血的女人。小姑娘大声地哭了，她从人群中钻了进去，扑在汽车轮子底下被齐腰碾过的人身上，大声地哭喊，妈妈——妈妈——安蓉惊声尖叫，她醒过来，一身冷汗。她看了看表，已经是下午两点多了。她觉得肚子有点饿，但她没有一点儿食欲。从昨夜看到七喜在停车库的事情到现在，她一点儿食欲都没有。她的肚子咕咕地叫着，但她浑身无力，还冒着虚汗。这世界怎么啦？她越来越看不懂。

就在这时，电话铃响了。

她不想接电话，此时，她拒绝外界的一切。

电话铃追魂般响着。

安蓉听着电话铃声，心里烦到了极点。

看来，如果她不接电话，这个电话铃就会无休止地响下去。

安蓉骂了声什么，拿起了电话，喂，你谁呀？

安蓉吗？我是子洋呀，你睡醒了吗？该起来吃点东西了，上午知道你在睡觉，就没打扰你，你现在好吗？昨天晚上我们打完电话后发生了什么事情？安蓉，听我说，现在起来，洗个澡，然后弄点东西吃，我下班后就赶过来，好吗？

我没什么，你想过来就过来吧。

安蓉啪地挂掉了电话，不知为什么，她现在谁也不想理，情绪有些不对。她怕王子洋再打电话来，干脆把电话线也拔掉了，手机今天早上回家后就关机了。她躺在床上，两眼无神地望着天花板，觉得自己很累很累，活着真没意思。

安蓉躺了一会儿，还是爬起来了。

她下了床，走到窗前，一把拉开了淡蓝色的窗帘。

窗外是耀眼的阳光，那盆兰花在窗台上沐浴在阳光中，雅致修长的叶片发出油亮的光。看到这盆兰花，她的心情稍稍好了些。她推开了窗门，让自然的风无拘无束地吹拂进来，她呼吸着新鲜的空气，像是一条浑水中的鱼突然遇到了一股清水。

安蓉搬了一张椅子来到了阳台上。

她坐在椅子上晒着太阳，天已经很热了，不一会儿，安蓉的额头和鼻尖都冒出了汗。但她一点儿也不觉得热，反而越晒越觉得浑身冰冷。

她甚至浑身发抖起来。

午后的阳光照射在安蓉的身上，安蓉感觉不到舒适。

阳光如雪，纷纷扬扬从天空中飘落的大雪。

大雪渐渐地将安蓉覆盖。

在安蓉楼下的街旁，一棵法国梧桐树下，有个人躲在那里，偷偷地看着楼上阳台上晒太阳的安蓉，他看不到安蓉颤抖的身体。

4

兰芳在美美发型屋里做头发。

她的头发许久没动过了，每天早晨起床，就像一个凌乱的鸡窝，要费很大的力气才能梳好，就是梳好后，也有一些地方的头发乱七八糟地翘起来陷下去。她早就想把头发剪短些了，这两天休息，找郎干的事又没着落，就干脆在这里做头发。

发型师是个帅哥，长得有点像吴奇隆。

兰芳每次到美美发型屋做头发都点他。她知道他姓张。她叫他小张。小张剪发的技术不错。他帮兰芳剪完头发，用一块镜子左照右照后照给兰芳看，兰芳觉得清爽了许多。

小张说，兰姐，你这样的圆脸还是剪短发好，显得精神。

兰芳说，是呀，我也这样认为。

小张笑了，他一笑就露出整齐洁白的牙齿。

兰芳打趣地说，小张，你的牙齿是用漂白粉漂过的吧，看上去怎么不太真实。

小张的脸红了，小伙子有些害羞。

兰芳又逗他，小张，你是女扮男装的吧，说你一句脸上就飞起了两朵红云。

小张说，兰姐，你别拿小弟开涮了。兰姐，我给你提个建议好不好。

兰芳笑了笑，说吧，我听着呢。

小张说，你这头发不是很黑，也不算太黄，如果染一下发，会更漂亮的。

兰芳觉得有趣，报社的几个小姑娘都染发，还有年纪很大的女人也赶时尚染发，就她随便惯了，没想过在自己的头发上做文章，就连张洪也说过，意思是她怎么不去染染发。兰芳问小张，小张，你看我这头发，染什么颜色的好看呢？

小张思考了一会儿说，我觉得你这头发染成金黄色或者赭红色都很有效果。

兰芳想了想，那就染它一回吧，改变一下形象或者也挺有意思。她又想了想，说，那就给我染成金黄色吧。

小张说，好的。

小张还在做准备工作，这边兰芳的手机就响起来了，是一头牛的叫声。她知道是张洪打来的。兰芳有些激动，一定是张洪这小子想出什么接近郎干的办法来了。她赶紧接通了电话。

喂，张洪，什么事？

兰芳，我告诉你一件事，你可不要吃惊呀。

什么事，快说吧，不要卖关子，我准备染发呢。

哈哈哈，你还染发，快别染了，到我们派出所来吧，我发现了一个重要的线索，关于夏敏的重要线索。

你说什么？再说一遍。

我发现了夏敏的重要线索，快来吧，我在派出所里等你。

挂了电话之后，兰芳对小张说，小张别弄了，我下次再来染发吧，一定染一个金黄色的，看上去像秋天收获的感觉。说完，她付了钱，就匆匆走了。小张站在那里，有些发傻。过了老半天，他对一个同事说，兰姐手机的铃声怎么是牛叫？

兰芳急匆匆地走进派出所，派出所认识的人都和她打招呼，今是什么风把兰大记者吹来了？兰芳笑容满面地说，没有什么风，你们派出所有磁铁，把我吸过来了。

李文学大声喊道，磁铁，你家兰芳来啦。

张洪就屁颠屁颠跑出来，把兰芳领到了他的办公室。办公室里没有其他人。张洪说，胡菲到市局户籍科办事去了，就剩我一个人，所以走不开，才把你叫过来了。

兰芳坐了下来，她说，挺热的。

张洪就把风扇打开了。

兰芳说，小气鬼，也不开空调。

张洪边给兰芳倒水边说，不是我们小气，所里每个月的水电费都超支，你知道我们派出所是清水衙门，经费就那么一点点儿，所长抠得紧，说，不到万不得已快要热死人的程度，最好不要开空调。所长自己都带头这样做，我们这些小萝卜头哪敢独自享受空调呀。不过，你实在太热，我可以给你开。大不了到时候掏自己的钱交电费。

兰芳接过张洪递过来的纯净水，说，好了，别和我说什么了，我又不是娇气的人，吹吹风扇就好了。

张洪笑眯眯地看着兰芳，不停地说，好看，好看。

兰芳啐了他一口，好看什么呀，傻乎乎的。

门口传来李文学的声音，傻乎乎的。

外面就有人大笑起来。

兰芳说，看你们派出所人的素质，就一个字，差！

张洪拉过一张椅子，坐在兰芳的对面，说，别说差，我们派出所的人的素质还是相当不错的。

兰芳说，好了，快说吧。

说什么？

夏敏的线索呀，傻瓜。

噢，对了对了，我这不正要说嘛，看你急的，心急吃不了热豆腐。

你的废话怎么那么多呀。

夏敏做过妓女。

你说什么？

我说夏敏做过妓女。

真的？

当然是真的，我们派出所有记录的。我和派出所的同事说起夏敏，谭副所长就说几年前派出所抓过一个妓女也叫夏敏。我问他是不是在赤板市第二小学教过书的那个夏敏，谭副所长说，没错，就是她，当时被抓后，还是我审的，详细情况你去查查档案不就清楚了。

有这样的事情。

是呀，谭副所长还说，派出所通知了学校，来领人的是一个叫郎什么的老师，那个老师还打了夏敏一巴掌。

那一定是郎干，他为什么要打夏敏一巴掌呢？

不知道，我看了记录，夏敏是在钢琴酒吧吊上一个嫖客，那个嫖客就把夏敏带到了太阳宾馆。那天晚上正好碰上全市统一扫黄，我们派出所刚好负责那一片，就把夏敏扫回来了。她承认了一切，还承认了自己是一名人民教师。

她为什么要这样做呢?

这不清楚，记录里没有这方面的记载。她交了罚款后就被那个郎什么的带走了。谭副所长说，夏敏这个人还挺有气质的，不像一般红尘中的女子。她当时穿一件白色的连衣裙，显得很文静，所以谭副所长在事情过去那么久了还记得起来。听说，后来学校开除了夏敏。

然后呢?

后来就不知道了，我估计她还做，否则她会去干什么。她这样的人，教育系统哪个单位敢要她呀，我认为郎干一定和夏敏有密切的关系，否则，他不会在派出所当着警察的面打夏敏。谭副所长说，郎干打完夏敏后，夏敏嘤嘤地哭了，她哭的样子十分凄凉。兰芳，你说奇怪不奇怪，昨天晚上，李文学在我们派出所撞鬼了。

你说什么？派出所还有鬼?

你不要这样大声音，我告诉你，昨天晚上，李文学听到有女人的哭声从审讯室里传出来，他还看到审讯室外面的地板上放着一条白色的连衣裙，当初夏敏被抓时也是穿着白色连衣裙的。谭副所长也碰到过这样的情况，在晚上听到有哭声，也看到过白色的连衣裙。

兰芳陷入了沉思。

她想起了朱向阳的话，水曲柳乡村的人对夏敏都十分尊敬，因为她对她患了绝症的父亲尽了力。

一层迷雾涌上了兰芳的眼眸。

5

七喜看着那张重新粘贴起来的照片。他把它放在了栀子花的上面，然后用栀子花把它埋了起来。七喜一边埋一边嘴里叨叨着：我用栀子花把你埋起来，你身上就会有栀子花的香味了。栀子花的花瓣因为脱水，有些蔫了，花瓣的边上也泛出了黑色。七喜突然想，栀子花会不会变成黑色内裤的碎片？

安蓉离开了阳台，刚刚接上电话线，王子洋的电话就打进来了。

王子洋在电话里颤抖地说，蓉，你知道吗，夏美丽护士长死了！

什么？！安蓉不敢相信王子洋的话，她怎么会死呢？

她真的死了，就在下午死的，她开车经过赤板大桥的时候，车撞到了桥的护栏上，护栏被撞破了，但是车没有掉到江里，只是车头出去了一点儿，不幸的是，汽车起火爆炸了，昏迷在车上的夏美丽被烧死了。等火灭掉，夏美丽已经变成焦炭了。

这——

这是真的。蓉，我们去看了，我们和她闻讯而来的家属把她烧焦的尸体直接送火葬场去了。院长征求她家属的意见要不要让七喜做个尸体美容，然后再送火葬场火化。她的家属说，算了，都烧成这样了，还是直接火化了吧。夏美丽的尸体散发出强烈的焦煳味道，我都快吐了，我从来没有闻到过如此难闻的尸体的味道。好好的一个人，就那样离开了我们，谁也想不到的事情呀。医院的人都为夏美丽惋惜。她的老公不停地说，他送给夏美丽车还不到一个星期，没有想到就夺去了她的生命，如果早知道这样，他怎么也不会给老婆送这辆汽车的。我看着他伤心的样子，心里也十分难受，人的生命太脆弱了，特别是在这个工业文明高速发展的年代，我们的危险无处不在。蓉，我们要更加珍惜活着的时光，好好地相爱，你说是不是？亲爱的！

安蓉突然闻到了中药的味道，她把话筒颓然地放下了。

安蓉喃喃地说，这世界怎么会这样呢？

她的眼睛里飘过一道绿光。

好像有一个人在她的耳朵边上说着什么。

安蓉大声说，不要说了，不要说啦！我不要听，不要听！

夏美丽的声音忽远忽近地飘了过来，安护士，我觉得你和王子洋医生是十分般配的，你要是愿意，我去给你说合……安护士，哎，有车了也麻烦，要给它加油，要找停车的地方……安护士，我好热，大火把我的身体熔化了。我不想走呀，安护士，你救救我……安护士，火葬场的炉子好臭啊，我不要在这里啊，求求你，放我出去啊，安护士……

安蓉的双手捂住了耳朵，她尖声叫道，我不要听，我不要听，不要……不要在我耳朵边说话，不要——

6

王子洋的脸色有些发灰。他一下班就开着车往东方路赶，下班的高峰期，堵车堵得厉害。王子洋开着车蚂蚁一样在路上行驶着，路上的车一辆挨着一辆，他心里十分焦虑。下午安蓉接了一下电话，他的话还没说完她就挂断了。安蓉一定碰到了什么事情，他为她担心。安蓉和他有了第一次肉体的接触之后，他就为她担心着，担心有一天会失去她。虽然他们那时爱得如胶似漆，但他对安蓉的过去一无所知，包括她怎么会进孤儿院的事情。安蓉不说的事情，他是从来不问的。而且，安蓉以前从来没有问他的过去，她好像不在乎王子洋的过去。前面的绿灯亮了，车还没有动，他使劲地砸了一下方向盘，骂了声什么，他从来不说脏话，但今天脱口而出了一句。人是不是会在焦躁的时候变得粗俗？车终于开动了，王子洋的车一下闯了过去。

从医院到东方路十一弄，王子洋开车花了一个多小时，如果交通畅通，也只要二十几分钟就可以到达。王子洋停好车，从车上下来时，他从汽车的反光镜上看到后面梧桐树有一个人影闪了一下就不见了。人行道上的人很多，王子洋没有注意太多，他走进十一弄，来到安蓉的家门口，按响了门铃。

走廊里走过来一个老太太，她问王子洋，你找谁？

王子洋说，我找我的朋友安蓉。

老太太不解，谁是安蓉？

王子洋说，就是住在三〇八室的姑娘呀！

老太太说，怎么，三〇八室又住人了，我怎么不知道呀。

说完，老太太就下楼去了，她不坐电梯，她是从楼梯上走下去的。老太太走路的姿势像桨一样，一摇一晃的。

王子洋的后脑勺上满是汗水。

他不停地按着门铃。

难道安蓉不在家？

王子洋拿出手机，拨安蓉的电话，电话没人接，他打她的手机，手机是关机的。要不是昨天安蓉把新家的地址和电话给他，王子洋根本就没办法找到安蓉住的地方。这一切，都是那个骚货造成的，如果安蓉有个三长两短，她就是下了地狱，王子洋也不会放过她的。他为自己和杨林丹保持了那么久的性伴侣关系感到了羞耻，以前，他认为那是一种生活的方式，很简单的一件事情。王子洋突然想，安蓉会不会和兰芳在一起呢？

他有兰芳的电话，可他害怕兰芳，这个野丫头也一直在破坏着他和安蓉的爱情，如果他真的失去了安蓉，他想自己同样也不会放过她。他反而觉得兰芳的男朋友张洪有些可爱，这么一个可爱的小伙子怎么会爱上没教养的野丫头兰芳呢，这令他百思不得其解。

他没有打兰芳的手机。

他又按响了门铃，在临走之前再试一次。

门奇迹般开了条缝，他听到身体摔倒的声音。是安蓉为他开门时摔倒了，如果不是外面的防盗铁门还没有开，王子洋早就冲进去了。

安蓉，你怎么啦？

他焦虑地说，安蓉，你站起来，给我把铁门打开，我来救你。安蓉，你坚强些，站起来，把铁门打开，让我进去救你。

安蓉好像没有听见。

王子洋听见了沉重的喘息声，那是安蓉的喘息，他十分熟悉的喘息。

王子洋又说，安蓉，你站起来呀，亲爱的，我是王子洋，你勇敢些站起来呀，我就在你面前，我会救你的，安蓉。

安蓉站起来了。

她艰难地站起来，颤抖地打开了木门，又颤抖地打开了防盗铁门，然后又沉重地倒在地上，头重重地磕在地上，发出了一声闷响。

王子洋的心被野兽的利爪抓着。

他赶紧进了门。

他一摸安蓉的额头，滚烫滚烫的。安蓉娇柔的全身都滚烫滚烫的，像一块烧红的木炭。

安蓉，安蓉，你要挺住，千万不能化成灰！

王子洋背起安蓉，飞快地下了楼。他来不及等电梯，就从楼梯上跑下去了。他不知道有一双怨毒的眼睛，在追踪着他们。

7

病房里静悄悄的，充满了消毒水的气味。病房其实是个巨大的容器，病人就是泡在容器消毒水中的活标本。安蓉躺在病床上，双目紧闭，额头上敷着冰毛巾，她嘴唇干裂起了白色的水泡，嚅动着，好像在说着什么。安蓉输着液，药水一点儿一点儿缓慢地进入她的血管。

她的体内有一个魔鬼，药水就是驱魔的战士。王子洋坐在病床边，凝视着安蓉，他的目光焦灼而又柔情，他轻轻地为安蓉朗诵着：

伫倚危楼风细细，望极春愁，黯黯生天际。草色烟光残照里，无言谁会凭阑意？

拟把疏狂图一醉，对酒当歌，强乐还无味。衣带渐宽终不悔，为伊消得人憔悴。

安蓉美丽的睫毛动了动。

王子洋相信烧得昏迷的安蓉一定感应到了他的心情，他握住安蓉火热的手，全身也和安蓉一样火热起来，如果可以，他愿意为安蓉受罪。

小沈轻轻地走进了病房。

她来到王子洋身边，低下头，对王子洋说，王医生，十七床叫你过去。

王子洋站起来，对小沈说，你看着安护士，我先去一下，一会儿就会回来。

小沈说，王医生，你去吧，反正晚上没有什么事，我会照顾好安姐的。现在都午夜了，你要是困了，就回去休息吧，这里有我，还有值班医生，有事我会去叫他的。

王子洋笑笑，没关系，我不累。

小沈对王子洋莞尔一笑，王医生，你和安护士恋爱的保密工作做得真好，我今天才发现，要不知道呀，我都准备向你发起进攻呢。

王子洋子笑笑，小沈，你真会开玩笑，我先去看看十七床到底有什么事。

小沈说，嗯，那你去吧。

王子洋轻轻地走出了病房。

小沈看着王子洋的背影，若有所思地说，安姐真幸福，找到了这样一位白马王子。

走廊上静悄悄的。

王子洋听到的是自己的脚步声。

他尽量放轻了脚步，怕吵醒病人的休息。有的病人睡眠不好，十分敏感，一些细微的声音都可以让他们难以入眠。

经过四〇五病室时，王子洋听到有人说话，他从病房的门窗玻璃上看进去，借着走廊的灯光，他看躺在病床上的两个病号，他知道说话的声音是从那个年老的病人口里发出的。王子洋值夜班时，常会听到这老头的梦呓，他要是仔细地听一会儿，就会从老头含混不清的说话声中分辨出他所说的内容。老头似乎是在和上帝对话，他要求上帝惩罚他不孝的儿子。老头是腿骨骨折，据说是和儿子吵架时，儿子推了他一下摔断了腿骨的。王子洋见过老头的儿子，那是个文静的小白脸。

王子洋进入了十七床的病室。

这是一间单人的病室。十七床的公司对他不错，给他报销所有医疗费还给他要求了一间单人病室。王子洋没有开灯，走廊里透进来的光亮，让王子洋可以看到十七床头部的轮廓，但他看不清十七床的眼睛，他可以感觉到十七床的眼睛闪着某种奇怪的亮光。

十七床知道王子洋医生进来了，而且就站在他的边上。他的声音沙哑，王医生，我想问安护士的病怎么样了，她得的是什么病?

白天里的一切王子洋都一无所知，他不知道安蓉为何会发高烧，从检查的迹象表明，她只是普通的感冒发烧，肺部和其他器官都没有器质性的变化，现在只能退烧，观察。王子洋说，她很好，只是发高烧，不会有什么问题的，你应该放心了。

十七床说，王医生。你要用好一点儿的药给安护士治疗。

这我比你更明白。十七床，你叫我过来，难道就是这点事吗？我回答完了，可以走了吧?

王医生，你别，别这样说话，我要能走动，我自己就去看安护士了。谢谢你告诉我安护士的情况，我在前天晚上就感觉到安护士有什么事，那一晚上小孩的哭声十分瘆人。

王子洋叹了一口气。

十七床听到了王子洋的叹息。

王医生，好像门外有人。

你说什么?

好像门外有人，我看到有一个影子晃了过去，很快。

啊？！

王子洋快速地走出了十七床的病室，走廊上空空荡荡的，除了一些垃圾桶，什么也没有。他的心跳加速着，他想起了那只挂在香樟树上的猫。他加快了脚步回到了安蓉的病房。小沈坐在那里，在看一本杂志。

王子洋问小沈，你看见有人走过吗?

小沈摇了摇头，没有，难道你看见什么了?

王子洋也摇了摇头，没有。

小沈笑得很甜，王医生你来了，那我走了，换药时按下电铃我就过来，我在护士站。

王子洋说，好吧。噢，你看的什么书？

小沈把杂志的封面给王子洋看了看。那是一本文学杂志，王子洋觉得这是一本品味很高的杂志，他平常也爱看，每期都在书报摊上买。

小沈说，王医生，杂志留给你看好吗？

王子洋摇了摇头，谢谢你，小沈，这期杂志我读过了，很不错。

小沈说，那我走了。

王子洋看着小沈的背影，心想，小沈条件不错，就是屁股太大了。他骂了自己一声，流氓！然后坐在安蓉的床前，守候着她。

王子洋把安蓉送到医院后，本想给兰芳打一个电话，怕她找不到安蓉着急，但他想了想，还是没打，他还让值班的护士有任何电话打到科里来找安蓉，都说她不在。王子洋也不愿意见到兰芳，他要自己一个人守着安蓉，作为自己过错的补偿。

他把安蓉的手握住。

安蓉的体温好像降低了点，不那么烫手了。

8

太平间里的灯光一明一暗，扑火的蛾子弄出的响声细碎而凌乱，里面空空荡荡的，没有一个活人。七喜不知跑到哪里去了，外面传来几声猫叫，像孩子的啼哭，停尸房里弥漫着古怪的气息，有尸臭，有花香，还有酒气，消毒水的气味混杂在一起。

十八号藏尸柜轰的一声自动弹出。

蒸腾的冷气中，被七喜美容过的杨林丹的裸尸从藏尸柜中爬了出来，她的发结上插着一朵鲜艳的栀子花。杨林丹爬出了藏尸柜，一直朝太平间外面走去。太平间外面的垃圾桶里钻出了一只猫，它用琥珀般的眼睛看着杨林丹。杨林丹的眼中散发出绿光，她的全身往下淌着水珠，她经过的地方都有湿湿的足印。

杨林丹的绿光直射在猫的身上，死猫，你再叫，就杀了你，把你吊在树上风干，让你永不超生！

猫叫了一声飞快地逃了。

杨林丹一直朝住院部大楼走去。她进了住院部大楼。有一个医生和她一起进了电梯，那个医生看不见她，医生只是奇怪，电梯里怎么有一滩水迹，而且电梯在四楼莫名其妙地停下来，门开后什么人也没有。杨林丹来到了安蓉的病房里。

病房里一片漆黑，她看不到王子洋，但她能感觉到安蓉的存在。杨林丹朝安蓉扑了过去，她的双手死死地掐住了安蓉的脖子。杨林丹使的劲很大，脖子上的口子猛地裂开了，她身上被七喜缝补过的地方也剥剥的裂开了。安蓉发出了呜呜的声音。

王子洋看到安蓉的身体抽搐着，他不知道发生了什么。安蓉的喉头也咕咕作响，她的头不停地晃动，王子洋觉得不对劲，他马上给安蓉做检查。

这是在哪里？

一片黑暗，掐住我脖子的是谁？我可以闻到栀子花的香味。难道是妈妈，她为什么要掐住我的脖子，难道是要我去另一个世界里陪她？我使劲推着她，我推不动她，她的力气如此之大。妈妈，你放开手，我要窒息而死了，妈妈！我的血管要暴裂了，我在黑暗中连喊都喊不出来。有一道绿光，那么奇怪的绿光，为什么总是这道绿光，我看到了，看到了，掐住我脖子的人，是杨林丹。该死的杨林丹，你这个婊子，给我滚开！可我喊不出来！这是什么声音？是笑声，是谁在笑？我看见了，这是七喜，他在笑，他瞪着老鼠眼在笑，他就站在杨林丹的身后。他的笑声像猫哭。

妈妈，快来救女儿，妈妈！我看到了妈妈，她也看到了我。她正在穿过一条街道朝我赶来，她喊着我的乳名：蓉儿——妈妈，快来，我就是你的宝贝女儿，妈妈，有人要掐死我，快来救我！不不，妈妈，你快些跑，妈妈在穿越一条街道的时候被怪兽般的汽车吞噬了，怪兽张着血盆大口把妈妈吞噬了。满大街都是呼啸而过的怪兽。妈妈，你就离我近在咫尺呀，可你被怪兽吞噬了。

噢，我的天！

我还剩最后了一口气了，我要喊出来。

我一定要喊出来！

她是谁，怎么她也出现了，她黑玫瑰般靓丽的脸上浮着忧郁，她的双眼在流淌着泪水。黑玫瑰，你快来救我！黑玫瑰说话了，她的声音是那么冷，像几千年的寒冰那样冷，我救你可以，可你也要帮助我。没有问题，黑玫瑰，我一定帮你，只要你不让我被杨林丹掐死！黑玫瑰飘过来了，她抓住了杨林丹的头发……我的喉头松了，我可以大声地叫出来了……好舒服呀……

王子洋看着安蓉睁开了眼。安蓉的眼中闪着奇异的绿光。

她的尖叫声穿透了宁静的夜。

安蓉，你醒了。王子洋激动地说。

安蓉浑身被汗水浸透了，她喃喃地说，我怎么会在这里？王子洋柔声说，亲爱的，你病了，发高烧，还说着胡话，我都吓坏了。

安蓉眼中的绿光渐渐地消逝。

她用一只手勾住了王子洋的脖子。

王子洋也搂着她的头。

好了，没事了，没事了。王子洋轻声地说。

安蓉什么也没说，她只是用手紧紧地勾住王子洋的脖子，生怕自己一松手，他就会倏地消失。

第十四章

1

兰芳感到了不妙。

她得知安蓉发高烧的事情是在安蓉退烧回家后，她一进安蓉的家门就看到了王子洋。兰芳像审视怪物一样看着王子洋。衣冠楚楚的王子洋显然很局促，他的目光不敢和兰芳对视，尽管他心里在抵触着这个没教养的野丫头，但他还是要装出一副弱者的模样，以博得安蓉的同情。

兰芳的目光在王子洋身上扫描了一遍，从头到脚，她冷冷地说，你怎么会在这里？

王子洋满脸的惊惶，他用目光向半躺在床上的安蓉求助。

兰芳有点不依不饶，王子洋，你怎么会在这里？

安蓉的声音有气无力，兰芳，你干什么呀，一进屋也不问问我的病情就质问子洋，这样不好吧。要不是子洋，我也许就烧成植物人了，是他救了我。另外，以后你也别说子洋了，我们已经和好了。

安蓉看似有气无力的话，却十分有力，让兰芳一下子和安蓉的距离拉远了似的，她有些吃惊。她一直以为安蓉是她庇护的一个小妹，什么都会听她的，没想到安蓉有自己的主心骨，和王子洋和好也没有告诉她或者征求她的意见。兰芳在安蓉心中一下子变得那么不重要了。

兰芳有些尴尬。

她勉强地笑笑，安蓉，你怎么回事，突然就发烧了。

安蓉知道自己的话刺伤了兰芳，兰芳是看在自己有病的分上没有发作出来。兰芳是心里藏不住任何东西的率真的姑娘，安蓉从她的脸上看出了她内心的不快和无奈以及费解。安蓉笑了笑，伸出了手，好姐姐，坐到我身边来。

兰芳坐了过去，她们的手握在了一起。

多年的姐妹，有些沟通其实一个动作就足够了。

安蓉对王子洋说，子洋，你先走吧，我和兰芳姐有些话要说，你在场不方便。

王子洋说，那好吧，对了，要多吃点水果，水果都买好了，这样对你身体的恢复有好处，我已经给你请好假了。你在家好好调养两天再说了，我一有时间就过来，要出去的话手机开着，不要让我找不到人。

安蓉给了王子洋一个甜蜜的微笑，嗯，我知道了，你放心去吧，有兰芳姐在，你就放一百个心吧。

王子洋走了。

兰芳着急地问，安蓉，你怎么会发高烧呢？莫名其妙的，好好的一个人。

安蓉内心隐隐约约有种恐惧感。

安蓉说，昨天下午，我又看见了那只绿蚂蚱，它就在窗台上的兰花盆里。

什么，你又看见了绿蚂蚱？

是的，可我要抓住它时，它又不见了，我就觉得头很晕，身上发冷，像是掉进了一个巨大的冰窟。

你还看到什么了？

安蓉摇了摇头，很多东西安蓉不想说。她心里埋藏了太多的东西，她不愿意说，谁也不说，包括兰芳和王子洋，就连她母亲怎么死的她也从未讲过。这件事，孤儿院的老院长也知道，她已经死了，永远不会说了，她是一个守口如瓶的人，她很清楚有些东西说多了会使当事人更痛苦。安蓉窗台上的那盆兰花也是老院长送给她的，她当时对安蓉说，好好地侍弄它，不要让它枯萎了，女人的生命就像兰花一样，娇贵幽香。

兰芳知道，事情并没完结。

朱向阳的办法无效。也许，朱向阳的办法在水曲柳乡村有效，但在赤板市无效。兰芳必须找到一个行之有效的办法，把安蓉彻底解救出来。她没有告诉安蓉夏敏的事情，是怕告诉安蓉后她会受到惊吓，就让她当作那个正午看到的尸骸和自己完全无关，这样安蓉的心灵会平静些。

兰芳想，自己必须调查清楚夏敏的真实死因，这样或许能找到一个解决问题的最佳途径，她一定要从郎干身上打开缺口，但安蓉内心的事情并非如此简单。

兰芳笑着对安蓉说，安蓉，想吃什么，我去给你买。

安蓉说，我就是想吃美琪做的水果沙拉。

兰芳说，没问题，我马上打电话给美琪姐，让她做好后我去取，你好好休息，先不要走动，要积蓄体力，这样才能恢复得快些。

安蓉握紧了兰芳的手，姐姐真好，你还记得吗？小时候在孤儿院，有一次我感冒发烧了，你一直守在我身边，还像个大人一样给我喂开水，哄我睡觉，还给我讲故事。老院长还一直夸你有大人样呢。

我还真记不得了，时间过得真快呀，人不要长大该有多好。

姐姐，我有一件事求你，你要答应我，无论如何也要答应我，好吗？

好的，我答应你，好妹妹！

你发誓。

我发誓，我安蓉妹妹所说的一切，我都无条件地答应她，否则，我愿意接受一切惩罚。

兰芳姐，你答应我，不管我和子洋的事情，我有我自己的选择。

这……好吧……不过，我还是要提醒你，不可全抛一片心，你自己要当心，他这个人隐藏很深，极有城府。我怕你以后吃亏，后悔都来不及。

兰芳姐，你放心吧，我心里有数，子洋是真心爱我的，我的感觉不会错。

但愿如此！

2

王子洋没有回医院上班。

他和安蓉的恋情一公开，外一科乃至整个医院都传开了，人们都说这是天生的一对郎才女貌。外一科的主任显得很兴奋。他说，我还真怕我们科的一朵花被外人摘去了。主任放了王子洋一天假，让他好好地陪虚弱的安蓉。

王子洋越是爱安蓉，他就越担心安蓉会有什么事情发生，他总觉得安蓉内心深处有什么让她惊惧的东西，他不止一次听到她在睡梦中发出尖叫。昨天晚上，他听到安蓉的胡话里多次重复了妈妈，其他什么话他都没有听清，他曾经问过她爸爸妈妈的情况，她没说什么，就再也没问过。或许她在梦中和发烧昏迷中的尖叫和她的母亲有关，王子洋知道安蓉和兰芳是赤板市孤儿院里长大的，他决定去孤儿院里问问情况。他只有知道她内心的想法和隐藏的东西，才能对症下药，更好地关爱她，让她消除内心的惊惧。现代社会，人的忧虑和惊惧日益严重，人们都严阵以待，这不知是什么造成的。每一个人都应该找到一个出口，消解内心的积郁。

阳光耀眼。

王子洋戴上了墨镜，这个墨镜是和安蓉那个墨镜一起买的，一样的牌子。

他开车朝赤板市孤儿院驶去。现在是上班时间，街上堵车的现象没有发生，开车一路无阻是件痛快的事情。

孤儿院在赤板市的老城区，那里现在是一片贫民窟，等待着政府的改造。老城区的街道狭小，王子洋的车速很慢，他怕碰到那些在拥挤的街道上骑自行车或行走的人。

孤儿院的大门并不大，也就是能过一辆小车而已。王子洋把车直接开进了孤儿院的小院里。王子洋把车停好后，一个老头气势汹汹地走过来，大声地呵斥他，你这个人怎么搞的，把车开进来，这里又不是停车场！

王子洋下车后赶紧赔不是，大爷，我是来找你们院长的，我没有把这里当成停车场。

老头打量了他一会儿说，你找院长有什么事，是不是准备给孤儿院捐赠的。

王子洋摇了摇头，我想打听一个人。

老头有些不快，打听什么人呀，院长也不一定知道。

王子洋说，老大爷，我是打听一个从你们孤儿院出去的人。

老头说，院长不在，你改天来吧，她去民政局开会去了，要开一天的会，你要是急，你可以去民政局找她。

王子洋说，噢，那我向你打听好吗？

老头说，那你说吧，你要打听谁？

王子洋说，你知不知道一个叫安蓉的人？

老头想了想，知道，不就是人民医院的安护士吗，她经常和兰记者回家来的，每次回家来都要带不少东西，你想打听她什么呢？她可是好姑娘，是个不忘本的人。

王子洋说，我想打听她小时候的事情。

老头说，我去年才来这里看门的，她小时候的事情我不清楚，恐怕院长也不清楚。院长几年前才来这儿上任，她来的时候，安护士都离开孤儿院了。你打听安护士的事干什么，她发生什么事了吗？

王子洋忙说，没有，没有，她好得很，我只是随便问问。

随便问问？随便问问还专门跑一趟，蒙我老头子啊。

王子洋忙不迭地说着没有没有，就离开了孤儿院。

王子洋开车出了孤儿院一会儿，就觉得下腹部胀得难受。刚才在孤儿院时还没感觉，他就在街上找起厕所来。他终于看到了一个公共厕所，是在一条巷子里面，那公厕两个字写得很大，他停好车，就走进了巷子。

王子洋走进了厕所，厕所里一个人都没有。王子洋也许从小到大也没几次进入这样的厕所，肮脏得要命，刺鼻的屎尿发酵的臭味，苍蝇嗡嗡乱飞，还有一群一群的蚊子，房顶上的蜘蛛网一个连着一个。这里好像是害虫的动物乐园，他万万没想到这个现代文明的大都市里还有这样的公厕，当然，这样的公厕是不收费的。

他正要掏出那截生命之根时，看到一只硕大的蜘蛛吊了下来，正好在他的眼前晃动，他激灵了一下，尿被憋了回去。他顿时觉得很恶心，扭头出了厕所的门，奇怪的是他尿急的感觉消失了。

阳光依旧耀眼，他走出了巷子，钻进了车。他开车在拥挤的小街往大街上慢慢驶去。他看到一个小姑娘站在街边大声地啼哭，王子洋不明白她为什么要哭，他突然记起了安蓉的那一次啼哭，安蓉也像这个小姑娘一样哭得泪流满面。

安蓉并不像杨林丹那样充满了蓬勃的欲望，在大部分时间里，安蓉总是委婉地拒绝王子洋的要求。在王子洋的眼中，安蓉如同一块冰雕，美丽而寒冷，也许就是这一点，深深吸引着王子洋，越难以得到的东西，他就越觉得珍贵。王子洋其实也是个欲望旺盛的男人，他有时也会去找女人。他宁愿在别的女人身体上发泄他的欲望，比如杨林丹。而在安蓉面前，他永远是一个谦谦君子。

偶尔，他也会控制不住内心那种无时不在的冲动。

那天晚上，在他的住所，他们喝着红酒，王子洋朗诵着柳永的词，然后坐在了安蓉的身边。安蓉面色绯红，目光脉脉含情，带着种崇拜的味道。也就是这种意味误导了王子洋。他觉得在今夜，可以释放他无时无刻难以抑制的欲望。他把安蓉搂在了怀里，俯下身去亲她的唇，手也渐渐探向安蓉的腹部。安蓉的脸滚烫滚烫的。她的唇没有张开，当王子洋的舌头要强行进入她的嘴巴时，安蓉推开了他，顺势把他放在自己小腹下面的手也拿开了。

安蓉，你怎么啦？王子洋的声音在颤抖，此时，他欲火焚身。

安蓉说，没什么，子洋，今天我不想要。

王子洋的眼中冒着火，但他的声音极为平静，安蓉，我们很久没有了，今晚给我好吗！

安蓉注视着王子洋，子洋，今夜真的不行，我现在没有感觉。

王子洋的声音还是极为平静，好的，亲爱的，今夜不要了，那么，让我搂着你睡好吗，就搂着，我不会勉强你的。

安蓉说，那好吧。在妙曼的音乐声中，王子洋搂着安蓉睡了。安蓉很快就进入了梦乡。在粉红色的夜灯下，王子洋凝视着臂弯里的安蓉，安蓉在沉睡中散发出栀子花的香味，这种香味在这样甜蜜的夜里更加煽动着王子洋的欲望。他轻轻地吻着安蓉的额头，吻着她的脸，吻着她的唇。王子洋觉得全身被烈火焚烧着，十分难忍了。他的口很渴，像一尾将要渴死的鱼，而安蓉就是可以救他性命的一股活水。

他把另外一只手伸向了安蓉的私处。

安蓉大叫一声醒过来。王子洋的手还在她的私处。安蓉愣愣地看着王子洋，子洋，你不是说今夜不要的吗，你怎么这样呢？说完，安蓉就把王子洋的手从自己的下身奋力推开，然后就呜呜地哭起来。

王子洋弄不明白，安蓉为什么要那样彻底地哭。她一直哭了一个多小时，直到哭累了才沉沉睡去。后来，王子洋认定，安蓉那个晚上的一声大叫，不是因为他的手伸向了她的私处，而是安蓉经历了一场噩梦，他一直不知道安蓉梦中的内容是什么。

3

安蓉看着鲜美的水果沙拉，有了食欲，她心里很感激美琪。

美琪没让兰芳去取水果沙拉，她听说安蓉身体不好，就亲自送过来了。美琪今天穿了一件白色的T恤和一条白色的牛仔裤，连凉鞋也是白色的。一反她在美琪小筑里性感的打扮，看上去像一个纯情的女中学生。

安蓉边吃着水果沙拉，边和美琪、兰芳她们说话。

安蓉说美琪这样打扮最少年轻了十岁。

兰芳把手插进头发里使劲地抓了抓，也附和说，美琪要是走在大街上，根本就看不出是四十多岁的女人，身后会跟着一大串小年轻的。

她们的话说得美琪十分开心。

美琪说，上了年纪的人总是喜欢怀旧，我年轻的时候就喜欢这样打扮，那时候，我走在台北的大街上，后面真的经常跟着一串小年轻呢。那时眼光高，谁也看不上，现在可不行喽，老了，老了，别提了。美琪边说边学着年轻时的样子，在房间里一扭一扭地走着。安蓉和兰芳都被美琪的样子逗笑了。美琪身上有一种天然豁达乐观的气息，这种气息感染着各怀心事的兰芳和安蓉。

美琪待了一会儿就走了。

她临走时抱了安蓉一下，说，宝贝，你安心养病，需要什么，打一个电话给我，我马上就送过来，一定包你满意。

美琪走后，安蓉觉得心情好多了。

她看了一眼窗外的阳光，心里也充满了阳光。

安蓉对兰芳说，兰姐，你也去忙吧，我好多了，我想一个人再静静地睡一会儿。

兰芳看她的情绪不错，也就走了人。她要去找郎干，这次去无论如何也要从他口里套出夏敏的秘密，否则，她一步不离开他，她要想办法让安蓉从夏敏的煞气中解放出来。

兰芳的汽车像一片叶子在车海里沉浮。

第十五章

1

兰芳洗好自己的车，就开着车去教育局找郎干。这几天车老是熄火，她到教育局的时候，车又熄火了，费了老半天的工夫才打着火。她想，以后有钱了一定买一辆好车。可什么时候才有钱呢？这的确是个令人头痛的问题。不去想那么多了，想也白想。车开到教育局的门口，她找了个停车的位置停好车，突然不想下车了。她这样上去找郎干，郎干会给她难看的，她看了看表，离下班还有半个多小时，等郎干下班后再堵住他。在下班的人流中堵住他，他总该给自己一个面子吧。这个主意不错。等待是十分无聊的事情，她就打了一个电话给张洪。

张洪呀，在干什么呢？

忙呀，忙死了，今天上户口的有好几个。

现在忙完了吧，告诉你，忙是应该的，否则共产党养你这等人干什么。

我看还是辞职算了，干点什么也比现在好，吃不饱饿不死的，也不自由。

得了吧，张洪，你见好就收吧，多少人想进公安局，你以为你能干什么呀，你什么也干不了。

兰芳，你太小看人了！

不是我小看你，你确实没有什么本事。我告诉你呀，你有本事给我弄个几十万，让我买一辆好车，我马上就嫁给你，并遂了老爷子的心愿，给你生个儿子。

你说话可要算话。

当然，问题是就你这熊样，那两个破工资，猴年马月才能攒足几十万呀。

算你说对了，靠我的工资一辈子也买不上一辆好车，可我有一个好办法。

什么好办法？不会去敲诈勒索吧，我可警告你，你要是下了监狱，我马上就和你断，你也甭想我会去探监什么的。

敲诈勒索，你借我一百个胆我也不敢呀，可我是有个好主意，你想想，老爷子那里不是有一笔钱没动的吗。

你可从来没说过你穷馊馊的老爹有什么钱，原来你是在和我藏心眼呀，没良心的，老爷子哪来的钱呀？

告诉你，你可别到处乱说。

我能和谁说去呀，切！

你不是知道我有一个大伯吗，在美国当什么老板的，他前年回来，给了老爷子十万美金，老爷子一直没有动它，如果能弄出来，一辆好车不就有了吗。

哇噻，十万美金。

是呀，你也想想办法，看怎么能弄出来。

你自己想办法吧，我可还没有嫁给你，就是我嫁给你了，也不会打那十万美金的主意，好了，好了，不和你说了，挂了。

兰芳看教育局开始有人出来了，她这才下了车，朝人流迎了上去。郎干是教育局的办公室副主任。她突然想到了一个借口。她站在教育局大门口的台阶下，等待郎干的出现。

教育局有些人认识兰芳的，和她打招呼，她笑吟吟地回敬人家。兰芳终于看到郎干出现在大门口了，郎干好像也看到了她，他迟疑了一下想退回去，可一闪念间就下了台阶。

兰芳朝他迎了上去。

兰芳微笑地对郎干说，郎副主任，你好。能接受我的采访吗？

郎干左顾右盼了一下，他看到下班的人都看着他，他压低了声音，兰记者，你想干什么，我告诉你，我和她一点儿关系也没有！

郎干所指的她就是夏敏。兰芳也压低声音说，你和她有关系。你还记得在派出所时你给她的一巴掌吗？你想不想让教育局的人都知道这件事？

郎干的脸立马阴沉起来。

他说，兰记者，咱们找个地方谈吧。

兰芳笑了，好吧！

郎干要去骑他的自行车。兰芳说，上我的车吧。

郎干无奈地上了兰芳的车。

2

七喜回到家里，用中药熏了身体和房间后就坐在沙发上。他在想着什么，想着想着就突然抱头痛哭起来，他的哭声悲切，像是被母亲遗弃的孩子，他哭了一会儿抬起头。他的眼睛血红，充满了血丝，像鲜血浸漫过的水圳纵横的田野。七喜在地板上扒开了那堆行将枯萎的栀子花。他找出了那张有无数裂痕的照片，只要撕碎的东西，你再有高超的粘贴技术都会留下裂痕，七喜的心波动了一下。他对着照片说，亲爱的，你已经破碎了，你真的破碎了吗？

没人回答七喜。

空气中流动着一股令七喜窒息的气味。

他惊惶地站起来，走进了卧室。他从一个抽屉里找出了一瓶香体露，这是他妻子从法国带回来的礼物。他脱掉了衣服，往腋下喷了喷香体露，不一会儿，那种窒息的气味就消失了，还有一种淡淡的香味。

七喜躺在了床上。

他面向天花板，整个人呈现出一个大字。

那种窒息的气味就是他自己的狐臭。

小时候，他就发现自己有狐臭，他上中学的一个夏天开始，他身上就散发出这种令人窒息的气味。同学们闻到这种气味就会对他投来鄙夷的目光，并且在背后嘀嘀咕咕，仿佛他就是一个巨大的污染源。七喜成天羞愧难当，他每天一回家就拼命地洗澡，使劲地揉搓腋下，腋下刚长出的毛被他揉断了，还揉出了一个个血点点，长期下来，他的腋下都是乌青的。有一段时间他的腋下还发炎溃烂了。他为自己的狐臭苦恼而压抑。他像一只老鼠一样成天睁着惊惶的眼睛，一下课就逃离人群，孤独地躲在自己家的房间里发奋苦读。狐臭让他的精神背负了沉重的枷锁。

那年参加高考完后，他父亲问他，考得怎么样？他在这点上十分自信，没问题，上医学院没问题。父亲相信他，父亲曾经在高考前给他许诺，如果他考得好，他随便提一个要求父亲都会答应他。七喜就提出了一个要求，让父亲带他去医院做切除腋下汗腺的手术。父亲说，男人有点狐臭没什么大不了的，这样显得更有男人味！七喜盯着父亲说，我不要这种男人味！父亲成全了他，就带他去做了手术。

七喜以为做完手术，他的新生活就要开始了，以至于他后来去医学院报到时有点得意。他万万没想到，几个月后，他的狐臭味又出现了。他重新陷入了黑暗，同学们闻到他身上的味道，同样投来了鄙夷的目光。他活在黑暗的恐惧中，这要命的狐臭味让他经常喘不过气来，他经常一个人来到郊外的山上，独自对着旷野发出尖锐的号叫。狐臭让他变得孤独而沉默寡言。他最恨的是王子洋，王子洋经常向他投来不屑的一瞥，他那似笑非笑的脸上带着某种轻蔑，要命的是，王子洋经常写一些打油诗来嘲弄他。他几近绝望，心灵的伤害比肉体的死亡更加残酷。

如果说王子洋的几首讽刺七喜的打油诗对七喜的心灵产生了重创的话，还有一件事足以让七喜自杀。

不知从什么时候开始，七喜暗恋上了一个女同学，那个女同学风骚入骨的样子让七喜产生了非分之想。但他不能接近她，也没条件接近她，他只能远远地看着她和王子洋一起进进出出。七喜无数次在夜里的黑暗中想象杀死王子洋，然后想象着她和自己在一起。每次回家，他躲在小房间里成天不出来，他对着自己偷拍下的她的照片自慰着，痛苦而快乐地呻吟。他有一天产生了非凡的勇气，给她写了封求爱信，但是没有在求爱信的末尾署上自己充满狐臭的名字。他还是停留在想象中，想象她收到求爱信后被他的诚挚所打动，然后对他暗送秋波投怀送抱的妖媚模样，他不止一次地把求爱信投入邮箱，可他等到的不是她感动的青睐，而是王子洋的羞辱。

王子洋当众残酷地羞辱了他。

七喜到死也不会忘记那天午饭时的情景，因为自己有狐臭，七喜每次吃饭要么第一个去，要么最后一个去，为了避开人群，引来更多不屑的目光。那个中午七喜第一个到场，在打饭窗口打完饭菜后就端着饭菜准备躲到一个没有人的角落，把饭菜打发掉。

他没走出饭堂，王子洋就和几个同学堵住了他。

王子洋的手上拿着一沓信件，七喜一看信封上的字迹就知道是自己写给那女同学的情书。

七喜心里颤抖了，手中的饭盒差一点儿掉落在地。

他的眼神慌乱起来。

王子洋的目光刀子一样割着他，你真无耻，写这么肉麻的情书，有胆子写却连名字也不敢署！

七喜心虚，他低声地说，不是我写的。

王子洋说，你还敢说不是你写的。

七喜想夺路而逃，但被王子洋他们拦住了。

七喜说，真的不是我写的。

王子洋冷笑了一声，这不是你写的，大家闻闻，信中是不是有股狐臭味。

这时已经围上来很多人。

大家一听王子洋的话哄笑起来。

有人在窃窃私语，没想到平常老实巴交不言不语的七喜会做这样的事情，真是人不可貌相呀。

七喜像被雷击一样，简直无地自容。

他突然扔掉了手中的饭盒，一把夺过那沓信件，大声地说，王子洋，是我写的又怎么样！我就是爱她，又怎么样！难道你能剥夺我爱的权利?

说完，他趁大伙愣在那里的机会，扒开人群疯狂地跑了。他躲到一个无人的地方，在一棵香樟树下，一点儿一点儿地撕碎那些信件，然后呜呜地哭了。他孩子一样的哭声在空气中浸润着，把空气也哭潮了。就在他抱头痛哭时，他觉得有人碰了他一下，他抬起头，透过迷蒙的泪眼，他看见了她，他梦中的情人。她朝他笑了笑，说了一声，傻瓜！然后递过来一张纸巾。紧接着，她飘然而逝。

就在大学生活行将结束时，她主动地约了七喜。

这让七喜受宠若惊。

第一次约会，他们就做了爱，是在郊区的那座七喜经常去尖叫的山上。她脱掉了内裤，把裙子撸了起来。七喜第一次见到她微微上翘的白屁股，他有点目瞪口呆。她说，傻瓜，来呀，从后面来呀。七喜一下子从后面抱住了她，她的呻吟声在山上荡漾着。七喜像个在沙漠中长途跋涉的孤独旅人，突然发现了一片绿洲，他进入后就不能自拔了……完事后，他靠在那棵树下坐着，她趴在他的胸前，轻轻地说，七喜，我知道你是真心爱我的，我不嫌你身上的味道，我喜欢这种味道。七喜哽咽地说，可是我自己不喜欢。他的泪水流下来了，你要是爱我，就不要喜欢这种气味！她贪婪地吸了一口他身上的气味，然后说，好的，我不要喜欢，不要喜欢。七喜哭得更凶了。她把七喜的头抱住了，贴在自己柔软而结实的双乳上，然后抚摸着他的头发，说，孩子，乖，不哭。

他们参加工作后就结了婚。

当七喜发现她和另外一个男人有染之后，他的心又重新陷入了黑暗，但他已经离不开她了。每次她把他搂在怀里安抚他的时候，他就会像个孩子一样哭着说，你说你爱我，可为什么要去和他……她就会柔声说，孩子，安静些，睡着就好了，什么也不要想。

3

五月花咖啡屋。

兰芳和郎干面对面地坐着。郎干的脸色有些发青，他深陷的眼窝里有点眼屎，兰芳几次想提醒他擦掉，但她不好意思开口。

兰芳要了杯卡布奇诺，慢悠悠地喝着。

郎干说他不喜欢喝咖啡，他问兰芳这里有没有卖酒的。看来郎干没有来过五月花。悠扬的萨克斯风奏出的乐曲在咖啡屋里流动着，咖啡的香气也随之流动。兰芳笑了笑，一般来说是没有人在这里买醉的，但这里还是备有酒，你要来点什么，尽管点，今天我请客。

这里有些什么酒呢?

有威士忌，有葡萄酒，也有扎啤，你需要什么？提醒你一下，这里没有白酒。

噢……那就来个扎啤吧。

没问题，服务员，来个扎啤。

你究竟想知道些什么呢?

我只想听听你所知道的夏敏的情况。

我不喜欢你这种居高临下的模样，我不知道你了解夏敏的情况出于什么目的，如果说是要把它作为写文章的素材，我会拒绝你!

对不起，我的性格就这样，请你原谅我，我了解夏敏的目的只有一个，我是为了一个好朋友，她……如果你愿意说，我将为你保守秘密，相信我是个守口如瓶的人，我以我的人格起誓。

……

他们，他们挖掉她的坟?

是的。

这是为什么呢？可怜的夏敏。

有一条高速公路要经过那片山坡，上面的坟都要迁走。不过，你放心，水曲柳乡村的乡亲们给她找了一个风景很好的地方安葬了。

她是一个对乡土很有感情的人，一个对乡土很有感情的人应该知道怎么珍惜自己的爱情，可是，她——

你别激动，喝口酒吧。

有时真想大醉一场，但不能，醉比清醒更难受。就像有时觉得活着比死更难受。

你的心事很重，难道是因为夏敏？

是的。今天晚上我豁出去了，都告诉你吧，这些事憋在心中很久了，都快腐烂掉了。我的肚子被这些事折磨得快长癌了。我还是从头说起吧，你可别嫌我啰嗦。

你慢慢说，我会认真倾听的。

要找一个可靠的能倾诉的人还真不易，这世界上人和人隔着层皮就隔着一重天。我和夏敏是大学的同学，我们在大学里就恋爱了。她是个纯朴美丽的姑娘，她对我的爱都体现在平常的一些生活细节中，比如给我的碗里夹一块肉，星期天把我的脏衣服拿去洗，包括我的内裤。冬天来临的时候，她会送上一件她亲手织的毛衣，让我的心身备感温暖。她从来没有说过一句我爱你之类的话，但我无处不感到她爱的真实存在。每次和她相处动情时，我要把我爱你三个字说出口时，她就会把我的嘴巴捂上，让我不要说出口，留在心中就可以了。我们毕业后就一起分到了赤板市第二小学，我本打算工作一段时间后就结婚的，但就在这节骨眼上出了问题。

什么问题？

我先喝口酒吧。

嗯。

这啤酒的味道怎么像涮锅水。

那换种酒喝吧。

不用了，凑合着喝吧，日子都是凑合着过的，好赖都是一辈子，不能有太多的想法。

你说话很有哲理，朴素的哲理。

什么狗屁哲理，生活就是这样的！我还是接着往下说吧。她父亲得了绝症，是晚期的食道癌，我和她去他们的那个小县城的县医院看过老人，老人被病魔折磨得不成样子，就像一具活着的骷髅。夏敏当时听到这个消息就变了一个人，沉默寡言了，也消瘦了，有时还会朝我发发脾气，我理解她的心情。夏敏对她父亲的感情我是很清楚的，她可以放弃一切，也不可能放弃她父亲。她小时候很苦，就是在最苦的时候，她父亲也要让她有吃的。也许你没有经历过饥饿，夏敏是个经历过饥饿的人。在那些饥饿的年月里，她父亲为了让她有吃的，去要过饭。有一次，她父亲在要饭时被一家人家的狗咬了，腿肚子肿得老粗，流着血，她父亲没有喊一声痛，愣是把要来的东西拿回了家。夏敏在床上饿得一点儿力气都没有了。她闻到了父亲带回来的东西的味道，挣扎着要起来，她父亲让她不要起来，自己把东西煮热后端到了床前，喂给夏敏吃，夏敏边吃边流着泪。其实，那时她父亲自己也饿得不行了，他还没有喂完夏敏，眼睛一黑就晕倒了。夏敏把父亲弄上了床，她发现了父亲裤腿上的血。她撸起了父亲的裤腿，发现父亲被狗咬的地方又红又肿，惨不忍睹，她伤心地哭了。她从那以后发誓要对父亲好。她说，她的生命是父亲给她的，她要用生命报答父亲。从某种意义上来说，她父亲从来也没有要她的回报。那时，我几乎每天都在开导她，并且帮助她，想办法筹钱为她父亲治病。说到钱，我就挺来气，万恶钱为首呀！这个世界离开了钱，干什么都不成。你也知道，人要有个大病一住院，那就是个无底洞，再多钱也填不满。她父亲是个普通的农民，也没劳保，我们刚参加工作，一月也那么点工资，紧巴巴的，夏敏看上一件比较好的衣服也不敢买。这钱就让我们头疼了。我回家里去，让父亲也帮助想办法，可他一个工人哪来的什么钱，也难为他了，四处去借钱，好说歹说才借了万把块钱，这万把块钱我去年才帮他还清。

郎副主任，喝口酒吧。

唉，我当时也和夏敏一样发愁呀。老人知道夏敏难，就悄悄从县医院回水曲柳乡村去了，他准备在家里等死，他不想拖累女儿。他回到家后，准备上吊自杀，但是被邻居发现了，救了他。夏敏知道后，又死活把他接回了县医院，继续治疗。夏敏本来想把他接到赤板来治疗的，但赤板的大医院里花销更大。夏敏从小县城回来后，找到了我，她很平静地对我说，郎干，我们分手吧，我一听就急了，我说，这是为什么呀？她说，我怕连累你！我说，有什么困难我们一起解决，你不要这样想，你的事就是我的事。她冷冷地说，问题是你也没办法解决。她说完就不理我了。我想，她也许是一时糊涂，说说气话而已，就没太在意，就想等她心情好些再说，我还是一个劲地帮她想办法筹钱！

郎副主任，你饿了吧？

是该饿了，可现在心里堵得慌。

还是先叫点东西吃吧，这里中西餐都有，你吃点什么吧？

随便吧，你点什么我就吃什么，吃什么都是一样，填饱肚子而已。

那就来两个荷叶滑鸡饭吧，这里的荷叶滑鸡饭做得不错，我经常吃的，我们边吃边聊吧。

好吧。

服务员，来两份荷叶滑鸡饭。

我没想到她会做那样的事，这都是生活给逼的，多好的一个姑娘，就这样给毁了。她每天晚上都去钢琴酒吧，希望在那里傍上一个大款。其实她对社会是那么无知，一开始就被人骗了。一个自称台湾老板的人骗了她，他答应帮助她父亲治病，条件是一个星期陪他三次。一个星期过后，那人就不见了，她拿着那人留下的地址找了去，根本就没那个地方，打他的手机也停机了。她万念俱灰，就干上了那事。要不是被派出所抓，我一切都蒙在鼓里。她从来不去娱乐城，她就是去钢琴酒吧，在那里找好客人后就带去宾馆开房。我在派出所里打了她，我以为那一巴掌可以把她打醒，没想到那一巴掌就彻底地把她从我身边打跑了。后来你知道，她被学校开除了。她走的时候，我对她说，夏敏，无论怎样，我都是爱你的，你别去干那事了，我们结婚吧。她含着泪朝我大声喊道，滚！

好倔强的姑娘。

她原来住在学校的单身宿舍里，搬走后我就不知道她住在哪里了，到她死后才知道，她一直在外面租房住。她是被车撞死的，撞得面目全非。她离开学校两年后才死，中间她给我打过电话，每次我问她在哪里，她也不告诉我。她就是打电话来，也很少说话，有时干脆就是在哭。我知道，她心里一直有我，她心里放不下我，她无奈呀！她不知道我一直在等着她回到我身边，我本以为她父亲死了，她会回来找我，可没有。也恨我自己，我没有去找她，当时要找她，也许能找到她的，可是我没有那个勇气。

别伤心，吃点东西吧。

我的心早就死了，也没有伤不伤的了。我吃不下，你还是再给我来一扎啤酒吧。

没问题，服务员。再来一扎啤酒——

唉，她死得屈呀。撞死她的人逃逸了，到现在也没有抓着，都三年多了。她那天晚上喝多了酒，一个人在空荡荡的大街上东倒西歪地行走，就被车给撞死了。她死的第二天我才知道。是医院里我小学的同学七喜告诉我的，她被人发现后送去了医院抢救无效死的。七喜认识她，我带她去见过七喜。

七喜就是你同学呀，天下真是太小了。

你也认识他？

当然，我还采访过他呢，他这个人很不简单。

七喜告诉我后，我才赶过去替她处理后事，她没有亲人，我当然是她唯一的亲人。我记得以前夏敏常对我说，她家乡水曲柳乡村的风光很美，就是太穷了。她有一次问我，说等她死了以后一定要埋葬在水曲柳乡村那片向阳的山坡上，问我同不同意。我说，当然同意，我和你一起死。一起埋在那片向阳的山坡。听起来十分浪漫，可现实往往不遂人愿，我们有缘相识，却无缘同死。

唉！

我让七喜帮她美了容。七喜十分仗义，把夏敏弄得像活着一样。他告诉我，夏敏身上其实已经长满了斑斑点点的东西，不让汽车撞死，活着也没有什么意思了。我知道，那得的是脏病，我没有恨她，我没有权利恨她，我特地去买了一套白色的连衣长裙给她穿上，她生前最喜欢白色的裙子。我高价雇了辆小货车，把她的尸体用冰块冰起来，把她送回了水曲柳乡村，遂了她生前的一个心愿。

你真是个有心人。

可这有什么用，有什么用？！

4

王子洋陪安蓉走进了东方商城，商城里的人很多，显示了这个城市中心地段的繁荣。吃晚饭的时候，安蓉就和他说好了。吃完饭要王子洋陪她去逛商场。然后再到东方商城六楼的百花影城去看场电影。王子洋答应了她，他许久没陪她去买衣服什么的了，他要趁这个机会好好表现一下。但他心里提心吊胆的，生怕七喜从什么地方冲出来，往他的心脏插上一刀。他左顾右盼，一副魂不守舍的样子，往日里那副派头似乎不见了。安蓉好像没有注意到他有什么异常。

安蓉今天显得高兴，休息了一天，精神好了许多，脸上也有了些红润，看上去什么事情都没有发生过似的。她挽着王子洋的手，一个商店一个商店地逛着。在每个商店，她都要逗留一会儿，看看这摸摸那的，像一个乡下来的女孩子，看一切都那么新奇。

安蓉和王子洋来到了送她衣服的那家时装店。

那个送她衣服的女售货员看到安蓉眼睛一亮，满脸笑容地迎上来，甜甜地说，安小姐，你来了，欢迎呀。安蓉有些诧异，这小姑娘的记性真好，那么些天了，还记得自己姓什么。她说，你还记得我的姓呀，我还以为你忘记了呢。

小姑娘笑着说，哪能忘记你呀，我天天都在念叨着你，希望你光临呢，你能来我们服装店真是蓬荜生辉呀。

安蓉说，你真会说话，我今天是来回报你们送我那一套服装的。有什么需要我试穿的衣服拿出来吧，我都穿着它在商店里走一圈。

小姑娘说，求之不得，太好了。

安蓉突然想起了那件白色的连衣裙，她笑着问小姑娘，那天你怎么还多送了一件白色的连衣裙给我？谢谢你啊，那条连衣裙挺漂亮的。

小姑娘有些奇怪地看着她，什么白色的连衣裙啊？我没有啊。

我回家打开那个纸袋子，发现里面多了一条白色的连衣裙，和你们挂在橱窗里的连衣裙一模一样的那种。你忘了吗？安蓉说着，就带着小姑娘走到门口。

站在橱窗前，安蓉呆了，橱窗里哪有什么白色的连衣裙，模特身上是一套紧身的黑色套装。

小姑娘不明白安蓉是怎么了，她笑着把安蓉拉进了店里，安小姐，快进来看衣服吧。

接着，小姑娘拿了几套衣服过来给安蓉穿。

王子洋站在一旁，他听到安蓉说白色连衣裙的时候，心里一惊，他隐隐约约地记起自己好像在哪里见过一条白色的连衣裙。他没有说话，目光在店门外游移。

显然，他很戒备。

安蓉换好了一套衣服出来，那是一条红色的超短裙，配一件吊带的红色背心。安蓉照了照镜子，她仿佛变了一个人，这套衣服使她变成了一个性感前卫的女郎。

小姑娘站在她旁边说，安小姐穿什么衣服都好看。你怎么不去当模特呢？

安蓉说，是呀，我怎么不去当模特呢？

小姑娘笑眯眯地压低了声音说，安小姐，那是你的男朋友吧，长得好帅呀。

安蓉说，介绍给你好吗？

小姑娘的脸马上就羞红了，我哪配呀。

安蓉穿着那套红色的性感超短裙在商场里走了一圈，她所到之处，无论是男人还是女人的目光都被她吸引。王子洋跟在她后面，像个保镖，神色紧张的保镖。当安蓉穿着那套超短裙回到小姑娘的服装店后，服装店一下子涌进来许多顾客。安蓉一口气给小姑娘试了三套衣服，服装店的人就爆满了。

王子洋从来没见过文静的安容如此青春焕发。他从安蓉穿那超短裙的身上看到了另一种美。他悄悄地问小姑娘，那套超短裙多少钱?

小姑娘说，一千八，不过，如果你要买来送给安小姐的话，我可以请示老板给你打五折。

王子洋不假思索地说，给我包起来吧。

他们离开时装店时，小姑娘在那里忙得不亦乐乎，来不及和他们说声再见。他们悄悄地走了。王子洋对安蓉说，亲爱的，我没想到你这么有魅力。

安蓉一语双关地说，你没想到的事情多着呢。

王子洋说，现在快十点了，我们上六楼去看电影吧。

安蓉说，好啊。

他们来到了百花影城，看电影的人不少。他们选了一部《开往春天的地铁》，十点十五分的电影票。很快地，他们进了场。

电影很快就开始了，观众们沉浸在电影的画面中。安蓉看电影从来不喜欢说话。她似乎看得很认真。对于徐静蕾，安蓉一直喜欢这个人。王子洋的目光一直戒备地盯着门口，好像七喜会突然冲进来，大喊着要杀了他。他的心思不在电影上，他为什么不报案，有他自己的想法。如果报案了，他和那个女人的事情就会曝光。他相信被抓后的七喜什么都会说出来，如果让安蓉知道了那些事，他就有可能真正地失去了安蓉。他真想把一切都告诉安蓉，可他没有这个勇气，他必须当面找七喜谈一次，但现在不是时候，要等他情绪稳定之后。

王子洋一直在想着问题，等他回过神来，不知道电影已放了多久了。

他一转头，发现身边的安蓉不见了。他想，她一定去上洗手间了，以前陪安蓉看电影，她也有这个习惯。一到紧张的时候，她就要上厕所。

可是等到电影放完，安蓉还没有回来。

王子洋急了，她会到哪里去了呢?

第十六章

1

安蓉刚开始时是觉得腹部很胀。她和王子洋说了一声就离开了座位。王子洋没有回答她。她对此很习惯，以前看电影也有这种情况。王子洋看电影也相当投入，安蓉穿过弯弯曲曲的过道，来到了女厕。女厕里的灯亮得晃眼，这是她所喜欢的光线。厕所十分干净，空气中飘浮着空气清新剂的香味，她坐在白得发亮的陶瓷马桶上，听自己下身的排泄物像歌声一样嘹亮起来，内心产生了一种畅快的感觉。她撕了一张厕纸轻轻地擦了擦那个柔软部位，就站了起来。她把三角内裤拉到了臀部，放下了撸起的裙摆，头就晕了一下，一道绿光在她眼前一闪，她的目光就痴了。她仿佛听到远处有一个飘渺的声音在召唤着她。

那是一个女人的声音。

她像是被人催眠了一样离开了影城干净芬芳的女厕，穿过那弯弯曲曲的过道，来到了电梯口。她还没有按下电梯的按钮，电梯门就在她面前自动打开了，电梯里一阵冰凉的风涌过来，安蓉被这团冷风裹了进去。电梯轿厢里就她一个人，轿厢里的灯嗞嗞地响着，忽明忽暗。电梯很快就到达了一楼，门又自动地打开了，她又被一团冷风裹了出去。

街上车水马龙，人行道上人来人往。

安蓉被那团冷风裹着在人行道上穿梭着。

此时已经是晚上十一点多了。

一个女人的声音在远处召唤着她。

她一直朝那女人声音的方向疾走。

她走得飞快。许多路人都停下了脚步，目不转睛地看着她行走。

一个带着小孩的妇女也驻足看着安蓉从她身边风一样掠过。

小男孩拉了妇女的手一下，妇女这才低下头了问孩子，儿子怎么啦？

小男孩露出惊讶的神色。

他用小手指着安蓉的背影说，妈妈，你看那个阿姨的脚。

妇女看了一下安蓉的背影，又低下头问，孩子，那个阿姨的脚怎么啦？

小男孩说，她的双脚怎么不踩在地上的，像超人一样浮起来的。

等妇女再次抬起头来，用目光去追踪安蓉时，安蓉早已消失在人流中了。

妇女又低下头，用手在孩子的眼前晃了晃。

她说，孩子，你该不会眼花了吧？

小男孩仰着脸，满脸坚定地用稚嫩的声音说，妈妈，我的眼睛好着呢，怎么会看错呢。

妇女又抬头朝安蓉疾走的方向狐疑地望了一眼。

她满脸的迷茫。

她赶紧抱起孩子，匆匆而去。

2

安蓉站在离钢琴酒吧大约三百米的街旁，呆呆地看着街道的中心地点，那女人的召唤声在这里终止了。钢琴酒吧门外闪烁的霓虹灯在安蓉的脸上闪烁。

安蓉两眼绿光闪烁。她呆立在那里，像一个幽灵般呆立在那里，每一辆过往的车辆都在朝安蓉行注目礼。

这时，一辆白色的宝马轿车嘎地停在她的旁边。

车窗玻璃缓缓地降了下去。

车窗里伸出一张脸，那张脸像一块麻将牌，粗大的鼻子上架着一副金边眼镜。

这人的嗓门也很粗大，他冲着安蓉大声说，小姐，要不要送你一程，在这里等人哪还是干什么？

安蓉仿佛听不见他的话。一双绿莹莹的眼睛直直地瞪着前方。

那人又粗声粗气地说，小姐，跟我们走吧。我们保证安全地送你到达目的地。

安蓉还是没有听见他说话的声音，仿佛这辆车和车里的人根本就不存在。

那人有点生气了，喂，小姐，你哑巴啦？和你说话呢。

懂不懂礼貌呀？

安蓉还是无动于衷。

这时，车里面传来了一个女人娇滴滴的声音，钟哥，你碰到一个傻子美女啦，咱们还是走吧，别耽误了这良辰美景呀。

那人粗鲁地说了声，滚你妈的。闭上你的鸟嘴。

他走下了车，来到安蓉面前，他看到了安蓉眼中的绿光，他伸出手，粗粗的手指上戴着一个硕大的金戒指。他的手在安蓉的眼前晃了晃，然后说，敢情你是一聋子加瞎子呀。

他伸手拉了拉安蓉，安蓉像是生根了的树一样，一动不动，眼珠子定在那里也一动不动。那人有些害怕了，他赶紧上了车说，怎么看上去像是具僵尸，可惜了一个正点的女人。车里的女人扑哧笑了一声，你以为所有的女人都像我一样对你柔情似水呀。那男的骂了一声，开车就跑。

安蓉眼中的绿光愈来愈盛，她的眼珠子突然转动起来，目光追踪着那辆宝马轿车。宝马轿车驶出了一段，突然醉汉般东倒西歪起来，差一点儿撞到路中间的栏杆上。安蓉的目光收了回来，宝马轿车才恢复了正常行驶。

安蓉的嘴角露出了一丝冷笑。

她嘴角的笑容渐渐地凝固了，她看到了一个令人惊骇的情景。

3

王子洋来到了地下停车场。停车场里十分安静。他警惕地左顾右盼，小心翼翼地来到了自己的车旁，他快速地打开了车门，钻了进去，然后重重地把车门关上，在里面上了锁。

他现在十分恨自己，恨自己当初做下了那些事。现在后悔也来不及了，他得想办法解决问题。现在，他心爱的安蓉不见了，他得去找她。

他一上车就又拨安蓉的电话，她的手机是通的，可就是不见她接电话，她家里的电话也是通的，也没有人接。这么晚了，她不可能去兰芳那里，就是去兰芳那里，她也一定会打电话告诉他的。安蓉的突然失踪，王子洋找不出任何的理由。

他把车开出了东方的地下车库。

城市的夜色依旧那样的迷人，王子洋无心想象在这迷人的夜色下会有什么动人的故事发生，他的心是油锅里炸着的麻团，火烧火燎。如果安蓉有什么意外，他会疯掉的。安蓉是上帝赐给他的最珍贵的礼物，他没有权利失去她，他一定要找到她，哪怕自己牺牲。

车在夜晚空旷的街上疾驶，像一片疾风中的叶子。

他可以听到呼啸而过的风声。

呼啸而过的城市灯火像一双双眼睛在注视着他。

他的眼前浮现出这样一个情景：有一个人把安蓉绑了起来，放在了停尸床上。他的脸上一点儿表情也没有。他用手术刀割断了安蓉的脖子，然后把嘴巴凑在往外汩汩地冒着的血水的口子上，大口大口地喝着，安蓉一点儿挣扎都没有，她睁着美丽的杏眼，无助地让那人宰割，那双美丽的杏眼在那人喝血的声音中慢慢地疲惫地闭上了，像在黑暗中突然熄灭的灯火。那人喝干了血之后，把安蓉拖到了一棵香樟树下。他用雪白的绷带绑在安蓉的脖子上，把安蓉吊在了香樟树上。安蓉像一只死猫一样吊在那里晃荡着。那人把安蓉吊到树上的整个过程寂静而无声无息，像一部无声电影里的情节。

想到这里，王子洋心底升起了一股男人的豪气。他把车朝医院的方向开去。如果真是那人对安蓉下了毒手，他非和那个浑身狐臭味的家伙拼个你死我活，他似乎什么也不怕了，脸上有一种悲壮的神色，像一个将要去为美女献身的英雄。

深夜的街上车辆比较少，王子洋很快就把车开到了医院门口。

他没有把车开进医院里去。

而是把车停在了医院门口的路边。

他走了进去，大门口值班的门卫是一个年轻的小伙子。小伙子坐在门卫室的窗口，他朝王子洋笑了笑，招了招手。王子洋也朝他笑了笑，招了招手。

从大门口走到住院部大楼后面的停尸房需要五分钟的时间。王子洋的心情十分迫切，他只花了三分钟就到了太平间的门口。

王子洋站在太平间的门口，他知道太平间的门是虚掩的，好像从来没有人把它锁起来。里面的灯光一天二十四小时都在亮着的。

那人也许正在里面对安蓉下毒手。

王子洋发现太平间的门口放着一把铁锹，他不知道这铁锹是做什么用的，他操起了铁锹，推开了太平间虚掩的门，一股怪味扑鼻而来。他可以分辨出其中的消毒水的香味，他用鼻子吸了一口，怎么有栀子花的香味呢？当然，空气中很快又有一种气味加入，那就是王子洋身上的古龙香水味。

王子洋想到了安蓉的体香，那是栀子花的味道。

太平间的办公室里没有人，吊得很低的电灯泡在摇晃。

桌子上放着几朵枯萎了的栀子花。那瓶烈酒的瓶盖没有盖上。七喜工作用的木箱子放在办公桌上的一旁，墙壁上写满了阿拉伯数字，好像是用口红写的，看上去像一串串电话号码，这也许是死者家属的电话号码。

王子洋操着铁锹，一步一步如临大敌似的走了进去。

他来到了停尸房的门口，往里面看进去，里面一个人也没有。

一张停尸床上放着一具没有来得及放进藏尸柜的尸体。

尸体的一只脚露在外面，这是一只男人的脚，脚拇趾上挂着一个纸牌，上面一定写着死者的名字和死亡的时间。除了露出的脚，尸体的其余部分都被白色的尸布遮盖着。这也许是刚死不久的病人。医院里每天都有人死去。

没有七喜的踪影。

王子洋又在制作人体标本的房里检查了一遍。里面除了大大小小玻璃瓶里被福尔马林水泡着的各种人体器官和一些婴儿的尸体，一无所获。

王子洋拿出了手机，他拨了安蓉的手机，手机是通的，可就是没人接。他没有在太平间里听到安蓉手机的声音，这证明她并不在这里。

王子洋走出了太平间。

在他走出的刹那，身后的门吱呀一声自动地关上了。

他走出了一段路，便听到了猫的叫声。

他回头一看，一只野猫紧紧地跟随着他，他停下来，猫也停下来，猫的琥珀般的眼睛透出灵异的光亮。他弄不明白，为什么有些动物的眼睛在夜里会发光，比如狼。

王子洋经过一棵香樟树时，特地站在了树下，借着路灯的光亮，他没有在树上发现任何东西。那只猫也在离他不远的地方驻足看着在风中摇曳的香樟树。

猫一直在后面跟着他，他可以听见自己的脚步声，但听不到猫的脚步声。

王子洋来到了门口。

他看到了那个年轻门卫青春的脸。

青春的脸上有一种清纯的笑容，他走到窗口。门卫拉开了窗玻璃，问王子洋，王医生，有什么事吗？王子洋说，你看看我后面，有没有什么东西，比如一只猫什么的。门卫往他后面看了看，什么也没有呀。王子洋笑了笑，没有就好，辛苦你了，那我就回家了，门卫说了声，走好。然后他就拉上了窗玻璃。

王子洋走出门口。他一回头，看到那只猫在看着他，无声无息地看着他。

4

街上的车辆稀少起来，不远处的钢琴酒吧也该打烊了吧。安蓉看到马路上突然出现了一只绿蚂蚱，她看着绿蚂蚱消失。然后，那地上就出现了一个人。

一个女人，安蓉看不清她的脸，她的脸趴在地上，那个女人好像是跪在那里，屁股高高地翘起来。安蓉可以感觉女人的身体在抽搐。安蓉想，这个女人怎么会跪在马路中间呢？她正在纳闷，突然，一辆黑色的桑塔纳汽车飞速地朝跪着的女人冲撞过来，她发出了一声瘆人的尖叫，她被自己的尖叫声吓傻了。那个女人在汽车冲撞过来的一刹那突然站了起来，汽车在她站起来的瞬间把她撞飞了出去。那个女人穿着一套白色的连衣裙。女人如一团白雾般在空中飞舞了一会儿就落在了前面的栏杆上，又从栏杆上掉落在地上，肉体撞击地面的声音沉闷极了。

那车停了下来，停顿了一分钟左右，就飞快地开走了。安蓉张大了嘴巴，她看到了一张惊魂不定的脸，那张脸是开车人的脸，他就是王子洋。

安蓉浑身一激灵。

她眼中的绿光消失了。

街道上恢复了宁静，只有一张纸被风卷着，在空旷的马路上翻滚。

安蓉喃喃地说，我怎么会在这里呢，明明和王子洋在一起看电影的呀，她一看手表，刚好是凌晨一点，她身上有点冷。

她想自己该回家了。

她骂了一声，该死的王子洋，怎么把我一个人扔在这里。自己却跑了呢？

5

兰芳和郎干还在五月花咖啡屋里面对面地坐着。

他们还在说着话。

兰芳惊讶郎干的口才，他说了那么久，声情并茂，一点儿也不觉得累，他也不知道喝了几扎啤酒了。他说从来没有这么痛快地说过话，也没有这么痛快地喝过酒。多年以来，他一下班就回家，难得有什么应酬，就是局长他们让他去陪个人也就是吃个饭就匆匆回家。兰芳对这个男人抱着同情的态度，按他说的话，那是一种什么样的生活。本来夏敏的事早就说完了，他没有离开的意思，兰芳就陪着他，看他喝酒说话。

兰芳和郎干说着话，边等着张洪的到来，她要和张洪去办一件事情。

在他们说话的期间，郎干的妻子来过一次电话。郎干把手机拿到咖啡屋外面去接了，兰芳没有听到他说话的内容，他一回来，眼中闪烁着火花。他说，我忍她好久了，忍她好久了，我窝囊呀！

郎干摆了摆手说，甭提了，甭提了，家有恶妻寝食难安呀，我算明白了，为什么那么多的人在外面找寄托，主要是现在的女人太厉害了，母老虎当道呀！对不起，我是指我老婆，我要是在外面当家教，再晚回家她也不会说我，可只要我离开一会儿或晚一会儿回家，她的电话就追来了。

兰芳没说什么，但心里震动了一下，看来以后要对张洪宽容一些，温柔一些，否则落得张洪在外面说她的坏话的时候，事情就不好收拾了。

她以为我怕她，哼，我只不过不愿意和她计较，俗话说，好男不和女斗，我是在让着她，以后我不让她了，看她能翻了天，我也不做好男了，做个恶男看看。我心里窝囊呀，只不过是在外企多拿几个臭钱嘛，有什么了不起的。可怜的夏敏呀，她的命苦，我们要在一起生活有多好。

郎干还在低声地说着。

像一个怨妇样低声地说着。

兰芳想，现在都什么时候了，张洪还不来，派出所所长找他有什么事情呀，他又不用负责案子，不过是一个户籍警嘛，能有什么重要的事情呢。她心里记挂着亲妹妹般的安蓉，她怎么样也要去试一下，她不想看到安蓉再见到绿蚂蚱，或者有什么意外的事情发生。

郎干讲到的一件事对兰芳启发很大。

郎干说，夏敏死后的几年里，他还是经常噩梦缠身。

他梦见夏敏抓住他的头发拼命地扯着，他的头发在梦中纷纷飘落，他像一只被拔光了毛的鸡在一片灰蒙蒙的旷野里奔跑，夏敏穿着那身白色的连衣裙，飘忽地追着他，他会很奇怪地看到灰蒙蒙的前方出现一面墙，墙上写着几行字：

我吃了一只鸡

拉出了根鸡毛

鸡毛被水冲走

从此一只鸡消失

郎干对这几句话百思不得其解，他转过身，夏敏不见了，灰蒙蒙的旷野上寂静极了。郎干大声地喊着，夏敏，你在哪里，空旷里没有回音，他的声音被什么东西吸走了似的……每次做完噩梦郎干就会在第二天的深夜，买上一些纸钱，在夏敏出事的地方，含着泪烧了，噩梦就远离了他。

兰芳想，就在今夜，她也要去买些纸钱到夏敏出事的地点去焚烧，让夏敏放过她的好妹妹安蓉，如果有效的话，她可以经常去烧纸钱给夏敏，只要安蓉平安无事，兰芳什么事都愿意去做。

张洪的姗姗来迟让兰芳十分光火。她对张洪说，你他妈的到底去哪了？现在都什么时候了？

张洪傻笑着，哎，别提了，所长找我有事。

兰芳质问道，什么事？

张洪说，你知道的，我们有纪律，有些事情是需要保密的。

兰芳说，屁大的事也保密，不会是陪你们所长去娱乐城找三陪了吧。张洪急了，哪能呢，你可别冤枉人。

兰方突然发现了郎干朝自己投来的不安的眼神，她联想到了郎干说他老婆的话，马上就笑容满面，郎副主任，我们习惯了这样说话，没什么的。

张洪也笑了笑，她就这脾气，刀子嘴豆腐心。

郎干说，这样好，不要豆腐嘴刀子心就好。

他们决定马上出发。郎干说，我也去吧，许久没给她烧点东西了，挺对不住她的，况且，我还知道她出事的准确地点。

兰芳说，那就和我们一起去吧。

问题是，现在是深夜了，到哪里去买纸钱呢？

还是郎干有了主意，我们先到殡仪馆，那边有几个很大的花圈寿衣店，里面一定有卖纸钱的。他们赶到殡仪馆门口，那里所有的店面都关门了。看着那些店面黑色的招牌，兰芳想，这个现代的大都市里，只有这个地方还完好地保留了民族的传统气息，有些东西是外来文化无法替代的。

看着那些紧闭的门，兰芳给张洪下了命令，张洪，敲门。

张洪面有难色，这不是扰民吗?

兰芳说，你又没穿警服，况且我们是买东西，又不是让你查户口，扰什么民呀。

张洪嘟囔了一声，搞什么鬼名堂呀。

郎干说，让我去试试吧。

兰芳盯了张洪一眼。

郎干敲开了一家花圈店的门。

店主是个脸色煞白的中年妇女，她把铝合金的卷帘门拉了个半人高，睡眼惺忪地说，钻进来吧，这都什么时候了，还来买东西。兰芳说，对不起，对不起，打扰你了。中年妇女说，没什么对不起的，做死人的生意，本来就不分昼夜，要什么东西你们自己进来挑吧。

他们就挨个钻了进去。

店铺里只要和死人有关的东西，应有尽有，堆满了店铺的货架。店铺里散发出糨糊和纸张的气味。兰芳买了些纸钱，郎干买了一件白色的纸衣，兰芳想了想，也买了一件纸衣。

然后，他们就离开了。他们买东西时，张洪一直没有说话，他搞不懂兰芳在搞些什么。

中年妇女在他们离开后，哗地拉下了卷帘门，她说了声，现在鬼也该睡觉了。

当他们三个赶到夏敏出事的地点时，已经是凌晨两点了。

时间总是在人们不经意的时候悄悄地飞快地流逝。兰芳没想到出事的地点离钢琴酒吧那么近，也就是只有三百多米远。这时的街道上车辆已经十分稀少了，钢琴酒吧也该打烊了。郎干说，夏敏也就是在这个时候出事的。

兰芳说，我们赶快行动吧。

于是，兰芳就在夏敏出事的地方烧起了纸钱。

郎干也烧起了纸衣。

红色的火苗往上蹿着。

燃烧是无声的，就像逝去的生命。

兰芳边烧着纸钱，边说着什么。

郎干也在说着什么，火光中，他的眼中噙着泪水。

张洪站在那里，他双手抱在胸前，看着他们，他不相信这是出现在现代都市的情景，尽管这事在百姓中间并不鲜见，老百姓有自己解决问题的方式或者说有自己的心灵寄托。

他不明白的是这是两个受过高等教育的人，也在做着这样的事情。

他们烧完东西，正要离开，一辆出租车飞驰而过，把那些纸的灰烬卷起来，纷纷扬扬，像是满天的雪花。

兰芳不知道，他们赶到这里时，安蓉刚离开不久。

6

安蓉进入了电梯，她又闻到了那股狐臭的味道。她用手捂住了鼻子和嘴巴。电梯很快到达了三楼。哐当一声，电梯门开了。安蓉逃也似地出了电梯的轿厢。她长长地舒了一口气。

她跺了一下脚，走廊上的感应灯亮了。

安蓉看到一个人站在自己的面前。一个满头白发的老太太背对着她站在她面前。背影看上去很像那个死去的邻居李老太。安蓉往地上看了一眼，地上没有影子。老太太慢慢地转过了头。安蓉抑制不住地大声尖叫起来——

老太太转过了身，她的手捂着胸口，你叫什么呀，吓死我了。安蓉定眼一看，原来不是她原来居住地的邻居那个死去的老太太。

安蓉问，你是谁？

老太婆松弛的脸皮抖了抖，我还没问你是谁呢，你三更半夜叫什么，吓死我了。

安蓉说，我叫安蓉，是人民医院的护士。

老太太笑了笑，噢，你就是安蓉呀，你现在住三〇八房是吧，我叫柳朝阳，是居委会的。三〇八房三年没住人了，你住得还好吧？没看到什么吧？

安蓉奇怪，这么一个老太太，深更半夜不睡觉，想干什么呀？她问道，你怎么不睡觉呀？

老太太说，人老了，神经衰弱得厉害，我老是听见有什么声音，吵得我睡不着呀，在床上烙饼一样翻来覆去睡不着。就干脆下来走走。这是什么声音呀，都三年了，吵得我三年没睡过好觉，三年了，唉。老太太开始自言自语起来。

安蓉说，老太太，你没事吧。

老太太没有理睬安蓉，桨一般一摇一晃地走上了楼梯。

安蓉看着她的背影问道，老太太，你怎么不坐电梯上去呀？

老太太停住了脚步，她回头对安蓉说，我从来不坐电梯，走楼梯好，踏实。说完，她诡异地朝安蓉一笑，松弛的眼皮抖了几下。

老太太的话里好像有话。

安蓉实在琢磨不出老太太话中的深刻含义，还有那个诡秘而意味深长的笑，安蓉没有往下细想，她走到了自己的房门口。

她又看见了一束红玫瑰。

她拿起那束红玫瑰，从花里抽出了一张纸条。上面什么字也没有。她进了屋，刚关上门，就听见了电梯门开的声音。她回头一看，走廊里没有人，她听见电梯门哐当一声关上了。

安蓉关上了门，一阵沉重的脚步声朝她的房门口压过来，沉重而迟缓，一步一步。

安蓉的心提到了嗓子眼上。

是谁?

第十七章

1

王子洋的眼圈发黑，他的两边太阳穴一跳一跳地疼痛。

他早上七点就离开了安蓉的家，昨夜，他到处找都没有找到安蓉。他就决定去安蓉的家门口等待安蓉，没想到安蓉已经回到家里了。一进屋，他就抱住了安蓉，边亲吻着她边说，亲爱的，你跑哪去了，你吓死我了。

我真担心你出了什么事。安蓉嗔怪他，说是他把她扔下了。

看到了眼前真实的安蓉，他没有和她争辩。反正人已经回家了，谁是谁非并不重要，他说，对不起，是我不小心把你扔了。安蓉用小拳头敲着他的胸膛，你坏，以后再把我扔了，看我怎么处置你。他们就搂抱着倒在了床上。

王子洋上班后就在想，如果昨天夜里不和安蓉做爱，兴许他的头不会那么痛。

他一进医生办公室，就看到小沈在向主任汇报一件事，好几个医生边穿白大褂边听她说着一件事。

王子洋从挂钩上取下了自己的白大褂，面无表情地边穿衣服边听她们说话。小沈的脸色不太好，她的两只水汪汪的大眼睛不时地闪过一丝惊恐的神色。

王子洋穿好衣服，坐在自己的位子上，看着自己分管病人的病历卡。他听了一会儿就听出了小沈说话的大概内容。

原来昨天晚上下半夜是小沈当班，本来是安蓉的班。

安蓉因病休息，小沈就顶上去了。

小沈交接完班后，就在各个病房巡视了一圈，发现没什么异常，就回到护士工作站，按医生开的处方配药，她必须配好药以便明天早上下班前分发到各个病房。她正在配着药，突然警示灯亮了，她一看是十七床有事，她就急匆匆地赶过去。她不太喜欢十七床这个小伙子，他的脾气很坏，动不动就骂人，她还被他骂哭过。她一进十七床的病房就问他有什么事。十七床说，我要小便，小沈就把尿盆放在了他的下面，十七床完事后对小沈说，谢谢。小沈诧异极了。

今晚是怎么啦，十七床还会说谢谢。小沈的心情顿时晴朗起来。她回到护士站后，心情马上就变了。她的尖叫声把值班医生也吵醒了。值班医生出来后，看到惊呆了的小沈站在那里浑身颤抖，她的眼窝里积满了泪水。护士站墙上的衣服挂钩上挂着一只死猫，猫的嘴上还往下滴着血，猫是倒挂在那里的，头朝下。猫的血流了一地。猫眼还在发着琥珀色的光芒，诡异地凸着。值班医生的出现，让小沈的一颗心慢慢地放了下来。值班医生马上给医院的保安打了电话。保安看了第一现场后就把死猫弄走了。值班医生看没有什么其他事就回他的房间去了。

小沈弄干净地上的猫血后才提心吊胆地开始工作。一直到天亮。主任一上班，小沈就向他做了汇报。

王子洋心里又忐忑不安了。

他知道这个往护士站挂死猫的人是谁，但他不能说，那人还在威胁着自己，他必须找到一个良好的解决问题的方式，否则他永无宁日。

主任听完小沈的叙述，就让她下班回家休息去了。医生们议论说，这一定要追查，否则我们没办法开展工作了，主任说，大家先去工作吧，准备一会儿查房，这事情我会向院领导汇报的，会给大家一个答复的，同时，也要提醒值夜班的护士，要保持警惕，注意自身的安全。

护士和医生们接连走出了办公室。主任笑着对王子洋说，王医生，安护士的身体恢复得怎么样？让她多休息两天吧。你可要好好照顾她哟，你要是让她受委屈，我可饶不了你。

主任脸上的笑容显得轻松愉快，好像小沈刚才什么也没有说过。

王子洋说，谢谢主任的关心。

还在办公室的同事们就七嘴八舌地说开了。

王医生，什么时候吃你的喜酒呀？

王医生，你真是艳福不浅，这么漂亮的冷血美人也被你搞到手了，你用了什么好办法？给我们传授一下经验。

王医生，美女难伺候哟。你可要有心理准备。不要到时候成了妻管严。

……

王子洋对他们笑笑，他决定去看看和他一样关心安蓉的十七床。他觉得眼前总有一层黑暗在压迫着他，眼神也无法神气起来。

2

兰芳休息了几天，她心里还是比较满意的，让她不快的还是报社关于她和主编的谣传。她希望夏敏再不要缠着安蓉了，可怜的安蓉经不起刺激和惊吓。长期这样下去，她非疯了不可。世间本无事庸人自扰之。也许安蓉的问题根本就和夏敏无关，如果这样，那最好不过了。兰芳开车去报社上班的途中，她看到一个漂亮的扎着两条小辫子的小姑娘快乐地穿过人行道，兰芳好像在哪里见到过这个情景。她在记忆的深处搜索着这个情景，大脑指针指向了孩童时代。

兰芳心里缓缓地浮现了一个眼神忧郁扎着两条小辫子的漂亮小姑娘。那两条小辫在那段时光中一点儿也不快乐。

小安蓉刚到孤儿院的那段时间，几乎每天晚上都要发出凄厉的尖叫。

兰芳记得很清楚，那些夜里的事情。

兰芳和小朋友们被孤儿院的阿姨们哄睡了。半夜的时候，兰芳和小朋友们被那尖锐凄厉而持久的尖叫声吵醒了。尖叫声是从小安蓉的喉咙里发出来的。小朋友们都捂住了耳朵，尖叫声似乎要把他们的耳膜穿透。

兰芳在黑暗中惊呼，安蓉，你怎么啦？你怎么啦？

安蓉的尖叫声撕裂着兰芳的心肺，兰芳泪流满面。

房间的灯亮了。

老院长和孤儿院的阿姨们走了进来。

小安蓉坐在床上，她还在不停地尖叫着。她的脸色铁青，两眼惊惶无神，淌着晶莹的泪水。

老院长抱起了她，抚摸着她的头说，好宝宝，别哭，好宝宝，别叫，奶奶抱着你，奶奶疼你，爱你，喜欢你。唉，可怜的小宝宝，奶奶的心都碎了。

在老院长慈爱的哄声中，小安蓉停止了尖叫，紧接着，她就呜呜地哭出了声。孩子们都坐在那里，睁着眼睛看着老院长和她怀抱里的小安蓉。

老院长怀抱着小安蓉在房间里踱来踱去。

她口里不停地说，好宝室，乖宝宝，不哭，不哭。

阿姨们都让小朋友们睡觉，让小朋友们不要害怕，说安蓉妹妹只不过是做了一个噩梦。小朋友们很听话地一个一个躺下了，盖上了被子。

只有兰芳没有躺下，她的眼中还在淌着泪水。

一个阿姨走到了她面前，对她和蔼地说，小兰芳，睡吧不要怕，睡吧。

兰芳说，安蓉妹妹不睡，我也不睡。

小安蓉在老院长的呵护下，终于停止了哭泣，闭上了双眼。

她也许是哭累了，叫累了，需要入睡了。老院长轻轻地把小安蓉放回床上，给她盖好了被子，轻轻地叹了口气，满眼怜爱地注视着小安蓉。小安蓉长长的睫毛上还是湿淋淋地粘在一起。

这时，老院长轻声地对兰芳说，好兰芳，安蓉妹妹睡了，你也睡吧。兰芳这才揉了揉眼睛，躺进了被窝。

那些日子里，兰芳总以为有一只狼在睡梦中撕咬着小安蓉。她不知道小安蓉为什么会尖叫，安蓉从来没有向她讲过那时候梦中的情景，她不知道安蓉梦境里究竟出现过什么东西，一直到长大成人。兰芳也不愿意问她，怕勾起她对可怕梦境的痛苦回忆。有些女孩子是从来记不住自己梦中的事情的，但愿安蓉也是那样的女孩子。

兰芳的车堵住了。

她不敢熄火，怕这老爷车一熄火就启动不了了，满大街的汽车都没有熄火，它们低沉地呜咽着，像是一声声叹息。

兰芳看着这个城市里密密麻麻堵在马路上的大大小小各色各样的汽车，心里十分不畅快。她想起了安蓉的另外一次尖叫，那次尖叫不是在夜里，而是在阳光灿烂的大白天。

那是个正午。

兰芳鼓动小安蓉和她一起去街上买雪糕吃。小安蓉就跟她出去了。她们溜出孤儿院的大门后，用目光搜寻着哪里有雪糕卖，她们看到不远的街对面有个卖雪糕的老太太守着一个雪糕箱子。

她们就决定穿过街道去买雪糕。

小安蓉站在那里，她轻声地对兰芳说，小姐姐，我不过去好吗，我在这里等你。

兰芳经常偷偷地出来，她显得很老练。她拉起了小安蓉的手说，别怕，我带你过马路。马路上车来车往。小安蓉的手在颤抖。兰芳不知道她的手为什么要颤抖，她抓住了一个空当，拉着小安蓉走向了街道，虽说街道并不宽，但车来车往也是十分危险的。兰芳拉着小安蓉的手到了街的中央。她们过不去了，两边的车都不减速，也不让她们过去，来回地在她们的身边呼啸而过。

兰芳显得很从容，她想，等车少了再穿过去。

她没有发现小安蓉内心在起着变化，不一会儿，小安蓉就大声尖叫起来，她像生了根一样立在那里，没有车了。她也挪动不了步子。她的脸色铁青，尖叫得那张美丽的小脸都变色了。结果，等老院长闻声出来，才把小安蓉哄回去。

车终于开动了，兰芳松了一口气。

兰芳来到报社，小王对她说，兰记者，刚才主编说等你来了后让你去他办公室，他有事情要交代你做。兰芳的脸沉了下来，她知道，此时有许多莫名其妙的目光在瞟着她，准备看她的笑话，说不定，她只要一进主编的办公室，有关她的绯闻马上就会在报社流传。进去还是不进去呢？兰芳在考虑着。

她没想到，那个秃顶的小老头主任会出来叫她，兰记者，你来了，到我办公室来一下。

兰芳没有办法，只好硬着头皮进去了。

别人要说什么就让他们说去吧，人不能因为谣言而死。兰芳故意挺起胸脯，抬着头高傲地走进主编的办公室。

兰芳笑着对主编说，主编大人，又有什么任务呀？

主编的小眼珠子盯着兰芳说，你说对了，有任务，有重要的任务。

兰芳着急了，有什么任务，你快说呀。

主编耸了耸眼镜，小眼珠子里射出锐利的光芒，山南县警方破获了一起重大的儿童拐卖案，你赶快前去采写一个深度的长篇通讯。要快！我已经和山南县警方联系好了，你到了以后，直接找县公安局管刑侦的周副局长，这案子是他亲手抓的，也是他向我们提供的报料，他会好好地给你提供采访便利的。

兰芳说，什么时候出发？

主任盯着她说，最好马上就走，要抢在其他报纸的前面。

有什么问题吗？

兰芳说，你知道我的破车，上次去水曲柳乡村采访就差点回不来了，这里到山南县一百多公里，还有几十公里的山路，我那车恐怕吃不消。

主编想了想说，那你开社里那辆新桑塔纳去吧，我和办公室说一下，你到办公室主任那里取车。我强调一下，要快，最多给你五天的时间。有把握吗？

兰芳说，没问题。

兰芳知道，她这次出去采访，回来后又有什么关于她的小道消息流传了，但是她管不了那么多了，她希望自己写出第一流的新闻作品来，现在这个社会，在任何一个行业要出人头地都是那么的艰难。兰芳想，自己要做最好的记者，其他问题她暂时不去考虑。

3

安蓉打开了电脑。

她从文件夹里找出了一张照片。

那是她自己的照片，她穿一袭紫色的长裙，秋天的阳光泻在她明媚的脸上。她身后是一片红色的水杉树，照片中的她清新而有青春的活力，那眼睛是一汪秋天的湖水，透明清澈，没有一丝杂质，那袭长袖的紫色长裙把她衬托成了一位仙女，长裙的鸡心领开得很低，可以看见她圣洁的胸脯，美妙的乳沟若隐若现，领口袖口和裙摆上的蕾丝花边使她看上去十分高贵。

从这张照片上根本就看不出这是一位从孤儿院里出来的姑娘，倒像是一位大家闺秀。她知道，她身上的美和透出的高贵气质都是她父亲和母亲给予她的。从这张照片上，可以看出她父母亲的影子。

安蓉清晰地记得，这照片是刚和王子洋恋爱的时候，王子洋带她去郊游时用数码相机照的，她从小到大照了许许多多的照片，她最爱的就是这一张。

王子洋也十分偏爱这张照片。他家里墙上挂的那张大幅的照片就是这张放大的。

如果母亲看到她的这张照片，她一定会十分欣喜的，她的女儿是女人中的极品。这话应该是王子洋赞美安蓉的。安蓉却不喜欢他这样说。

安蓉不知道身居何方的儒雅的父亲是不是还活着，是不是在天涯的另一边想念女儿和妻子。母亲的离去，他一定不知道，女儿长成了一个美丽的仙女他也不知道。安蓉想起父亲，眼中就闪烁着波光。父亲决绝离去的背影变成了一个巨大的黑洞，在吞噬着她纯真的挚爱和如水的情感。

她抚摸了一下电脑的屏幕。

泪水模糊了她的眼睛。

那只绿蚂蚱出现在电脑的上面，它蛰伏在那里，鼓起的两只绿色的眼睛发出奇怪的绿色光芒，凝视着安蓉。安蓉用纸巾擦去了眼中的泪水，突然，电脑屏幕一片漆黑，她美丽的照片顿时无影无踪。她的身体触电般颤抖了一下。她的目光变得迷离。

安蓉站起来。

她来到衣柜旁，打开了衣柜，她一件一件地翻着衣服。

安蓉寻找着。

她的表情严肃而认真。

她的眼中倏地闪过一道绿光。她看到了那条白色纱质的带着蕾丝花边的长裙，她把它从衣架上取下来，放在了床上。

安蓉缓缓地脱掉了睡袍。

她的身体上有种珍珠般圆润的光泽，她的皮肤没有一点儿瑕疵。她的右手轻轻地在自己的左手臂上滑下，光线中她的手臂上细细的绒毛像春天里刚刚长出的嫩芽。

安蓉穿上了那袭白色的长裙。

她在镜子前照了照，然后把长发拢起来，用梳妆台上那个以前房客留下来的镶满宝石的发夹束住了头发，她细嫩洁白的脖子一览无余。

做完这些，她打开了梳妆台上的小抽屉，从里面拿出一张写满字的纸条，放进了白色的小坤包里。她来到门边，穿上了那双白色的高跟鞋，走出了门。在安蓉关上门的刹那，电脑屏幕突然又闪动起来。

安蓉在等电梯的时候，那个叫柳朝阳的老太太刚好从楼梯上下楼。她看到安蓉的背影，吃了一惊，眼中闪过了惶惑的神色。她的脚步停住了，呆呆地看着安蓉的背影，嘴巴微微地张开。

安蓉回头看了她一眼。

柳朝阳老太太很不自然地笑了一下，是你呀，安小姐。

安蓉没有理她。电梯很快地哐当一声把安蓉吸了进去。

电梯门关上前，柳朝阳老太太看到的依然是安蓉苗条的背影。

柳朝阳老太太吸了一口冷气，怎么会那么像呢，从背后看简直一模一样，如果不是她回了一下头，我还真以为是她。

安蓉走出小区大门时，那两个穿着黑色制服戴着大盖帽的保安目不转睛地盯着她。安蓉感觉不到他们的存在，在安蓉眼里形同虚设的两个保安的目光一直粘着安蓉的背影，直到她消失。

一个保安说，美女总是旁若无人。

另一个保安说，再美也是属于男人的。

他们俩相视一下，笑了起来。

4

安蓉前脚刚走，兰芳后脚就来了，她是来向安蓉道别的。

她发现安蓉不在家，知道她有事出去了。或者是和那个伪君子王子洋在一起。

她从包里找出一个采访本，在上面刷刷地写了一页纸，从门底下的缝隙中塞了进去，然后就匆匆离去。她万万没想到，她这一离去后会发生许多令她预想不到的事情。

安蓉一直沿着东方路往东走，阳光洒在她的身上，给她镀上了一圈光环。

她往前约摸走了一站地，然后拐了一个弯，进入了一条小街。

小街上很热闹。街两旁各色各样的小食店林立。就在那些小食店的中间，有一家店面很小，看上去很古旧的中药铺子，上面黑色的招牌上写着这几个烫金的大字：王守常中药店。那几个烫金的大字写得风流倜傥，落款就是王守常。安蓉来到了王守常中药店，抬头望了一下上面的牌匾，然后就走了进去。

店里充满了浓郁的中药气味。

一个老头坐在柜台后面的靠椅上看一张《赤板晚报》。

安蓉进来了，他也没有看见。

安蓉一声不吭，她站在柜台前，看着看报的老头。老头偶尔地抬动一下眼皮，他看见了安蓉，他没有马上站起来，而是看了一会儿报纸后才收起报纸，慢条斯理地站了起来，把报纸放在了柜台的一边，看了看安蓉，说，小姐，要点什么药?

老头的眼睛炯炯有神，和他长长的白胡子很不相称，这应该是一个老眼昏花的人。

安蓉没有说话，她从包里拿出了那张字条，递给了老头。

老头接过那张纸条，展开，看了看，他又抬眼看了看安蓉，说，这个方子已有年月了吧，怎么，你也用?

安蓉没有回答他。

老头嘟囔了一声，今天碰到一个哑巴了，这姑娘要真是个哑巴就太可惜了，如果她点的药是她自己用的话，那这姑娘就更可惜了。

安蓉的脸上毫无表情。

老头就自顾自地点起了中药，他一味一味地用小厘称称着，然后把称好的药放在报纸上，他的动作缓慢，时光在他点药的过程中变得悠长，没有一点儿声音。安蓉也挺有耐心，她一直无言地等着。

好不容易点完了药。

安蓉没有等老头拨弄算盘算好账，就把钱放在柜台上，提着那几包中药出了药店的门，老头这下惊讶了，他算了一下安蓉放在柜台上的钱，一分不多，一分不少，一十八块八。

他抬起头，搜寻安蓉的背影，安蓉已经不见了。

他喃喃自语道，这姑娘怎么和三年前那个来抓药的姑娘那么相似呢。一样的白连衣裙，点一样的药，就连她头上的发夹也是一模一样的，这事邪门哪！我这辈子碰到的邪门事还算少吗？！

说完，他又拿起了《赤板晚报》，坐在靠椅上，有模有样地看起了报纸，他竟读出了声，本市汽车的购买率有大幅度提高，据业内中士透露，在秋天来临之前，还会掀起一个购车的新高潮……

5

派出所办公室的吊扇疯狂地转着，时不时发出一些咔嚓咔嚓的怪声。吊扇会不会突然掉下来？办公室里只有三个人，张洪、李文学和胡菲，张洪手捧一杯热茶慢吞吞地喝着。李文学坐在办公桌上，两条长腿不停地晃荡。他的脸色不太好，女警胡菲在看《赤板晚报》，一副严肃的样子。

李文学叹了一口气，警察这口饭是越来越难吃了。

张洪看了李文学一眼，文学，张良现在怎么样了？

李文学说，能怎么样，听天由命，接受调查啰。

张洪说，张良真是够倒霉的。

胡非插了一句嘴，我看张良平时就挺狂的，说不定那事真的和他有关，一个人不可能平白无故地死在拘留室吧？！

李文学说，胡非你别乱说，张良是我哥们儿，我太了解他了，我问过他，他说他就踹了那小子一脚，而且是踹在屁股上的。你说一脚踹在屁股上能出什么事，那小子一定自己有病，等尸体解剖出来就真相大白了。

胡非不说话了，还是继续看她的报纸，她看报纸极为认真，连中缝里的广告也不放过。

张良是另外一个派出所的巡警，昨天晚上，他逮住了一个企图强奸过路少女的男子。那男子四十多岁的模样，络腮胡子，相当的结实。他在追逐一个少女时被张良逮住的。张良抓住他后，他比张良还凶，对着张良破口大骂，说张良乱抓人，他是和那个少女在谈恋爱。那个少女早就跑得无影无踪，张良就把他带回到派出所。在派出所录口供的时候，那男子还是对着张良破口大骂，说他滥用职权，抓错了人，还扬言要告张良，让他下岗。张良也是个爆脾气，过去踹了他一脚。这一脚踹在男子的屁股上，这可不得了了，男子更疯狂了，说警察怎么可以打人，无法无天了。口供是录不下去了，又不能放了他，张良就把他关在了派出所的拘留室里。张良万万没有想到的是，今天早上一起来，他打开拘留室的门，发现那男子死在里面了。张良呆了，马上就报告了领导。这可是一件十分蹊跷的事情，他只踹了那男子一脚，怎么就死了？他百思不得其解，这事儿可就大了，自从广州的孙志刚事件后，更加地从严治警了。出了这样的问题，他张良该负什么样的责任呢？调查组很快就找到了他，他面对的将是什么，他一无所知。

世事的无常让他觉得做人索然无味。

张洪笑笑，文学，我想张良不会有事的，说不定那小子就是有病，比如说心脏病什么的。

李文学说，就是查出那人有心脏病，张良也免不了受处理呀，你想想，他心脏病是由谁引发的？另外，媒体要是报道出去，那张良就惨了，他的确有很多说不清楚的地方。

张洪点了点头。

李文学说，我看这警察是没法干了，干脆改行算了。

张洪说，如果让你改行，你能干什么？

李文学十分茫然的样子，是呀，我能干什么？

张洪说，好了，文学，别为你哥们儿张良担心了，还是多担心担心自己吧。这年头干什么都不容易。

李文学叹了一口气，唉，真是不知怎么办才好了。

张洪说，现在做事情对得起自己的良心就可以了。

李文学点了点头。接着，李文学说他昨夜巡逻时差点抓住了一个怪人。

张洪说，什么怪人，说来听听。

李文学说，我看见安护士住的那栋楼街外面有一个人从外墙攀着住户的窗户和阳台往上爬，我纳闷他怎么不从正门进去坐电梯上楼。我看见那怪人时，他刚好爬到一楼，我用手电筒照了他一下，怪人的身手敏捷，跳下来飞快地跑了。我真是个笨蛋，追了两条街还是让他给跑了。

张洪喝了口茶说，你真是个笨蛋。是小偷吧。

李文学说，也许，没抓到他真是便宜了他，当时已经是凌晨两点的光景了。

张洪站起来，拍了一下李文学结实的肩膀，喂，哥们儿，你怎么老是在人家安蓉的楼下巡逻呀。上次你说碰见她上夜班还送了她一程。今天又说在她楼下碰到了一个怪人。

胡菲说，李文学看上人家安护士了呗。现在的男人看上漂亮的人就不要命，好像天下的美女都是为他准备似的，也不撒泡尿照照，自己是什么德行。

李文学拉下了脸，胡菲，我可没招惹你呀，你别没事找事，小心我和你急。

胡菲白了他一眼，嘿嘿，说到你痛处了吧，别说你和我急，你就是和我练我也不怕你，不信你试试。男子汉大丈夫敢作敢当，心里想什么就说什么呗，有什么好隐瞒的。

张洪，你评评理，我说的有没有道理。

张洪笑了，好了好了，别吵了，李文学如果真想追安蓉呀，我看没戏了，人家名花有主啦。

李文学说，我才不信那个邪呢。只要她一天没结婚，我就有追求她的权利。

胡菲也说，李文学，说出心里话了吧，这才像个男人。我佩服你在情场上屡败屡战的精神。

李文学气鼓鼓地说，好了好了，胡菲，你也别控告我了，我斗不过你，我求饶，行了吧。

胡菲这才放过了李文学。

胡菲看了会报纸，突然说，这真是邪了，现在的人还真是越来越有钱了，买车成风了。车越多呀就越麻烦，交警那边的通报说，这个月的交通事故又创新高，形势不妙呀。

张洪正要开口说什么，电话铃急促地响起来。

张洪一把抓起电话，喂，哪位？噢，是兰芳呀。什么，你又要出差，到山南县。好呀，你到山南，可以找东街派出所的古月胡，他是我的哥们儿，警校里同居一室的难兄难弟。说什么呀，什么同性恋，你去找他，没错，他不好好招待你，我就在电话里啐他。什么？噢，他们县局的周副局长接待你呀，那敢情好。知道了，我会照顾好安蓉的，你放心，你就开那破车去呀，噢，是报社的新车，这就好，这就好。好的，我下班就去报社取你的车用。知道了，你放心吧。我能做什么事呀，什么阳奉阴违的，和你那么久了，你还不相信我？！好的，注意安全呀，我等着你顺利归来，拜拜。

胡菲说，够腻的呀，恶心。

张洪笑着说，胡菲，你今天魔怔了呀你，怎么谁都噎。

胡菲说，本小姐今天心情不错，逗你们玩玩，怎么，你们家的兰大记者又要出差采访呀。

张洪骄傲地说，可不，又是什么重头稿，等着瞧吧。

胡菲突然问李文学，文学，你这两天没有在晚上听到女人的哭声吧？还有没有看到那白色的连衣裙？

李文学看着她，怪怪地笑了笑，你希望我听到和看到吗？

胡菲低下了头，继续看她的报纸，好像根本就没有问过李文学什么问题。

6

安蓉提着几包中药回到了家里。她看到了兰芳留下来的字条，她看也没看就把它揉成了一团，扔在了废纸篓里。阳光从窗口射进来，安蓉眼神迷离。阳光在安蓉此时的眼中成了怪物，她来到窗边，伸手去触摸阳光，可她什么也没有摸着。安蓉使劲地拉上了窗帘，房间里黑暗起来。

墙上母亲的照片闪了闪，黑玫瑰的脸又浮现出来，那张脸上带着一丝苦涩的笑意，美丽的脸在一瞬间憔悴下来，脸上突然布满了可怕的黑色斑点。安蓉瞥了她一眼，身体又触电般颤抖了一下。

安蓉提着几包中药进了卫生间。

她把门窗全关上了。

安蓉把中药一包一包地拆开，然后一包一包地倒进了大木浴桶里。然后她打开了水龙头，把水温调到最高，冒着白汽的热水就汩汩地注入了浴桶。她一屁股坐在马桶盖上，看着热水在浴桶里慢慢地满起来。不一会儿，中药浓烈的气味就弥漫了卫生间，整个卫生间热气腾腾，像个桑拿房一样。

安蓉脱掉了衣服，一丝不挂地坐在马桶盖上，不一会儿，她光洁如玉的肌肤上就渗出了细密的汗珠。她大口地呼吸着，中药的气味进入了她的五脏六腑，她的眼中浮着一层绿莹莹的光。

7

七喜大口大口地喝着烈酒。

他边喝酒边把酒倒在女人的照片上。

照片被酒泡湿了，慢慢地裂开，就像一具慢慢融化的尸体。

窗外的阳光灿烂。

谁能与七喜一同享受阳光和烈酒？

只有照片上的这个女人。

对这个女人，他的爱胜过了恨。

只要爱多过恨那么一点点儿，恨就不成为恨了，爱包容了它，在那些女人去和别人偷欢的夜里，七喜就会抓住自己的头发，企图把自己从一个巨大的泥沼里拔出来。他用烈酒浇着自己的幽怨和愤怒。愤怒是隐藏在体内的巨大的魔鬼，几乎要撕裂他的肉体。

他喝得双眼血红，等待着女人的回归。

女人是只喂不饱的母狗，她不可能从七喜身上得到满足，但当她从别的男人身上得到片刻的满足之后，她就会回家。迎接她的是七喜的鞭子。狂怒的七喜剥光了她，把她绑在床上疯狂地抽打着她。

女人一点儿也不觉得疼痛，尽管她被抽打得伤痕累累，她口里发出快乐的呻吟，打呀，使劲地抽呀，真爽呀，爽呆了……女人的情欲又一次被七喜的鞭子激发起来，她还不停地扭动着蛇一样的身子。

看到这种情景，七喜泪流满面，他扔掉手中的鞭子，扑上去，松开了绑住女人的绳索。女人把泪流满面的七喜按倒在床上，疯狂地吮吸着七喜的腋下，鼻子像狗一样地嗅吸着。七喜轻声地说，不要，不要，不要喜欢我腋下的气味，连我自己也讨厌它，连我妈也讨厌它。

女人就抱住了七喜的头，把他的头压在她鼓鼓的胸脯上，动情地说，孩子，妈妈不嫌弃你，你是天底下最好的男人。七喜就呜咽起来，他抱住了女人，把女人的乳头咬在了嘴里，咬出了血。女人说，孩子，咬吧，这是你的，一辈子都是你的，你使劲咬吧。七喜疯狂地进入了女人的身体，他在波峰浪谷的颠簸中到达了天堂。

女人在他完事后，去放好了水，和他一起泡着澡。

七喜恢复了正常，他对女人央求道，亲爱的，你答应我，你再也不要去他那里了，他可以给你的，我同样可以给你。

女人温顺地答应了他。

他帮女人洗着身子，那一刻他成了这个世界上最幸福的人，幸福来得那么快，那么真实。洗完澡后，他躺在床上，女人帮他的腋下涂着她从法国带回来的香体露，这种香体露有神奇的功效，涂上后，他的狐臭就消失了，还有一种淡淡的香味。他的幸福感达到了巅峰的状态。

女人的外遇就像月经一样，总会在一段时间后来临，又消失。

七喜曾有段时间对爱情失去了兴趣。

他在黑夜里，面对着各种各样的尸体，用自己出色的手艺倾诉着心底的爱。

那些尸体不会折磨他，尸体不再多变，尸体是他最诚实的爱人，他的付出踏实而有力。他把支离破碎的各色各样的尸体打扮好，送上天堂。天上的每一颗星星都是尸体变化而成，在黑夜里为他指引着道路。

七喜又猛地喝了一口烈酒。

女人消失了，就像说过的话，消失得无影无踪。

再没有人让他愤怒。

没有人让他鞭挞。

没有人让他抚摸做爱。

没有人喜欢他的狐臭，没有人给他涂上香体露，没有人抱着他的头说，孩子，我是你的，永远是你的……七喜疯狂地把酒瓶砸在了地上，发出了一声巨响。

不一会儿，他听到了门铃的声音。

他用毛巾抹了一把脸，开了门，他只开了一条缝。

一个男人对他说，兄弟，我是你楼下的邻居，麻烦你照顾点好不好，孩子刚满月，你这样老是弄出地震一样的声音，孩子会受惊吓的。就算我对不住你，为了下一代的健康成长，我求你高抬贵手，安静些好不好。要不，我跪下给你磕头。

七喜一副和善的笑容，对不住了，我以后注意，以后注意。

那男人说，如果这样，那就烧高香了，我感激你，我代表我的祖宗八代，代表我的千秋万代感谢你。我天天把你当活菩萨供着，给你烧香跪拜，兄弟。

七喜关上了门。

他把玻璃的碎片一点儿一点儿地捡起来，轻轻地放进篓子里，一点儿声响都没有。做完这一切，他又拿起了那张裂开了的照片，轻轻地说，林丹，亲爱的，你如果真的离不开王子洋，你真的爱他，请不要照顾我的情绪，不必对我委曲求全，我会让他和你一起去的，亲爱的林丹。

七喜的眼中流动着水的波光。

是什么东西把七喜给惊醒了？他睁开眼茫然四顾。但细小的老鼠眼中透出一种迷惘。他知道这是阳光明媚的正午，他家里是一片黑暗。他觉得今天要去做些什么事情。

他长长地呼出了一口气，然后起了床。七喜觉得有些渴，如果女人在家的时候，会给他送来一杯水或者一杯咖啡。女人知道他在起床时会渴，这是他多年来的习惯。可现在，对他十分了解的那个女人也不在了。他今天要去做的事情就是要为女人画一张像，他要拿着那张被他撕碎的照片让人为女人画一张像。

阳光刺得他的双眼疼痛，他已经习惯了黑夜。此时的七喜的确像只过街的老鼠。但没有人在意他，在街上的人流中，他是一个极普通的人，有谁会在意他呢？也许，在人流中，你一个不在意的人会突然消失掉，这似乎也是很正常的事情，有谁会在意一个人的突然消亡呢？比如他是怎么死的，死后又怎么样？七喜身上散发出的香味也没有让人从人流中把他区别出来，只有当他走进一家画像店时，他身上的香味才引起了正在画像的老画师的注意。老画师戴着一副老花眼镜，他抬起头，从鼻梁上取下了老花眼镜。他看到七喜的小眼睛正在门口和自己对视，他呼吸了两下，眉头皱了皱。老画师说，先生，你要画像吗?

七喜好像没有听见老画师的话，他走进了店门。这店不大，两面的墙上都挂满了画像，大都是黑白的画像，也有些上彩的，上彩的那些画像看上去十分虚假，脸蛋和嘴唇的颜色搭配得古怪而死气沉沉。

老画师低声说，这是个怪人。他把眼镜又戴上，然后继续画他的画。

七喜边看着画边走近了老画师。

七喜突然用他的娘娘腔问老画师，你墙上挂这些像都是死去的人吗?

老画师抬起头，凝视着他。七喜身上散发出的香味让老画师的呼吸有些紧张。老画师说，你说呢?

七喜笑了一下。他的笑让老画师的心颤抖了一下，老画师根本就没有办法把他脸上古怪的笑容描绘出来。七喜说，我说他们都是死人了，我可以从画像中闻出他们死亡的味道，阴冷灰暗还夹杂着一股丧气。

老画师的嘴巴张了张，他什么话也没有说出来，他认为七喜是个与众不同的人，这种与众不同让他恐惧。老画师一生阅人无数，为多少故去的人画过像，就是没见过七喜这样古怪的人。

七喜从口袋里掏出了那张照片，放在了老画师的面前。他说，请你给这个人画一张像，要黑白的，因为这人也是个死人。

老画师接过了照片，他的手有些颤抖。

七喜说完，就飘然而去了，留下了让老画师久久回味的那种气味。

8

安蓉泡进了浴桶里。她身体上的所有毛孔全部张开了。

中药浸泡的水是暗褐色的。

水渐渐地凉了。

卫生间里的水蒸汽也消失了，白瓷砖贴成的墙壁上往下面流着水。安蓉的脸色红润，她紧闭着双眼，身体一动不动。

她听到有人在风中歌唱。

那是一支乡村的民谣，唱歌的人底气很足，歌声又有些凄凉。

从歌声中可以感受到旷野的气息，水曲柳乡村旷野的气息。

歌声在风中传送着。

我吃了一只鸡
拉出了一根鸡毛
鸡毛被水冲走
从此一只鸡消失

歌声在风中消失了。安蓉睁开了眼，她发现墙上白色的瓷砖上，每一颗水珠都有一只眼睛在注视着自己，一些眼睛诡秘而阴险。安蓉还听到了嘤嘤的哭声。这哭声从何而来？为什么渗透进自己的生命？安蓉仿佛听到了女人哭声以外的笑声，那是些什么样的笑声？嘲讽、侮辱、伤害、欺凌……什么都有，就是没有善良、真诚和爱。安蓉在哭声和笑声中站了起来。

她觉得自己轻飘飘的，像一片云。

她打开了卫生间的门。

她飘了出去。

她来到了衣柜上的落地镜前。

她看见自己只剩下了一个美丽的头颅，脖子以下的地方没皮没肉了，是一具干枯的白骨。

是什么侵蚀了她的身体?

一片丰腴的土地变成了荒漠，原本的河流、草地、森林……一切都消失了。她抬起自己的手，她看着自己的手，那没有血肉的白骨森森的手。安蓉听到一阵尖叫，叫声似乎是从她自己的嘴中发出的。

在尖叫声平息下来之后，她听到一个平静的声音在说，没有任何药可以治你心中的病，肉体消失后，一切才归于平静，世间万象都是虚幻的，只有死亡最为真实。

也许死亡是快乐的。

安蓉希望母亲在天国快乐。

9

安蓉在一种声音的召唤下走出了家门，她要往何处去?

夜晚的风无拘无束，把她的头发扬起来。她一直朝医院的方向走去，路上的行人在她走过去后总是要回头看看她飘动的背影。他们觉得安蓉身上有一种怪异的味道。安蓉好像当他们都不存在，她走着自己的路，仿佛这个世界上就是她一个在夜晚行走的人。

大街上的汽车像一片一片的叶子，在不停地飘过。

安蓉也仿佛那些汽车不存在似的，她也听不到汽车的声音，这些平常让她恐惧的声音好像离她很远。

安蓉的身体其实也像一片叶子，在夜风中飘着。

呼唤她的声音从何而来?

安蓉一直朝那声音飘过去。

声音是细密的轻柔的还带着一种童稚。

那声音该不会是自己的声音吧?!安蓉想，她童年时代的声音也是这样的细密和轻柔，带着一种天真的童稚，母亲喜欢她的声音。母亲经常捧起她的小脸说，蓉儿的声音真好听，长大了要当个歌唱家。然后，她就真的唱起了歌，是妈妈教她唱的儿歌。可是，自从母亲离开她后，她就一直没有唱过歌，就是在孤儿院里，大家一起歌唱时，她也闭着嘴，听着其他的小朋友在唱。

不知不觉地，安蓉飘到了医院的门口。

那呼唤她的声音原来来自她工作的医院。

她在医院门口站了一会儿，朝里面张望着，突然觉得她工作了几年的医院是如此陌生。

那个年轻的保安在门房里趴在桌子上睡着了，安蓉轻飘飘地进入医院的门他一无所知，也许他正在做着一个美丽的梦。

安蓉飘进了医院，那呼唤她的声音消失了。

安蓉往住院部大楼走去，一路上没有碰到一个人。

她正要走进住院部大楼时，回头看了一眼，突然看到在昏黄的路灯下的树边站着一个穿着病号服的小姑娘。小姑娘的头光光的，她的一双眼睛黑黑的，看不到她的眼珠子，手上拎着一个布娃娃。

安蓉的心颤抖了一下，她说了声，小白玲，你怎么会在这里?

小白玲没有回答她，只是站在那里看着安蓉，一动不动的。

安蓉朝小白玲一步一步地走过去，此时，有一股冷风吹过来。

小白玲把那个布娃娃举了起来，高高地举过了头。

安蓉说，小白玲，我带你回病房里睡觉，你该睡觉了。

小白玲没有回答她，她说的什么小白玲好像也没有听见。

小白玲突然把那布娃娃扔在了地上。

安蓉眼看要走到小白玲面前时，小白玲突然消失了，那个布娃娃还留在地上。

安蓉悠长地叫了声，小白玲——

小白玲没有再出现。

安蓉从地上捡起了那个布娃娃一转身朝住院部大楼走去。

安蓉来到了儿科。

值班的护士看到了她，安护士，你怎么来了？

值班护士的脸色不是很好，看上去有些苍白。值班护士看到安蓉手只拎着的布娃娃，她的眼睛跳了跳，然后闪烁出一种奇怪的色泽，安护士，你是来看小白玲的吧？

安蓉点了点头，我刚才看她在楼下的，她跑得可快了，一下子就不见了，你有没有看她上楼来？

值班护士的眼睛睁大了，眼睛里充满了惊奇，什么？安护士，你说什么？

安蓉又重复了一遍刚才的话，还把手上的布娃娃举了起来说，你看，小白玲还把布娃娃也掉在楼下了，我给她捡回来了，我要还给她，小白玲最喜欢这个布娃娃了。

值班护士的脸色变了，她的声音也颤抖起来，安护士，你，你没有什么问题吧，你怎么能看到小白玲呢？

安蓉说，我没有问题呀，我真的看到小白玲了，否则，我怎么会捡到这个布娃娃呢。这个布娃娃是小白玲生日时，我送给她的，当时，她十分高兴，还唱了一首歌给我听。她唱歌的声音是那么甜美，我说她长大了一定会成为歌唱家的。

值班护士的声音还在颤抖着，安护士，可，可是你不可能再看到小白玲的了。

安蓉问，为什么？为什么不能看到她了，可是我刚才在楼下分明看到她的呀，你不要和我开玩笑，你们一定商量好了一起和我开玩笑的，是不是？我去病房里一看就知道了。

值班护士颤抖的声音还在继续，安护士，我没和你开玩笑，你，你真的不可能看到小白玲了。

安蓉说，不会吧？

值班护士说，真的，安护士，小白玲死了已经有三个小时了。你是不是去了停尸房？七喜把小白玲的尸体推走时，我把这个布娃娃放在了小白玲的尸体上的，怎么会在你手上呢？

安蓉喃喃地说，你说什么？小白玲死了？她怎么会死呢，她那么可爱，那么活泼，对未来充满了希望……她不会死的！不会！你一定是在骗人。

安蓉手上的布娃娃无声地滑落到地上。

第十八章

1

王子洋的心情稍好了一些，连续几天他和安蓉都没碰到什么危险。也没有人再把死猫挂在某地暗示什么了。那个神秘的电话他也一连几天没有接到，听不到令他心悸的喘息声无疑是一种放松。他以为一切都过去了，事情会随着初夏的过去而渐渐地好起来，生活也将充满金色的阳光。

难得有一个白天是他和安蓉都休息的日子，今天就是这样的日子。早晨一起床，他就决定做一件让安蓉吃惊的事情。

其实，他早就准备这样做了，因为杨林丹事情的困扰，他一直没有找到机会。

王子洋起床后，照例进了卫生间，痛快淋漓地排泄了一通，排泄让他备感轻松，排泄完后，他冲了个热水澡。冲澡在他的眼中也是一种排泄，把毛孔中细微的脏物排泄掉。冲完热水澡，他用浴巾围在腰间，对着卫生间里的镜子刮胡子。他用的是吉列剃刀。剃刀在他脸上一下一下地划着，有种奇妙的声音，他喜欢这种清爽的声音，这种声音让他有种清爽的感觉。

刮完胡子，他摸了摸泛青而又光滑的腮部和下巴，对着镜子咧嘴独自笑了一下。他又睁了睁眼，摆到个十分酷的姿势。他自言自语，格利高里年轻时也莫过如此。

然后，他用古龙香水往自己的腋下和耳朵后面喷了喷。他闭上眼，呼吸着香水的味道，有些陶醉。

他穿了一件白色的短袖衬衣，扎上了一条红色的金利来领带，穿着一条米黄色的西裤，足蹬一双擦得油黑发亮的皮鞋就出了门。他开着车，迎着金灿灿的阳光朝东方路驶去。路过一家花店时，他买了两束花，一束是白菊花，一束是栀子花。

来到了东方路十一弄的小区外面，他停好了车，就走了进去。

门口的保安没有拦他，要是一个农民模样穿着随便的人，他们一定会拦住他的，但神采飞扬的王子洋让保安既惧怕又羡慕。

安蓉一开门，就看到一束娇美的栀子花。

安蓉妩媚地笑了。

王子洋进屋，他吻了安蓉。安蓉说，我做梦还梦见妈妈给我头上插了朵栀子花呢，没想到你就买来了，你这个坏蛋，真会讨好人。

王子洋笑笑，路过花店，看到了就买了呗。

安蓉的房间还是老样子，没有什么变化，墙上安蓉母亲的照片上有她母亲慈爱的笑容。王子洋想，安蓉母亲一定是个善良的女人，和安蓉一样。

安蓉边往花瓶里插花，边说，子洋，你真讨厌，那么早就把我吵醒了，现在九点都不到。

王子洋说，已经快九点半了。

安蓉说，今天有什么安排呀?

子洋卖了个关子，现在不诉你了，我一天的行程都安排好了，你跟着我走就行了。

安蓉看着王子洋，她的眼中有些期待有些喜悦，你这个人就爱搞些浪漫的事情，也不怕人家能不能受得了。说着她就依偎在王子洋的怀里，双手抱住了王子洋的腰。王子洋呼吸着她头发上自然的清香，闭上了眼睛，他喃喃地说，安蓉，我爱你。

安蓉说，我也爱你。

2

兰芳这几天采访辛苦，累得她早上想赖在床上不起来，可一大早电话铃声就把她吵醒了。兰芳揉了揉干涩的眼睛，骂了声，妈的，催命呀!

是山南县公安局周副局长在宾馆大堂打来的电话，周副局长问她起床没有。

兰芳躺在床上撒了个谎，起床了。周副局长，你稍等一会儿，我马上下来。

她差点忘了，今天早上，是周副局长他们解救出来的六个孩子返回原籍的日子。他们的家长都来了，送行的场面一定感人，有鲜花、有泪水、有感激、有依依不舍……这种场面兰芳是不会放过的，她需要有一些现场抓拍的照片。

兰芳慌慌张张地起床，冲进了卫生间。

她随便洗漱了一下就出来穿衣服，衣服也简单，就是T恤和牛仔裤。她风风火火惯了，洗漱穿衣才用了几分钟。她从来不打扮化妆，所以显得很利索。她背起采访包冲出了房间的门，连房间门也忘了关上。

兰芳从电梯里冲出来，火急火燎的样子。她一见周副局长，就说，对不起，让你久等了。

周副局长迎了上去，这是一个高大魁梧的中年警官，他的眉毛很长，眼中透出一种威严。他笑着对兰芳说，辛苦你，兰记者，这样吧，我们先去火车站，送完人后再吃早餐，怎么样？

兰芳说，没问题，没问题。

他们出了宾馆的大门，一辆三菱吉普在外面等着。周副局长为兰芳打开了车门，兰芳钻了进去，周副局长也上了车，坐在兰芳的身边。

周副局长笑着说，兰记者，听说你男朋友也干公安工作？

兰芳说，派出所的一个小户籍警。

周副局长哈哈一笑。

兰芳忽然觉得自己的眼皮跳得厉害，一会儿是左眼，一会儿是右眼。她想，这是怎么啦？是好事还是坏事呢？她很自然地想到了安蓉。

安蓉会不会出什么事？

眼皮跳是不是一种什么征兆？

周副局长发现了兰芳表情的变化。他笑着问她，是没有睡好吧？兰记者，送完人吃完早饭，你就回去好好睡一觉，然后中午好好请你吃一顿，我们局长要亲自犒劳你呢。

兰芳说，没什么，没什么，我看不要劳动局长的大驾了吧，你陪着我就让我受宠若惊了，我怕见大官。

周副局长说，没那么严重吧，都安排好了的。

就在这时，兰芳突然看到一辆汽车朝自己坐的车疯了似的猛地撞过来，兰芳惊叫起来。她看到朝自己撞过来的车的车窗玻璃上隐隐约约有一张灰色的脸。周副局长说，兰记者，你怎么啦？兰芳睁开眼睛，发现什么事也没有发生。她把手插进头发里使劲地抓了抓说，没什么，没什么。

她想起了在来山南的路上碰到的一件事情。

她开着车在路上狂驶，主编给她的新车让她信心十足，主编对她真的是不错，她心里还是很感激他的。

车开到一个村庄外面时，她看到公路两旁围了许多人，中间停着一辆大卡车。兰芳的车被大卡车堵住了，她猛摁喇叭，那些人根本就没有理她，大卡车还是一动不动。

兰芳有些生气，她把车停在了路边，然后下了车。

兰芳走了过去。

那些人好像她不存在似的，正眼也不看她一眼。

她看到一个人把一套染血的衣裤放在了大卡车的车轮子底下，那人放好衣服裤子就闪到了一边。

那人对大卡车上的司机大声说，好了，开过去吧。

大卡车缓缓地开了过去，汽车的轮子从衣裤上缓缓地碾了过去。

这时，很多人放起了鞭炮。

兰芳不知道他们在搞什么鬼。

兰芳是个对任何事物都感到好奇的人，她要搞个明白。

兰芳就逮住了一个人问道，老乡，你们这是在干什么呀？

那人看了她一眼说，你不是本地人吧？

兰芳点了点头。

那人说，怪不得你不明白。

兰芳说，很奇怪的呀。

那人说，这有什么奇怪的，这是在送鬼。

什么，送鬼？

是呀，你没有听说过吧，这也就是近几年才时兴的事情，以前我们这里没有人买得起汽车，也就没有这事情，这几年大家有些钱了，买汽车的也多了，这事情也多了起来了。

噢——

现在，买汽车的人多了，事故也多了起来，我们这里有个说法，汽车要是撞死人后，死去的人的鬼魂就会附在汽车上，要是不把附在汽车上的鬼送走，那么这汽车还会出事的。送鬼其实也很简单，大家在一起，把死者的衣服放在汽车的轮子上，让汽车压过去，然后放放鞭炮就把鬼送走了，鬼就不会在附在汽车上了，这辆汽车也就干净了。

这说法邪了。

不送鬼才邪了呢。这辆大卡车前几天撞死过人，车主要把车卖了，买车的人就问车主送鬼没有，车主说送过，买主不相信，怕把车买回去后有事，就让车主再送一次，这不，又送了。我们都是车主请来送鬼的，车主要给我们红包的，否则我们也不会来。

兰芳明白了。

大卡车的火没有熄，它像只老牛一样沉重地喘息着。兰芳不知道那个死在这辆车轮子底下的人是谁，但是兰芳心里不舒服了，她重新上车后，开车的速度慢了下来，她不希望有什么事情发生。

她一路上奇怪地想，那被送掉的鬼会不会附到自己的车上？

3

王子洋的汽车开进了墓园。

安蓉很吃惊，王子洋葫芦里卖的什么药，他把自己带到这个地方来干什么？她说，子洋，你耍什么花招呀？

王子洋笑笑，一会儿你就知道了。

王子洋把车停好后，他们下了车。

阳光下的墓园宁静而肃穆，层层叠叠的墓碑错落有致，排列整齐。那一块块墓碑其实就是一个个站立着的人，只不过这些人永远凝固在这里，不能行动，永久沉默。每个人都有这么一天，都要站在这里，无论你生前贫穷还是富贵，丑陋还是美丽，这是一种宿命，也是自然的规律。只有阳光不会老去，永远照耀着这片宁静的墓园。

墓园里也有些人在走动，他们是无声的，在这里听不到大声的喧哗，谁都不愿意去惊动那些安息了的灵魂。王子洋捧着那束白菊花，走向了墓园。安蓉跟在他的身后，她知道，王子洋引领着她走向母亲的墓地。每接近母亲的墓地一步，安蓉的心中就像钟一样敲响一下，她不明白为什么自己会有如此古怪的感觉。

他们来到了安蓉母亲的碑前。

一阵微风吹过来，拂动了安蓉的发梢。

王子洋虔诚地把那束菊花放在了碑前，然后朝墓碑鞠了三个躬。

他的眼中闪动着金属的光泽。

王子洋伸出手，拉住了安蓉柔若无骨的手。他侧着脸看着安蓉，安蓉的脸是那么的洁净明亮，和太阳一样光辉夺目，一股隐秘的潮水漫过王子洋的心底。

他缓缓地说，安蓉，今天我要做出一个重要的决定，当着你母亲的面。

安蓉心中的钟声越敲越响。

仿佛整个阳光覆盖的墓园都充满了钟声，以至于安蓉听不清不远处草丛中一只小鸟清脆的鸣叫。

王子洋在安蓉的面前单腿跪下。

他仰起脸，这是一张在阳光下真实又虚幻的脸。

王子洋对着安蓉说，亲爱的，当着你母亲的面，请答应我的求婚，嫁给我吧！

安蓉丰满的胸脯起伏着，她的心似乎要破膛而出。她俯视着这个男人的脸，他的眼睛，他的鼻子，他的唇，他的下巴，他皮肤上的毛孔，都很真切，安蓉湿润的红唇嚅动着。

两眼都有小蚂蚁在爬，她的两行泪水涌出了眼眶，从她秀美的脸上滑落，滴在王子洋的脸上。

安蓉哽咽地说，子洋，我答应你！

王子洋从裤袋里掏出了一个精美的小红盒子。他打开了它，里面装着的是一枚铂金钻戒。他把钻戒戴在了安蓉的无名指上。

钻戒戴在纤细的手指上，安蓉觉得它有些冰凉。

4

七喜和郎干在一家小酒店里相对而坐。

小酒店虽然很小，才几张桌，但生意却十分好，还没到午饭的高峰期，几张桌全坐满了。他们来得早，就占领了靠玻璃窗的一个位置。他们喝的是白酒，几碟凉菜。他们俩的神色都不是很明朗。上午的时候，七喜带郎干去看了化妆美容好的她的遗体。尸体完美无缺，可郎干的心里沉重。

郎干和七喜对饮了一杯。

酒像毒药一样滑下了喉咙，他们的表情都痛苦万分，皱着眉头，呲牙咧嘴。

七喜，我看还是火化了吧，这样老留着也不是个事，人都死了，也不能复活了，还是让她去吧。你这样，还不是自个折磨自己。

凡事想开点，没什么大不了的，过不了多少年，你我都要去和她们会面的。你想想，我才真正的痛苦呢，和夏敏真心实意地爱了一场，结果还是人财两空。我不像你，还和她实实在在地过了几年的夫妻生活。

哎，我心不甘呀，我总觉得她是被人害死的，她开车的技术不错，车也不错，怎么就会出这种要命的事呢？

因为车撞得太厉害，交警也没有得出什么结论，只是一场交通事故而已。她不是想不开的人，她不可能疯了似的开着车往大货车上撞呀，我怎么也想不通。有谁会害她呢？

开车出事也是正常的，这个城市里每天都有交通事故，每天都有死人，你不可能说都是谋杀吧。要说冤，夏敏死得才冤呢，那才叫谋杀。撞死她的人到现在还没找到，也就是一桩无头案了。唉，可怜的夏敏呀！

我们都同是天涯沦落人，郎干，喝酒！

喝！今天咱俩谁也别装孙子，喝个痛快，不醉不归！

妈的，人生有几回醉呀，不醉不归！

郎干，这杯酒是我代夏敏敬你的，干了！

干！你看，一滴都不剩了吧。

痛快，痛快！酒真他妈是好东西呀，我现在也想通了，有酒就喝，人活着就是一场酒宴，酒完了，人也散了。

来，这杯是我代她敬你的，干！

干！你看，我也一滴不剩了吧，要能从空杯中倒出一滴酒来，我罚一瓶。

她对我好哇，你知道吗？郎干。

我知道，那是个爽快人，大方人。

她比我妈对我还好哇，郎干，你知道吗？我妈从小就讨厌我，她心疼的是我弟弟，她嫌我脏，哪有妈嫌自己儿子脏的？话说回来了，我那点狐臭还不是从娘胎里带来的？她就是瞧不上我，她骂我是妖怪。你知道吗？我妈骂我是妖怪。我要是妖怪，她就是老妖精呀！我考上大学那年，我爸带我去做手术，回家后，我妈狠狠地骂了我爸一顿，说什么瞎花那钱，有个屁用。她什么也没说过我，她对我好，只有她对我好哇！

别提这些事了，兄弟，喝酒，喝醉了就好了，回家倒头一睡，什么也不想了！

喝吧，喝死算了，让我和她一起火化了！

5

对于安蓉而言，这是浪漫的一天，也许是她生命中最重要的一天。在墓园里，王子洋向她求婚后，他就带安蓉去了他父母亲家。他对着父母亲宣布了他的决定，他母亲显得高兴，拉着安蓉进厨房弄好吃的去了。父亲却没有什么反应，不赞成也不反对。他只给儿子一句话，一切都是你自己选择的，从今往后发生的一切都应该你自己承担。

在王子洋父母家里吃了一顿丰盛的午宴后，王子洋带安蓉去了孤儿院，这让安蓉十分意外。孤儿院其实是安蓉真正的家。在孤儿院里，王子洋向院长捐献了一万块钱，王子洋悄悄地对安蓉说，这就算是我给你娘家的聘礼吧。

安蓉心想，王子洋还真是个细心周到的人。孤儿院的院长很感动，她把孤儿们集中在一起，给安蓉和王子洋表演了几个节目。孤儿们一起齐声合唱的《欢乐颂》让安蓉的眼睛都湿了。安蓉小时候，只要有人来献爱心，老院长都要把大家集合起来，给客人齐声高唱《欢乐颂》。安蓉从这些孤儿迷茫的眼中看到了自己的过去。院长对大家说，安蓉阿姨原来也是我们孤儿院的成员，现在她出息了，没有忘记我们孤儿院，经常回来献爱心，大家要向安蓉阿姨学习，长大后成为一个对社会有用的人。他们走的时候，一个大眼睛瘦弱的小姑娘牵住了安蓉的手。她的小手凉丝丝的。她仰着头对安蓉说，安蓉阿姨，我长大以后能像你这样漂亮吗？安蓉的心被针扎了一下。她抚摸着小姑娘的头说，能，你长大后会比阿姨更漂亮的。小姑娘摇了摇头说，我不信！安蓉问，为什么呀？

小姑娘盯着大眼睛说，没有人会比你更漂亮的！安蓉不明白为什么小姑娘会这样说，也许小姑娘幼小的心灵感悟到了某种东西，越美的东西越不可靠，越容易昙花一现。

离开孤儿院，车在开往安蓉家的路上，四周一辆又一辆的车擦肩而过。安蓉突然觉得自己头晕了一下，仿佛有什么东西砸在她的头上，她闭上了眼。

安蓉又闻到了中药的味道。

她看见了一个人在黑夜里开着一辆车疾驶。那车像脱缰的野马，根本就无法控制。车撞在了路边的一根电线杆上，开车的人从挡风玻璃上飞了出去，像一只受伤的大鸟，飞了出去。不，不！安蓉睁开了眼，阳光还在照耀，街上的车流和人流还在流动，王子洋还在她身边，沉稳地开着车。安蓉呼出了一口气，一切都是幻觉。

王子洋看了看她，说，亲爱的，晚上找个地方吃饭吧，到你喜欢去的美琪小筑怎么样？

安蓉想了想，我有个主意。

王子洋说，什么好主意，说来听听。

安蓉说，我们还是买点菜，回家自己烧着吃吧，就算咱俩的第一次家宴，好吗？今天一天够辛苦的了，你晚上下半夜还要去值班，在家里轻松些。

王子洋伸出一只手放在她的大腿上，好主意，我听你的。

安蓉的脸上浮起了一丝笑容。

她的脑海闪过一个人的脸。

那就是黑玫瑰般的脸。

她觉得有什么东西在向他们悄悄靠近。

是福还是祸？

第十九章

1

安蓉鬼使神差地走出了门，下了楼……她朝医院的方向走去。此时，王子洋还在她的床上沉睡。王子洋是不是在做着美丽的梦，安蓉一无所知，好像也和她无关。

安蓉的眼睛闪着绿色的光芒，她穿着一件白色的连衣裙，像一阵风一样从黑夜的大街上飘过，从一辆辆汽车旁无声地飘过。

安蓉飘进了医院，鬼使神差地朝住院部大楼后面的太平间走去。

安蓉的影子长长地拖在地上。

她可以感觉到影子跟随着自己。

道路两旁的香樟树一动不动，一丝风都没有。

白天里青葱茂密的香樟树在晚上显得黑乎乎的，树的内部像是隐藏着什么。

安蓉走着走着，她的影子便消失了。

她自己没有发现这个现象。

没影子的安蓉走得很飘，很轻，听不到一点儿脚步声，如果突然碰上一个人，会以为她是一个游魂，白色的游魂。

她来到了太平间的门口。

她听到了一声猫叫，她的目光落到了门口的一个垃圾桶上，她没有看见猫。安蓉想，那猫不是被人吊死在那棵香樟树上了吗？紧接着，她又听到一声猫叫。

猫的叫声凄凉而且尖锐，揪紧了安蓉的心。安蓉推了推太平间的门。

门是虚掩的，吱呀一声就开了。

安蓉进入了太平间，她发现七喜平常换衣服的办公室里亮着灯，里面没有人，办公室的桌子上放着几朵栀子花，还有一瓶七喜常喝的烈性白酒。办公室的灯亮得刺眼，有两只飞蛾在灯光中扑来扑去，发出一些响声。

安蓉继续往里走。

透过停尸间的玻璃门，安蓉看到了里面的情景，她的瞳仁里出现了惊惧的色泽。

停尸间的灯光惨白。

尸床上安放着杨林丹的裸尸，修整得完美无缺的裸尸。

杨林丹的头发油黑发亮，蛇一样盘起的发结上插着一朵纯白的栀子花。

杨林丹的脸上扑着厚厚的粉，看不出撕裂的痕迹，连缝针的痕迹也看不出来，从她的脸上看，不像是一个死人，而像是一个睡眠中的女人，她的脸蛋上有些许红润，她的唇涂上了口红。

杨林丹的脖子很美，细长而圆润。

杨林丹的两手自然地放置在两旁，手指甲也涂着银色的指甲油。

杨林丹的胸脯饱满，略大的双乳还是那么鼓胀。

杨梅一样的乳头上也涂上了口红，她的双乳间插着一朵栀子花。

杨林丹的肚子微微鼓起，深深的肚脐眼上也插着一朵栀子花。

她那浓密阴毛的私处也插着一朵栀子花。

杨林丹修长的两腿被涂抹得洁白晶莹，她略大的双脚翘起来，脚趾甲上也涂着银色的指甲油。

这的确是完美无缺的一具女尸。

女尸的四周相隔插着点燃的红蜡烛。

烛光使阴森的停尸房里有了些许的温暖。

七喜目光痴呆地坐在尸体的旁边，他是否对自己的艺术品满意呢？他的眼窝里积满了泪水，只要有一阵阴风过来，那泪水就会被碰落。

七喜伸出了手，轻轻地在杨林丹的尸体上抚摸起来。他的脸上浮起了一层笑意，诡秘的笑意。他喃喃地说，好香呀。

他站了起来。

七喜的影子覆盖在杨林丹的脸上。

他的脸凑近了杨林丹的脸，他吻着杨林丹的额头，然后顺着眼窝和鼻子一直吻到了杨林丹的嘴唇。

七喜吻着杨林丹的脖子和胸脯，一直吻到了杨林丹的脚趾头。

吻完之后，他站了起来，脱掉了身体上的白大褂，一丝不挂。他扑在了杨林丹的身上起起伏伏，也许他的动作太激烈，杨林丹尸体四周的红蜡烛都被他碰落到地上……七喜从杨林丹的尸体上退了下来，突然趴在杨林丹的胸脯上哭了起来。七喜的哭声像个孩子，更像野猫的叫声。

安蓉呆了，她看着被七喜踩躏后的尸体面目全非，可以看到缝线的痕迹和尸体皮肤的褐色，突然，她看到杨林丹睁开了一只眼睛，血红的眼睛。

安蓉惊叫了一声，夺路而逃。

七喜听到了女人的惊叫，他从杨林丹的胸脯中抬起了头，他的泪眼中闪过不测的光芒。

一朵被揉碎的栀子花掉在地上，没有任何声音。

在奔跑中，安蓉听到一个女人的声音：你无处可逃！

她逃回了家里，王子洋还在沉睡。他今天为什么睡得这么死？

2

这是一个夏风沉醉的夜晚，王子洋开着快车奔驰在幸福的道路上，他要在晚上十二点半前赶到医院去接班。晚上，他和安蓉在她家里浪漫地吃了一顿晚餐。在烛光中，他们忘情地喝了交杯酒。喝交杯酒的时候，王子洋没有看见墙上安蓉母亲的照片变成了一张黑玫瑰般的女人的脸，脸上的那双眼中射出绿色的光芒，还有一只绿蚂蚱蛰伏在镜框上面，凝视着这一对貌似幸福的情侣。吃完晚餐，他们一起洗了个鸳鸯浴。他们在温热的水中开始做爱，从浴桶里一直到床上。这是王子洋有生以来最痛快的一次交欢，在欲仙欲死的高潮后，王子洋躺在床上沉睡过去。安蓉在他耳边轻柔地说，亲爱的，睡吧，你累了，该睡了，到点了我再叫你，我会一直守在你身边看着你的。安蓉还在王子洋的额头上甜蜜地亲吻了一下……王子洋把车窗玻璃放了下来，夜风把他的头发拂起。他想，自己真正的生活已经开始了，他是一艘扬帆的船通向幸福的彼岸。

他的车开得很快，夜晚的车少，加上他心情舒畅，车就开飞了，路过钢琴酒吧时，他不经意地朝那边瞟了一眼。他看到一个白色的影子一晃而过。

他的手机突然响了。

一定是安蓉打来的。他用一只手掏出了手机。他一接通，就听到了沉重的喘息声。

他心里骂了一声，这沉重的喘息声破坏了他一天以来的美好心情。他对着手机说，你是谁？你说话呀。

沉重的喘息过后，终于传来了一个好像女人的声音：

伫倚危楼风细细，望极春愁，黯黯生天际。草色烟光残照里，无言谁会凭阑意？

拟把疏狂图一醉，对酒当歌，强乐还无味。衣带渐宽终不悔，为伊消得人憔悴。

王子洋的脸色变了，我知道你是谁，你是七喜！我告诉你，你别像个魂一样找我了，杨林丹不是我害死的，抢救的时候我尽了力。七喜，你正常一点儿好不好，一切都不是我造成的。

对方朗诵完柳永的词后，没有回答他的话语，还是那沉重的喘息，而且越来越急促，像是一个垂死的人最后的呼吸。

无聊！王子洋关掉了手机。他又打开了手机，看来电显示，刚才打来的电话是一片空白，根本就不存在什么电话号码。王子洋心里一下子不舒服了。

他的车飞快地行驶着。

汽车像一片无助的叶子，飘落到一个深渊。

前面两百米的地方出现了一个红灯，有两辆出租车堵在了前面。王子洋的本能提醒他，减速！可是他根本就没办法减速，刹车系统也失灵了。车疯狂地朝前面的出租车冲撞过去，眼看要撞上出租车了，王子洋猛地一打方向盘，车撞上了人行道。然后猛地撞在了一根水泥电线杆上，该死的王子洋没有系安全带，因为车速太快，撞得太猛，他的身体从车的挡风玻璃上穿了出去，整个人像只受伤的大鸟一样飞起来，落在路边的建筑工地上。一根钢筋插进了他的胸膛。

3

上半夜的值班医生正等着交班。他对刚刚接完班的护士小沈说，这王医生今天怎么回事，过了二十分钟了还没来，他从来不迟到的呀！现在这个时候，路上又不堵车，这是怎么啦。

小沈笑笑，人家王医生正是热恋的时候，理解一下他吧，说不准正在路上呢。值班医生说，谈恋爱也不能影响工作呀，你说是不是。小沈说，你就耐心等等吧，十七床又亮灯了，我过去看看。值班医生满脸无奈的样子。

小沈走进了十七床的病房，她笑着问，十七床是不是要小便啦？

十七床说，不是。

那你有什么的要我做的呢？

沈护士，我刚才梦见安护士死了，她要我救她，可我怎么也动不了。

瞎说，安护士现在走桃花运了，幸福都幸福不过来，怎么会死呢？

我真的梦见她死了。

好好睡觉吧，明天你一醒来就可以看见安护士了，她明天上白班。十七床，你要没有什么事，我就走了，我还有活要干呢。

等我干完话再来陪你说话好吗?

好吧，可是我真的梦见安护士死了。

小沈回到了护士站，值班医生在那里焦急地等待着。

这时，护士站的电话铃骤然响起，是急诊室打来的电话。

急诊室的值班医生让小沈赶快通知主任，准备动手术抢救王子洋医生。小沈接完电话呆了。值班医生过来问她，怎么啦，小沈。小沈说，王子洋出车祸了，看来你走不了了，赶快通知主任吧。值班医生张大了嘴巴，怎么会这样?

……

外一科的医生护士都来了，就是安蓉没来。抢救从一点钟开始到凌晨三点，王子洋的心脏还是停止了跳动。主任的眼窝里积满了泪水。他说，生命无常呀，生命无常。守在抢救室外面的王子洋父母迎了上去。主任对他们说，我们没有留住王医生，他是个优秀的医生呀，抢救过多少人的生命，可我们没有把他救过来，我们失职呀!

王子洋的父亲欲哭无泪。

王子洋的母亲昏了过去，老半天才苏醒过来。

大家看着王子洋的父母，脸上都十分悲戚。小沈哭得泪流满面，喉咙里还发出呃呃的声音。

七喜上来了。

他神情古怪地把尸体推走了。

王子洋的父母在尸体推走前再看了一眼王子洋血肉模糊的脸。

七喜对他们说，你们放心，我会为老同学做好美容的，让他像生前一样英俊地上天堂。七喜满口的酒气，他的眼中飘忽着一种不确定的神色。

4

派出所的巡警李文学老是觉得那天晚上看到爬楼的那个人十分蹊跷。他隐隐约约地感觉到，那怪人还会来，也许在今夜，也许在明晚，或许在后天夜里。有了这一想法后，李文学就对安蓉住的这栋楼特别留心起来。他在自己的责任区溜达了一圈后，就来到了东方路，他看见安蓉临街阳台上的窗口上亮着灯。他每天晚上都可以看见那亮着灯窗帘紧闭的窗口，他不明白安蓉为什么整个晚上都开着灯，难道她晚上从不睡觉？

他进了一家二十四小时服务的小超市买了一包烟，然后找了一个离安蓉那栋楼很近的一个隐蔽之处蹲了下来，点燃了一支烟，烟头一明一暗。李文学的脸也一明一暗。其实他的脸长得有棱有角，是一个标准的男子汉。他看着安蓉亮着灯的窗口想入非非。他的确喜欢上了安蓉，他老是想，如果能拉着安蓉的手在街上走一圈，让所有的人都发现他有一个漂亮绝伦的女人和他亲密，他就满足了。至于其他更深层次的问题，他还没有想到那一步。他知道所里的女警胡非喜欢自己，可是他对她怎么也没感觉。好心的张洪给他们创造了好几次机会，他愣是没有和胡非对上铆。说起来胡非的条件不错，她还放出话来，只要李文学和她好，房子的问题由她解决。但他不可能和一个碰撞不出感情火花的人为了一套房子委屈自己呀。

他把烟头掐灭了。

他的目光一直没有离开过那栋楼。

假如，只是假如，他心里说，假如那个怪人在今晚出现，他会让怪人一直爬上去，最好是爬到安蓉的阳台上。他会悄悄地跟在怪人的身后，也爬上楼去。等怪人撬开门进入安蓉的房间欲行不轨的时候，他就勇敢地扑上去，制服那个怪人，也许安蓉会爱上他。

想着，他的脸上露出了微笑。

他自嘲地说，李文学，你就异想天开吧你，这样老套的英雄救美的故事你也想得出来。

接着他又小声地说，不过，这也不是说不可能的事情，这世界上什么事情都有可能发生。

李文学又点上了一支烟，一辆车哗地开过，车灯晃了他的眼睛一下，他觉得身上有点冷，不能呀，这什么气候呀，还会冷，他穿的是短袖的制服。是有一股风，细溜溜冷飕飕地吹过来，他的手臂上起了鸡皮疙瘩，这真是咄咄怪事。他突然看到街上一个穿白色连衣长裙的女子晃了一下就不见了。这更是怪事了，他的精神头还好着呢，怎么就眼花了？他没到犯困的时候呀！他是所里有名的夜猫子。

真正的怪事到底还是出现了。

他分明看见了一团绿光，那团绿光出现在安蓉的阳台上。他使劲地揉了揉眼睛，再定眼一看，没错，是有一团绿光浮在安蓉的阳台上。他身上一阵阵地发冷，自己不会是在梦中吧，他使劲地掐了掐自己的大腿，钻心的痛感，他证明自己还活在真实中。

李文学正想找些依据来解释这团绿光，他又看见安蓉阳台上通向房间的门开了。他心中暗恋的美女安蓉走出了门，他看不清安蓉的面容，他只是看到她穿一袭白色的连衣长裙手中捧着一个大镜框放在胸前。李文学看不清镜框上的照片是谁，他还听到了嘤嘤的哭声，哭声凄凉而飘渺。李文学看到安蓉笼罩在那团绿光中，像是即将要羽化的仙子。他看得呆了，站在那里，张大了嘴巴，身上的凉意也顿时消失，无从感受了。

李文学还看到安蓉的头上插着朵栀子花。

那朵栀子花在绿光中楚楚动人。

李文学想喊安蓉一声。

但是，他的喉头像堵了一团软乎乎的东西，无法发出声音，他的舌头也僵硬起来。

他看着安蓉站在阳台的护栏上，风把她的裙摆拂起来，像是飘动的旗帜。

她要干什么？

李文学的眼珠子快鼓出来了。

安蓉从阳台上飘落下来，她的身体被梧桐树的树枝拦了一下，然后头朝下沉闷地落在了地上。镜框摔在一旁玻璃全碎了，那朵洁白的栀子花也飘落在一边，整条街上顿时充满了栀子花的香味。

李文学大叫了一声，不好！

他朝安蓉奔跑过去。

安蓉的头边一摊血。李文学把手指放在了安蓉的鼻子上，似乎还有一丝气息。他看到了一下空旷的街道，此时一辆车都没有。

他不顾一切地背起了安蓉，朝有车辆的大街上狂奔而去。

5

张洪正在沉睡。他从急促的电话铃声中惊醒过来。他接了电话，是兰芳从山南打来的。兰芳说她明天赶回赤板。她突然对张洪说，我梦见安蓉死了，我醒来后赶紧打她的电话，可是没有人接，你快去看看是不是发生什么事情了，我的感觉特别不好。

张洪说，睡吧，没事的，别自己吓自己，我昨天晚上还打过电话给她，她和王子洋在一起，过得很好。我看你是杞人忧天，没事找事。

兰芳提高了声音，张洪，你怎么回事！你还是去看看吧，不然我不放心，一会儿给我电话！

兰芳把电话挂了。

张洪昏头昏脑，他看了看墙上的挂钟，都已经凌晨四点了。他嘟囔着，能有什么事呀！他的手有些发抖。

电话铃又响了。

一定又是兰芳，我还没出门呢，怎么又打过来了。

他接了电话。他听完后变了脸色。

电话是李文学打来的，他说他刚把安蓉送到医院，正在组织抢救。

安蓉到底还是出事了。

他想，不知该不该现在告诉兰芳。

张洪心里难过极了。

他出门后就打了个车往医院赶去。

出租车司机是个年轻人，他边开车边听着收音机里的新闻，新闻是滚动播出的，新闻里在说着一些交通事故的情况。出租车司机说，现在的交通事故是越来越多了，什么撞车翻车，什么火车出轨，什么轮船沉没，什么飞机坠毁……人活得提心吊胆的，没有一点儿安全感。

张洪说，师傅，你开快些，好不好？

司机说，你不要急嘛，我刚刚还在说，现在交通事故越来越多了，开快车容易出事情的，我可不希望自己那么快就离开美好的人间，我还没有讨老婆呢，你就让我多活几年吧。

张洪说，你这个人怎么废话这么多，让你开快些，你就开快些。

司机没有再说话，他的车还是保持原来的速度。

张洪拿他一点儿办法也没有。

司机还把收音机的音量给调大了。

张洪气得肚子鼓鼓的。

他心里在为安蓉祈祷，他和兰芳一样，不希望安蓉出事，他们都希望安蓉能够正常美好地活着。

出租汽车像一片叶子在大街上飘过。

第二十章

1

搬家的时候，安蓉留了一套钥匙在兰芳那里，要是碰上安蓉的钥匙丢了或者锁屋里了，就可以从她这里取去开门，不必要撬锁了。张洪很顺利地取到了钥匙打开了安蓉家的房门。屋里一股浓郁的中药味。张洪推开了卫生间的门，他发现卫生间的大木浴桶上泡着一大桶的中药水。张洪来到了阳台上，阳台干干净净的，就是窗台上安蓉心爱的那盆兰花已经枯萎。张洪抚摸着兰花干枯的长条叶片，心里刀割一样疼痛，他不明白安蓉为什么要从阳台上飞落，就是得知王子洋车祸身亡了也没必要往下跳呀。

他十分明白，兰芳看到枯萎的兰花，心情也会和自己一样的，甚至会比自己更加疼痛。

张洪心情沉重。

他回到了屋里。

墙上原先挂着相框的地方还有一个四方的印子，梳妆台上还放着那个镶满水晶的发夹。安蓉的床铺得整整齐齐。张洪看到叠得像豆腐块的空调被上，放着一个封面陈旧的日记本。他走过去，拿起了那个日记本。他翻了开来，有张照片夹在扉页上，照片上是个年轻朴素的姑娘。她的脸看上去有些黑，但很美，眼睛透亮。他把照片翻过来，背面写着一行字：夏敏存照。他心里悚然一惊，夏敏不就是兰芳调查的那个女人吗？安蓉怎么会有夏敏的照片？他又翻开了日记本，这是夏敏的日记本。这让张洪更加惊悚了。

他随便翻开了一页。

他看到了这样一段文字：

我知道自己得上了那种谁都不齿的脏病，我不怪别人，我怪我自己，是上天给我的惩罚。我希望过上一种正常人的日子，和郎干恩恩爱爱，白头到老，但一切都成了泡影。我不忍心害郎干。他是个好心的男人。我想用老中医给我开的中药，救治自己，但收效甚微。我知道任何药物都救治不了我心里的疾病，只有死亡是真实的。

张洪又随手翻开了一页：

我喜欢穿白色的连衣裙，我那老父亲说，我穿白色的连衣裙比我妈好看。我知道妈妈也是个爱美的人，可美有什么用？贫困一生的老父亲当初用一支民歌吸引了妈妈，可妈妈最终还是远离了他。我记得父亲爱唱的那支民歌：我吃了一只鸡，拉出了一根鸡毛，鸡毛被水冲走，从此一只鸡消失。

张洪的心一跳一跳的，他觉得自己的身体很冷，他的手颤抖着，合上了日记本。

日记本也许记录了夏敏一生的甜酸苦辣，可它怎么会在安蓉的手中呢。

这是一个谜。

2

张洪发现安蓉的电脑没有关。

这电脑里难道有什么秘密？张洪有些害怕，他怕打开电脑后自己会看到一些让自己更加恐惧的东西。他坐在电脑旁，还是壮着胆子摁了一下鼠标，屏保消失了，出现了一个文本。他定眼一看，原来是安蓉写给兰芳的信。他的心狂跳着，这封信也许可以解开许多安蓉心灵的秘密，虽说他对安蓉有些了解，但每个人都有隐秘的不为人知的心灵秘密。

他怀着一种不安的心情读这封信：

兰姐姐，你好！当你读到这封信时，也许我在另外一个世界里了。你不必怪我绝情，我已经无法承受。我与其在这个世界上成为一个疯子，还不如归去，去陪伴我可怜又可亲的妈妈。

我知道，你一直想知道我妈妈是怎么死的，但你没有问我，你不想让我勾起对往昔的痛苦回忆。其实，你不提起这些，痛苦惊惧的回忆多年来一直在折磨我脆弱的心灵。妈妈死于车祸。妈妈在父亲离开后，她就含辛茹苦地养育我，等待着父亲的回来。她没有等到父亲，却在一个雨夜里到幼儿园接我时，被一辆汽车撞死。我那时刚从幼儿园里跑出来，想自己寻找着回家，没想到目睹了那一幕惨剧，我的尖叫也源于这个惨剧。

没有人能理解我对汽车的恐惧，我看到汽车，就像看到了恶魔。而那些开车的人也都是恶魔。我经常神经质一样地想破坏汽车，让开车的人都死掉。你知道吗？你买车我竭力反对，可你还是买了，我多少次想毁坏你的汽车，可我没有这样做，否则你早就死了。汽车不是一堆钢铁造就的交通工具，是隐藏在工业文明中的魔鬼，表面上为人服务，但随时准备吞噬人的生命。它被一些有魔鬼心灵的人控制后，它的残忍就显现无遗，我憎恨它，也憎恨驾驭它的人。有时，我也憎恨你！

……

我听见自己在尖叫，无法抑制地尖叫，整个世界都在无法抑制地尖叫，这些尖叫从每个角落渗透进来将我淹没。在尖叫中我无处可逃！

……

我告诉你，杨林丹是我杀的。

如果她不开着那辆白色的丰田轿车，我或许不会杀她。

但我恨她，也恨那辆白色的魔鬼。她死的前一天晚上，我去了她家，我以找她谈话的名义进了她的家。当时就她一个人在家，她说她丈夫上班去了。她显得很热情，好像我根本就不是她的情敌，而是一个朋友。她给我冲咖啡什么的。我说我就要一杯冰水。我用皮包把她砸晕了。我在车库里找到了她的车。我打开了车门，进去后，却无从下手，不知道从哪里开始破坏。我突然想到了张洪有一次讲的案例，一个罪犯拧松了车头底部的刹车油管接头的螺丝而制造了一起车祸。我如法炮制，第二天杨林丹果然发生了车祸，送医院后不治而死。

还有夏美丽的死也和我有关。我讨厌她，讨厌她的喋喋不休以及她那辆红色的魔鬼。

……

我看过许多被车撞伤或撞死的人，我很同情他们。我清楚地记得，在三年前看到的一个被车撞了之后送到医院来抢救的女人，她还没被我们推进抢救室就死了。她死时，我就在她身边，记得那是下半夜了。她抓住我的衣服，睁着充血的眼睛最后说了一声，救救我，我不想死——然后她就咽气了。据说，撞她的人逃逸后到现在都没有找到。

我搬到新居后，就开始清除前人留下的东西。

我知道屋子里有前人留下的物品总是不可靠的，每件东西都留着别人的气味或者灵魂。我在阳台上发现一块砖是松动的，我掏开了那块砖，发现了一个日记本，就是留在被子上给你看的日记本。我翻开一看，有一张照片，这不就是三年前被车撞死的那个女人吗，名字也一模一样，叫夏敏。我读完日记，被她感染了。这是一个可怜的女人，天下可怜的女人或许都是一样的。有时，我就感觉到自己变成了她，她又是我。

我想帮她找出那个开车的人。一次无意之间，我发现了那个逃逸的司机就是我最亲爱的男人王子洋。他也有梦，他也有噩梦，他在梦中说出了一切，我听到后来觉得心里矛盾极了。我一直克制着自己，我不要，不要成为另一个安蓉，最后还是没有如愿，我是两个我，一个正常的人是护士安蓉，一个是复仇者安蓉。

今天，王子洋向我求婚了，我答应了他，但我隐隐约约地有个预感，他迟早会离开我，就像当初父亲离开母亲一样，离开以后就永远也不回来了，我希望他不是父亲那样自私的人。我爱我父亲，但我又憎恨他，我喜爱他儒雅的男人风范，我选择王子洋，也因为如此。王子洋身上有父亲的那种潜质，我不喜欢粗鲁的男人。我恨父亲是他如此的绝情，他其实也是杀害母亲的凶手！

……

王子洋累了。我们的搏斗停息之后，他累了。我把他哄睡了。

我不知道为什么男女之间的肉搏会让我们忘记自我，我躺在他的身边，他微微的鼾声十分迷人，我摸着他的下巴，想着他胡子长出来的样子。这就是我的爱人，扬言要一生一世和我在一起的爱人……不，不，男人的话都是谎言，谎言！当初父亲也一定和母亲说过类似的话。当初母亲和父亲做完爱，父亲也一定像王子洋一样沉沉地睡去，因为他满足了，而母亲也一定像我一样趴在他的身边，目光里充满了怜爱和期待，可父亲最终还是离开了母亲，一去永不回！王子洋最后也一定会离去的，一定！不，不会！会，一定会！

墙上的母亲变成了夏敏。

她看着，好像对我说，安蓉，你不要饶恕他，躺在你身边的是个魔鬼，他是个杀人凶手！

我的目光里出现了这样一幅景象，王子洋开着车在街道上疾驶，那汽车突然变成了一个张着血盆大口的魔鬼。王子洋狰狞着面孔在指挥着魔鬼吞噬了母亲，又吞噬了夏敏……我从他身边起来了，我穿好衣服后下了楼，我先去了医院，然后回到了小区，我在他的车上找出了工具，如法炮制，把王子洋汽车的刹车油管接头螺丝给松动了。

王子洋开车去上班后我猛地清醒过来，我下了楼。

我不能杀死我最爱的人！

王子洋的汽车已经消失在空旷的街道上了，我杀了我最亲爱的人。

妈妈，我该怎么办？

母亲曾说过，要不是因为我，她早就不活了。活着就是受难，妈妈，你说得太对了。

妈妈，我随你而去。你为我的发梢上戴上一朵栀子花吧，妈妈。

兰姐，永诀了。

祝你和张洪幸福。

爱你的安蓉

即日凌晨三点

张洪边看信边头皮发麻，他十分后怕，他想起了那个深夜看到安蓉钻进兰芳车底下的情景，如果不是他和保安看见了，那么兰芳也许就永远离开了他，离开了这个美好的人间。张洪浑身发抖起来，他没有办法控制自己的身体了，这个屋子里充满了中药的味道和一种诡秘的气息，栀子花的香味已经荡然无存。张洪想，如果安蓉杀了兰芳，自己会怎么样呢？他闭起了眼睛，他没有办法想下去了。他和兰芳根本就不知道安蓉的心理疾病那么严重。如果兰芳看了这信，她会怎么样呢？会不会像自己一样内心充满了恐惧？她和安蓉是多么的亲近，可这个和兰芳最亲近的人差点就杀了兰芳。安蓉的心理疾病都源于那一场车祸。这个世界里每天有多少人死于交通事故呢？他说不清楚。的确，现代的交通工具已经成为威胁人类生命的恐怖杀手。可是谁又能拒绝现代的交通工具呢？张洪看完信后，立即把这封信从电脑上永久删除了，他不想让兰芳看到这封信，如果让她看到，她一定会受到沉重的打击。那个日记本张洪准备交给郎干，由他珍藏或许更有意义，他毕竟深深地爱过那个叫夏敏的女人。

他转过身，看到床头柜上的花瓶上插着的那束栀子花。张洪长长地叹了一口气。

张洪觉得安蓉的恐惧也是自己的恐惧，是人类的恐惧。现代人面对的恐惧不单单是工业文明和高科技带来的危险，更重要的是现代人在生活中内心产生的压迫感。

张洪想，自己必须马上逃离这个地方。

他受不了了！

3

深夜了。兰芳写完稿，伸了一个懒腰，她接到了张洪的电话，张洪在电话里沉默了良久，才说出一句话，兰芳，以后开车前一定要检查刹车油管接头螺丝。说完他就放下了电话。

他的这句话，好像是对自己说的，也好像是对所有的人说的。

兰芳觉得张洪的话有些莫名其妙，她想问他为什么要这样说，但是她现在不想问。现在的人怎么都变得莫名其妙了，兰芳十分自然地想起了自己供职的报社的主编，他的那双小眼睛浮现在自己的眼前。兰芳没有想到自己报社的主编会在酒后对自己说那一番话，她对他的信任感顿时消失了。

下午快下班的时候，主编又把她叫进了办公室。现在兰芳全身心放开了，她已经不在乎那些麦芒一样的目光了，她相信自己走的路，不管他人怎么说。这当然需要很大的勇气。

主编看她进来后，小眼睛注视着她，脸上浮起一种古怪的笑容。他看兰芳在自己对面坐下后，自己站了起来，他来到了门口，往外面看了看，然后关上了办公室的门。兰芳第一次看到主编这个干瘦的小老头在她进去后把办公室的门关上，心一下子又提了起来。他要干什么？这是兰芳本能的反应。

主编坐回了自己的位置，他还是注视着她，脸上的笑容没有变化，小兰，你这段时间干得很出色呀，我十分欣赏你，我想——

兰芳小心翼翼地说，主编，你过奖了，有什么话你要对我说，你就说吧，没有关系的。

主编吞了口口水，兰芳可以看到他粗大的喉结划动了一下。他说，小兰，我一直有个愿望。

什么愿望？

我想和你一起喝一次酒，我们一醉方休。

兰芳笑了，这不是很容易的事情吗？

对我来说不容易。

我可以给你这个机会，什么时候都可以。

那么就今天晚上好吗？

没有问题。

兰芳没有想到自己这么痛快地答应了这个小老头。

小老头主编把她带到了一个小酒店里的一个小包厢里。这个小酒店所处的位置在这个城市里和小老头一样不起眼。他们边喝酒边说着话。开始时，小老头说些感叹人生的话，说多少年来一直和文字打交道，忽略了许多生活上的问题，到现在还没有结婚。兰芳看他眼睛里跳跃着一种无奈的火苗，心里有些感动。她安慰着他。小老头的酒量惊人，不一会儿就一瓶白酒下去了。他不停地喝着酒，不停地说着话。最后，他还是被酒精弄昏了头。

小老头突然抓住了兰芳的手，颤抖地说，小兰，你相信吗？我，我到现在还没有碰过女人，我害怕女人，一直不敢碰女人，我有过爱情，但是被我放弃了。你，你也许不会相信，我告诉你，我说的一切都是真实的。你知道我为什么害怕女人吗？

兰芳摇了摇头，她想挣脱主编的手，可是主编干瘦的手力气大得惊人，她无法挣脱。

小老头的声音像针一样扎着兰芳的耳朵，小兰，我告诉你，我全部都告诉你，我真的害怕女人，因为我的母亲。我害怕母亲，我想起她，我就不敢碰女人，我亲眼看到我母亲用一把大剪刀把我父亲的男根给剪掉了，父亲当时哀叫了一声昏了过去。我当时还小，不知道父亲做了什么对不起我母亲的事情，但是我从母亲愤怒的眼睛里看到了什么。血流了一地，母亲哭了，她的痛哭让我害怕，她那张扭曲的脸是那么的恐怖，母亲用剪刀结束了自己的生命，却给我留下了终身的痛苦。我父亲一直和我说，千万不要去招惹女人，女人心是世界上最毒的东西。我不相信，可我害怕，害怕啊！

兰芳的呼吸加速了。

小老头还在说，他的泪水流了下来，小兰，我爱你，真的，从你来报社的那一天起，我就发现我爱上了你，可是我不敢对你表白，我害怕你拒绝我。我更害怕你像我母亲那样。我现在不怕了，你知道为什么吗？我现在真的不害怕了，因为我已经没有多少日子了，我得了癌症，是前列腺癌。我怎么会得这种病呢？我不知道，我只知道自己离死不远了，我和你说，我爱你，我已经什么都不怕了，真的，不怕了。

兰芳浑身不舒服，她像掉进了一个陷阱。

小老头还在说，小兰，我只有一个愿望，你，你能陪我睡一觉吗？就一个晚上，我就满足了，我就死而无憾了！好吗？小兰，我求求你，答应我，好吗？你千万不要拒绝我，小兰，我爱你！

兰芳使出吃奶的力气挣脱了小老头的手，不顾一切地站起来，冲出了小饭店，把小老头一个人扔在了小包厢里……

现在，兰芳突然觉得主编很可怜。

这个世界上每个人都有自己不被人了解的人生，其实每个人都活在恐惧之中，包括她自己。

兰芳突然听到一声尖锐的叫声划破窗外的夜空。

她自然地想起了安蓉。

她伸手在头发上使劲抓了抓。

她决定马上去看看她。

安蓉没有死，但一直昏迷着。医生说，说不准她就成了植物人了。医院里的人对王子洋和安蓉的遭遇有了一个合理的解释：这是一对恩爱的情侣，当安蓉得知了王子洋车祸之后，就毫不犹豫地选择了自杀。只有小沈护士不得其解，就在王子洋死后一直没打通安蓉的电话，直到看到安蓉被民警李文学送到医院。

兰芳来到了医院住院部的大楼。

在进大楼前，她听见了几声猫叫，猫的叫声像孩子的夜啼。

她上楼来到了外一科。

外一科静悄悄的，病人都睡觉了。值班的护士也不知跑哪里去了。兰芳在穿过长长的走廊时，听到的只是自己的脚步声。她感觉身后有一个人跟着她，她回了一下头，什么也没有，只有灯光在风中晃动。

兰芳来到了安蓉的病房。

安蓉的病房里亮着灯。

她轻轻地推门进去。

她愣住了，像一枚钉子一样钉在地上，动弹不得。

她看到一个穿着笔挺西装的背影。

那个男人用浑厚的男中音，在给输着液昏迷着的安蓉朗诵柳永的词：

伫倚危楼风细细，望极春愁，黯黯生天际。草色烟光残照里，无言谁会凭阑意？

拟把疏狂图一醉，对酒当歌，强乐还无味。衣带渐宽终不悔，为伊消得人憔悴。

病房里消毒水的气味中还有一股古龙香水和狐臭的味儿在流动。

男人朗诵完，转过了身，他看着兰芳笑了，那笑容渐渐地凝固在七喜扁平的脸上。七喜突然用他惯用的娘娘腔女里女气地说，我就是王子洋，王子洋就是七喜。

兰芳见他的头发上蛰伏着一只绿色的蚂蚱。

兰芳顿时发出了一声撕心裂肺的尖叫——

2003年夏完稿于上海

2007年6月修订于上海

附录

恐惧像死亡一样深入人心

蔡骏

你有在黑夜里听到过尖叫吗？你一定听到过，许多人都有过这样的梦，在黑夜中被某个东西追逐着，你不知道自己是谁，不知道身后追逐你的又是谁，不知道脚下的路通向何方，直到一脚踏空急速坠落，在你坠落到地面前的一刹那，必然会大声地叫出来，然后就在床上睁开了眼睛，摸着自己的胸口庆幸地说："这只是一个梦。"

——尖叫为你自己而发。

这就是李西闽的长篇恐怖小说《尖叫》带给我的童年回忆，记不清多久没有这样的感觉了，梦就是一个坠落的过程，永无止境地自由落体，你永远都无法抵达地面，就像你永远都无法触摸世界的另一面。我必须感谢李西闽，他的《尖叫》使我重新感受到了这些，在黑夜里喘息之后，是自己睁开眼睛的微笑。

年轻美丽的女护士安蓉在水曲柳乡村度假，无意中见到了一次迁坟，当埋在地下的棺材被打开后，一只绿色的蚂蚱出现在她眼中……回到城市以后，噩梦就不断缠绕着安蓉，她见到了一个倒在血泊中的老太婆，转眼间却什么都没有了；她的情敌莫名其妙地出车祸死了；医院里一个叫七喜的尸体美容师让人感到毛骨悚然；好友兰芳回到水曲柳乡村，发现了三年前死去的女子的悲惨故事。这一切都是那么不可思议，恐惧如一根细绳似的围绕着你的脖子，你越是要发抖战栗，那根绳子就越是紧，直到最后真相大白的那一刻，你将看到一个绝对想不到的结局。

我对《尖叫》的期待并不是单纯的恐惧，而是隐藏在恐惧背后的某些东西。几乎所有的恐怖小说都会涉及死亡，但《尖叫》中的死亡却带有鲜明的象征意义，似乎每一个生命的消失都是一个强烈的符号，预示着作者的某种感情和思想，我觉得这是李西闽区别于其他作家的特点。在我与李西闽的一次聊天中，知道他是一个经历过死亡恐惧的人，但他自己却认为："比死亡更恐惧的是你知道自己要死了却还没有死的时候，而来自于日常生活中的恐惧像死亡一样深入人心。"

是的，这就是日常生活带给我们的意义，我们无法准确地预知下一天、下一个小时，甚至下一分钟会发生什么。生活就在这种不确定性中带给了我们冒险，每一个人都渴望生活中突如其来的刺激，但每一个人又都对潜在的危险感到恐惧，就在这种两难的矛盾心理中，我们需要找到一个平衡点，这就是李西闽的恐怖小说带给我的意义。

《尖叫》是李西闽继《蛊之女》和《血钞票》之后第三部长篇恐怖

小说，在他的前两部书中，都写到了他的家乡闽西地区的一些神秘的民间传说，《尖叫》也不例外，关于那只绿色蚂蚱的描述总能让我联想到聊斋，或许绿蚂蚱就是某个载体或通道，就像李西闽自己说的那样：“我和故乡闽西之间存在着一个神秘的通道，细心的读者一定会从我的小说中发现这个通道，它让你战栗也让你痴迷。”更重要的是，通过这些古老的神秘传说，李西闽在试图把起源于西方的恐怖小说中国化，平心而论这是一项极其艰难的工程，但意义却极为重大，我希望他能够坚持下来，为中国本土恐怖小说闯出一条民族化的道路，毕竟“小说是一部民族的秘史”。

“它们不是一堆钢铁造就的工具，它们是隐藏在工业文明中的魔鬼，随时准备吞噬人脆弱的生命，它被一些有魔鬼心灵的人控制后，它的残忍就更显现无遗。我憎恨它，也憎恨驾驭它的人……我听见自己在尖叫，无法抑制地尖叫，整个世界都在无法抑制地尖叫，这些尖叫从每个角落渗透进来将我淹没。在尖叫中我无处可逃！”

在《尖叫》的开头之前，李西闽摘抄了书中主人公安蓉信中的一段文字。在这里我们可以清楚地看到作者对于现代文明的反思，对于人性被现代文明吞噬的痛惜与悲愤，这是一颗作家的责任心，在当今被肉欲吞没的文学圈中更加难能可贵。我一直觉得恐怖小说绝不仅仅只是某种类型文学，因为文学的本质都是相同的，对于人性的表现是一切小说的核心。我在斯蒂芬·金的作品中，也读到过许多隐藏在恐怖故事背后的社会问题，通过恐怖小说来表达可以更加深刻与真实，因为我说过：我们只有经历恐惧，才能战胜恐惧。当你看完这部长篇小说后，请放声地尖叫吧，你将因此而坚强起来。

尖叫的意义
——读李西闽长篇小说《尖叫》
杨献平

我喜欢令人窒息和令人感动的小说，它们更能够在本质上进入我的思想意识。它们的尖锐、紧迫和压抑都是我们在活着的某种时候所必需的。在生活当中，在经验世界之内，不论怎样的一种经历，都可能以最快的速度被我们所遗弃和淡忘。小说家正是挽救、记忆、发展和延续这种经验的一种天才记录者和发现者。优秀的小说总是可以带给我们疼痛、愉悦、悲伤、愤怒等非凡的情感和精神享受，尽管它们有时候显得短暂、轻忽甚至不怎么真实，但艺术，高贵的创造，其本身就是对人类的一种精神滋养和灵魂湿润。

在我的阅读当中，一个明显而强烈的感觉就是：一个优秀的小说家，他的表情是沉实、缥缈、温和、多变、坚韧和凌厉的。他们就在我们身边，就在这个世界上的一隅，说出我们的已在的经验世界乃至未知的灵魂风景。他们的文字是对我们生命和灵魂的真切阐释、表达和进入，是我们在多年之后，或者现在进行时的一种精神性的鼓舞、发现和安慰。

在阅读了《血钞票》不长的时间里，我又读到了一部名为《尖叫》的长篇小说，它的作者依旧是军旅作家李西闽。需要说的是，虽然出版社和作家本人将这部小说冠名为惊心动魄的恐怖小说，但我仍旧对这一命名怀有疑义。我一直觉得，小说，尤其是优秀的小说作品，不应当将它们分门别类，按照某种题材来划分。就《尖叫》这部长篇小说来说，它在我们已知的经验、已经的现在和日渐紧迫的未来当中，构筑了一种令人窒息、紧张、疼痛、怜悯、忧虑的真实环境。《尖叫》的真实意义和真正的价值就在于此。一个名字叫作安蓉的女子，在日常的生活当中，遭遇到了一系列的车祸和死亡事件。小说所告知的经验世界已经显示出了生命的某种悲哀和无奈。而一连串的车祸看起来是对生命的一种戕害，是对生的一种剥夺和阻遏。而本质的问题是生命何其脆弱！在钢铁之中，如灰尘或者纸片一样，它们坚硬而又柔软，强大而又微渺，创造和主宰世界，而又被自己毁灭。这是反复的令人无法抑制的悲哀和创痛。这一点，《尖叫》这一文本显然已经脱离了所谓的“惊心动魄恐怖小说”范畴，而是包含了对生死的价值思考，命运的追问，生命的同情、怜悯、无奈，人类生存的沉重叩询和越来越发达的现代文明对人本身的戕害等价值意义。

尼采说：“肉体也是灵魂。”《尖叫》这部小说似乎在暗示这一观点。一个一个的鲜活的肉体生命在车轮下粉碎、破裂和倒下，在大片的鲜血之中，显现着生命中某种与生俱来的无奈、脆弱乃至某种宿命的悲哀。安蓉所经历和目睹的一个个死亡情景，构成了一种强大的视觉和灵魂冲击力，它们的出现实质上是对现代文明，尤其是汽车应用的日渐广泛之后的反面提示和思考，是对我们目前乃至更远的人类世界的生命关照。还有一个极其重要的因素是，作家在叙述和描绘这些血淋淋的残忍场面时，不是以居高临下、想当然的心态和姿态，而是用同情的、悲痛的和怜悯的笔调向我们说出。这其中体现着创作者一种人人爱人的思想境界。这一点，是我尊敬并且不愿意将《尖叫》这部长篇小说归类为“惊心动魄恐怖小说”的根本原因之一。它在传达一种属于人类的持之久长的共同情感，也是一个优秀作家所必需的精神品质和写作理念。这令我想起海明威在《丧钟为谁而鸣》中说的一句话："一个人死亡就是我的死亡，不要问这钟声为谁而鸣，它是为你而鸣。"

从这个层面说：肉体的消失，其实也正是灵魂的消失。肉体是灵魂的唯一所在，对肉体的尊重显然是对灵魂的一种呵护方式。小说中一再出现的众多的死亡场面：飞速的车轮（钢铁和动力）、骤然扑倒的肉体（生命和灵魂）、目击者的惊呼和唏嘘、麻木和冷漠……所有这些充满残酷性的小说场景，其实也是现实的一种有力惊醒和真实书写，它们在一定程度上已经贯穿了我们现在乃至未来的长期的生活。"肉体是一个大理智，是有着一个心灵的大复合体。是一个战争和一个和平，是一群羊和一个牧人。"（尼采《查拉斯图拉如是说·肉体蔑视者》）

由此，我总是觉得，作家的创造是无限的，他们的文字和灵魂总是在烛照着面对的生存、生活、日渐繁复、充满悖论、欲望硝烟和生生死死的现实环境。《尖叫》试图在一个人的眼睛和内心找到诸如生命、死亡、人性、人道、文明与文明的反动等影像。这种设置或者说构造显然是成功的。在文本当中，作家的叙述优雅、细致，且充满弹跳力。小说从心烦和忧郁的安蓉到一个叫作水曲柳乡村的地方度假开始，在流动的语言中设置了一连串的带有预示性的死亡和现实背景。随后的展开，以安蓉的怀疑和假设开始，在车辆（技术与文明）和生命（原始和脆弱）之间，制造了真实的钢铁与肉体狭路相逢，死亡触目皆是的残酷场景。这些场景本身就很残酷，而接连的类似情景不是残酷二字可以概括的。在阅读当中，我不止一次地颤抖和压抑，它让我欲罢不能。也使我隐隐地感到了某些与生命形影不离的可怕因素（不仅仅是车辆）。

说到底，汽车对人的伤害其实是人对人的一种杀戮和毁灭，也是现代工业文明对人生命的无形威胁和掠夺，当然，这种定义本身就带有令人难堪的悖论性质。就人而言，作为研制、生产、驾驭的生命本体，我们在享受并且备感优越的同时，也成为或者正在成为戕杀同类的凶手。这是无法避开的事实，也是我们每个人所必须面对的事实。到此，《尖叫》这部小说的价值和意义完全显露出来。在小说开篇，作家就向我们提出了一种悲怆的、无奈的和满含忧愤的警告。主人公安蓉的信中所说看起来像是一种谴责，但何尝又不是一种控诉、焦虑和恐惧呢？她说："它们（汽车）不是一堆钢铁制造的工具，而是隐藏在现代工业文明中的魔鬼。"

现代文明的来临，是进步也是摧毁。这并不仅仅体现在生命和肉体上面，还体现在我们的心理和灵魂上，也在变异和扭曲着我们的心理乃至灵魂。安蓉对汽车乃至驾驶者的憎恨，对车祸（人为的灾难）的控诉和仇视，都是无法绕开必须面对的一个严酷事实。而自杀——安蓉的这一选择充盈着对这个世界的无望甚至绝望意识。她的杀人行为看起来是一个生命个体对另一个生命个体的报复，但未尝不是一种低姿态的反抗和挣扎。这种心理的变异是可怕的，它的危害显然已经超越我们目击和经受的某种残酷事实。而张洪的窒息性的阅读和逃离、兰芳最后吐出的那声尖叫，使《尖叫》这部长篇小说洋溢起了一种迷离的意味。也就是说，文明并没有在我们内心唤起幸福的情感，文明的进步也正意味着人类生命保障和心理健康大幅度地倒退。"当文明进化在人类中使自己消耗殆尽的时候，它一定要向我们展示爱欲和死亡之间，生的本能和破坏本能之间的斗争。"（弗洛伊德《文明与不满》），这种"斗争"早已开始了，而且远远不会结束。作家李西闽在《尖叫》中说："我听见自己在尖叫，整个世界都在无法抑制地尖叫，这些尖叫从各个角落渗透过来将我淹没。在尖叫中我无处可逃。"

奇妙的恐怖之旅
——评李西闽恐怖小说《尖叫》

巫山巫

最近，我一直为自己的感觉失灵而郁闷不已。买来了几乎市面上所有的恐怖电影，在深夜，一个人独坐在沙发上，蜷起腿，不开一盏灯，一部部连放，可奇怪的是，我竟然没有一丝感觉，无论是惊吓、害怕或是担忧。当曙光微明的时候，我对自己说，可能是生活实在太无趣也太平淡了，我才这么麻木。也可能是电影中所描述的事不是隔着千山万水就是离我本身的生活太远，我才没有同感。

昨天，我接到一个好友的电话，他兴奋地给我推荐一本恐怖小说。他说，你看看就会有感觉了。他的话音里透着不容置疑的肯定，然后他轻轻地一笑便挂了电话。

一天后的现在，四周一片漆黑，自从夜幕降临的那一刻开始，我就这么坐着一动不动，我的手上拿着一本书，我默默地注视着封面上醒目的两个字：尖叫。然后缓缓地把眼睛移向窗户，那里似乎有什么东西在动，晃动、静止，然后再晃动……我突然间尖叫起来，一只暗黑的虫子闪着光，似乎，似乎是一只蚂蚱！一只闪着绿光的蚂蚱！在书中，这代表死亡！

五分钟后，那只虫子被隔壁邻居家的男主人确定是一只飞进来的大蜜蜂。他离开的时候，我对他除了感谢还很庆幸，庆幸不是一个白发苍苍眼神游移的老太太住在隔壁，也庆幸我住的这栋楼有电梯工，我就不至于在深夜，形单影只被孤独和恐惧淹没……

我想，这一切都是《尖叫》带给我的震撼，它激起我对日常生活中某些普遍现象的感觉：我的父母恩爱有多好，我的邻居友善有多好，我的朋友真挚有多好，我的工作有多好，我身边的一切都是多么好。

然而，当我不禁再一次审视我手中的书的时候，我却为其中的那些男人女人而扼腕叹息。难以言喻的孤独，伤感的错爱，不堪回首的往事，沉淀在细枝末节里的忧虑，还有那不停反复吟唱的唐诗宋词，那陌生而又熟悉的乡村小调。书中描述的男人女人们执著而又决绝，他们在我眼前来回行走，越走越快，渐渐交织成一幅色彩斑斓反差极大的油画，抽象而又充满动感，我知道，那里面渗透着痛苦，人生的无望以及精神的空虚。每个人都想找到突破口，深深地喘上一口气，但无处不在的忧虑把他们吞没。美好的爱情，深切的友情，包括人与人之间最基本的信任，都在这部小说里受到质疑。作者把他自身对人性的解构诠释得淋漓尽致，但在另一方面，却显示出他最彻底的人文关怀，对世间所有美好事物的不懈追求和肯定。他为此选取了一种极端的表现形式——恐怖小说。

近年来，我一直对侦探小说情有独钟，也一直对电影大师希区柯克推崇备至，想想，都是因为其中令我痴迷的悬疑色彩。大到一起案件的发生，小到某人说了句莫名其妙的话，我都想去追根究底。好奇也许就是人类的天性，我们不希望自己陷入懵懂，总觉得自己就是那最聪明的人。而《尖叫》的作者就是抓住了这一点，在逐渐深入而迷离的娓娓道来中，模糊了我们的视线，进一步让我们的思绪陷入困境而不能自拔。我想，这不仅是一部恐怖小说，更像是一部悬疑小说。当然，我对它的归类完全是从写作手法上讲的，这是一部让人不看完就欲罢不能的小说。将近两个小时完全不能自控的急速阅读，带给你的绝对是二十个小时或许更长时间的战栗和震撼。那毛孔贲张灵魂颤抖的感觉，肾上腺素突然飞升又降落，完全处于作者的掌握之中，那忽而恐怖忽而温情的描述，更让我们战栗之余又唏嘘不已。但不可阻挡，我们会立刻沉迷于作者所描绘的那一幅幅残酷而唯美的画面：身穿白色衣裙的美丽女子梦游在深夜的空旷大楼之中；一个丑陋的男人和他钟爱女人的绝美尸体交媾；变态的性爱受虐与施虐的融洽之美；一起突如其来的车祸死者像鸟一样地飞翔；我们身处绝境仍浑然不知的漠然微笑……

其实这所有，不过是一场噩梦。但小说的结尾却让我们陷入另一个更为恐怖的噩梦，它根本没有远离我们，它越走越近……作者最聪明也最明智地选择了用恐怖的手段向我们讲述一个扑朔迷离而近在咫尺的故事。他带我们走向一条深不可测充满悬疑的孤独之旅，在旅途的尽头，他把一切都告诉了我们：关于爱以及恨，信任以及遗忘，感恩以及内省。但我们意犹未尽，我们合上书，会看看我们周边的世界，就会发觉，我们身处幸福之中。

最终，我又看了一眼作者的名字：李西闽——同样那么神秘而充满悬疑。我相信在今后的岁月里，他还会喋喋不休地给我们讲述更多他擅长的故事，我们本不想听，可又不能不听，因为故事的确诱人而且唯美，即使暴力即使残酷。就像我现在，就已经在期待恐怖的感觉再次降临，因为我很聪明，我知道那不可避免而且无法遏止。